오른발로 한 발,
다시금 한 발 내디디고,
왼쪽으로 90도 턴──.

(스텝을
못 외우겠어…….)

"저, 행복해요
또다시
히로토 님과 함께
여행할 수 있고
왕도까지
갈 수 있다니……

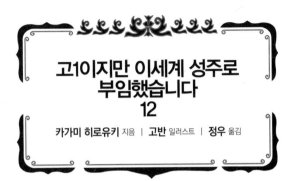

고1이지만 이세계 성주로
부임했습니다
12

카가미 히로유키 지음 | **고반** 일러스트 | **정우** 옮김

S NOVEL

목 차

커버 그림, 본문 일러스트 | **고반**

서장 망국의 공주와 애첩

1

호위병에 둘러싸인 4인승 마차는 낮인데도 창문의 커튼이 쳐져 있었다.

안에는 흑발의 여자가 타고 있었다. 머리카락은 턱 아래쯤에서 가지런히 잘랐다.

피부는 갈색이었다. 상당히 윤기 나는 피부였다. 생김새는 아주 또렷했다. 찢어진 긴 눈에 속눈썹이 길었다. 마차 안인데도 여자는 거창하게 갑옷과 투구를 몸에 걸치고 있었다. 그 아래로 찢겨 나올 것 같은 폭발할 듯한 가슴이 숨겨져 있는 건 갑옷 위만 봐선 알 수 없었다.

북 퓨리스 왕국의 제2 왕위 계승자 라켈 공주였다. 사라브리아 주 수도 프리마라아로 향하던 중이었다.

노브레시아 주에 퓨리스 자객 따위가 있을 리 없지만, 그래도 커튼을 열고 밖을 보기는 겁났다. 혹 퓨리스 밀정에게 발견되면…….

그런 불안감이 들자 몸이 굳어졌다. 여행은 늘 갑갑했다. 항상 죽음의 위협과 함께해야 했다.

자신은 히브리드에 망명한 왕족이며 퓨리스 왕국에겐 적. 자신과 남동생에게 퓨리스 왕이 암살령을 내린 바람에 이동할 때 언제나 갑옷과 투구를 착용해야만 했다. 사람 앞에 나설 땐 투구를 썼다.

망명한 8년간 줄곧 그런 생활을 이어왔다. 그래도 약한 소리를 한 적은 없었다. 내겐 동생이 있다. 내가 약한 소리를 하면 동생도 불안해할 거다.

그런데 은신처에 소문이 하나 들려왔다. 퓨리스 왕이 우리에게 내린 암살령을 거뒀다는 이야기였다.

정말로?

모르겠다. 이쪽을 방심하게 해서 죽이려는 생각일 수도 있다.

의심이 끊이지 않는 가운데 변경백 히로토로부터 초대장이 도착했다. 퓨리스 왕국의 엘프 대표 루키티우스가 방문했으니 연회에 꼭 임석해주길 바란다는 내용이었다.

루키티우스는 북 퓨리스 왕국에 있을 때부터 알고 있었다. 나도 공주 시절에 만난 적이 있었다. 겸손하지만 상당히 예리한 인물이라고, 아버지와 그 측근들이 말씀하신 적이 있다. 한 번 우리를 지지해달라고 아버지가 사자를 보낸 적도 있었지만, 거절당하고 돌아왔다.

《우리 엘프는 우리 엘프의 권리와 이익이 위협당하지 않는 한, 정치엔 개입하지 않습니다. 우린 전쟁에 가담하기 위해 존재하는 게 아닙니다.》

그게 거절 문구였다고 한다.

그런데 내 아버지의 간청을 거절한 루키티우스가 온다니?

나에게 안 좋은 소식을 전하기 위해?

아니다.

분명 아니다. 좋은 소식을 전하기 위해서다. 어쩌면 암살령이 취소된 걸 정식으로 전하기 위해서 온 걸지도.

그랬으면 좋겠다. 암살령이 사라지면 나라 안을 이동할 때마다 두려움에 떨어야 하는 생활과도 작별할 수 있다. 언제든 히로토를 만나러 갈 수도 있다.

그런 생각을 하던 라켈은 마차가 멈추는 바람에 큰 소리에 잠깐 놀란 다람쥐처럼 화들짝 몸을 떨었다.

"무슨 일이야?"

건너편 자리에 앉은 북 퓨리스 시녀가 물었다.

"정문입니다."

무사히 도착했나…… 이걸로 한숨 돌릴 수 있다. 하지만 바로 다른 불안이 솟구쳐왔다.

"저택 주인은 정말로 괜찮은 거야? 좋은 평판은 못 들었는데——."

"이 주변에선 가장 힘 있는 귀족입니다."

시녀가 대답했다. 라켈은 만약을 위해 투구를 썼다. 적은 어디에 숨어 있는지 알 수 없으니까. 마차에서 내리는 순간이 가장 위험하다.

이윽고 마차가 멈췄다. 호위병이 말에서 내리는 소리가 들려왔다. 발소리가 다가오고,

"공주님, 문제없습니다."

라켈은 열쇠를 열어 마차 문을 열었다. 히브리드인 기사로 변장한 호위기사가 서 있었다. 옆엔 신세를 지는 성의 집사가 대기하고 있다.

"백작님을 모시고 있습니다. 그룬델입니다."

집사가 인사했다.

"하룻밤 신세 지겠네. 주인께 인사드리고 싶은데."

라켈이 말하자, 그룬델이 "이쪽입니다" 하며 걸어가기 시작했다. 라켈은 저택에 들어가서야 투구를 벗었다.

오래된 성이었다. 기나긴 복도를 따라 역대 선조의 초상화가 걸려 있었다.

그룬델이 문을 열자 딱, 큐대로 볼을 치는 소리가 날아들었다.

차분한 짙은 갈색 나무 벽이 당구대를 둘러싸고 있었다. 성관 주인은 짧은 기장의 다홍색 재킷을 걸친 채 큐를 잡고 볼을 치려던 참이었다.

냉담한 얼굴이었다. 상당히 이목구비가 진했고 눈은 쑥 들어가 있었다. 콧날은 마치 철사로 만들어진 것처럼 가늘었다. 그 코 아래로 희끗한 콧수염과 턱수염이 품위 있게 가지런히 나 있었다. 그의 곱슬머리는 턱 끝에 맞춰 잘려있었다.

성 주인이자 노브레시아 주 주장관 불고르 백작이었다. 같이 당구를 즐기던 살짝 통통한 젊은 남자는 그의 아들이리라.

"라켈 공주님을 모셔왔습니다."

집사의 말에, 불고르 백작이 얼굴을 들었다. 살짝 통통한 아들이 힐끔힐끔 가슴을 봤다. 갑옷 위로 드러난 실루엣으로 어떻게든 가슴 크기를 알아내려 하고 있었다.

"공주 가슴을 힐끔힐끔 보는 게 고귀한 자제의 인사인가."

라켈은 새된 소리로 바로 아들을 노려보았다.

"갑옷 차림의 여자가 좀처럼 없는 터라 호기심이 생겼을 뿐이오. 그보다, 변경백과 각별한 사이인가 본데, 조심하시오. 동생분을 모살(謀殺)하려 들 테니. 그자는 사람을 함정에 빠뜨리는 게 특기라서 말이오."

불고르 백작의 말에 라켈은 노여움으로 눈을 크게 떴다.

변경백과 백작 사이에 무슨 일이 있었는지는 이미 들었다. 하지만 상대편도 나와 변경백 사이에 무슨 일이 있었는지는 알 터. 그런데도 변경백을 힐책한단 말인가.

"그륀델 님. 죄송하지만 무례한 자의 집을 빌릴 필요는 없을 것 같네. 난 은인을 내 앞에서 비난하는 자를 용서할 만큼 마음이 넓지 않아."

라켈은 발길을 돌렸다. 라켈 공주님! 하고 집사가 말을 건 넸지만 라켈은 두 번 다시 돌아보지 않았다.

2

둥그스름한 게 귀여운 코끝이었다. 거만한 느낌의 뾰족하고 가는 형태가 아니라, 모성이 듬뿍, 상냥함이 듬뿍 묻어 있는 코였다. 하지만 결코 코가 지나치게 크진 않았다. 품위 있는 작은 형태였다. 부드러운 성격이나 소박한 인품을 코끝이 상징이라도 하는 듯했다.

보는 자의 마음이 누그러지는 듯한, 편안해지는 듯한, 상냥한 생김새였다. 밝고 큰 녹색 눈동자도 결코 엄격한 빛을 띠지 않았다. 툭 나온 입술도 어리광을 받아줄 것처럼 두툼했다.

달걀형 얼굴의 윤곽을 감싼 풍성한 흑발은 쇄골을 지나 가슴 위쪽까지 내려와 있다. 그 가슴 위쪽 바로 아래엔 하얀 시스루 드레스에 감싸인 폭발할 듯한 가슴과 뾰족 나온 유두가 남자의 시선을 기다리며 뽐내듯 자기주장을 하고 있었다. 젊디젊은 18세의 몸에 열린 가슴이라는 과실. 마치 남국 과일처럼 탱글탱글 농익어 지금이라도 터져 나올 것 같았다. 중량감과 함께 탱탱한 탄력이 넘쳐흘러 실로 딱 따먹기 좋은 가슴 과실이었다.

소녀의 이름은 오르피나였다. 오르피나는 레이스 뜨개 시트로 덮인 캐노피 침실에 앉아 주인이 오길 기다리고 있었다. 캐노피엔 짙은 푸른색 커튼이 달려 있었다. 바닥을 덮은 양탄자도 그리고 벽도 차분한 짙은 푸른색이었다. 천정엔 금을 아끼지 않고 쓴 벽화가 그려져 있었다.

오르피나는 창밖을 바라보았다. 창문 너머로 정원에 있는 풀장이 보였다. 어제는 주인과 함께 풀장에서 즐겁게 놀았는데, 오늘은……?

아직 일하는 중인 걸까, 오르피나는 생각했다. 궁전에 들어온 지 얼마 되지 않았는지라, 자신이 배운 건 주위 사람들에게 정중하게 인사하는 것과 그저 기다리는 것뿐이었다.

돌풍처럼 돌연 문이 열렸다.

"오르피나여!"

늠름한 그러나 조금 신경질적인 40대 남자가 방에 들어왔다. 소맷부리에 금자수를 넣은 산뜻한 다홍색 겉옷을 입고 있었다.

히브리드 왕국의 최고 권력자 모르디아스 1세였다.

모르디아스 1세는 성큼성큼 걸어오자 오르피나를 꽉 껴안았다. 하얀 시스루 드레스에 감싸여진 탄력 백배의 가슴이 모르디아스 1세의 가슴팍에 눌러져 찌부러졌다.

"폐하, 돌아오셨군요."

자애로운 미소를 지으며 오르피나가 속삭이자,

"그래, 지금 네 곁으로 돌아왔다."

모르디아스 1세가 속삭여주었다.

"어서 오세요, 폐하♪"

오르피나가 재촉하자 모르디아스 1세는 일단 몸을 떼더니 오르피나의 가슴에 얼굴을 묻었다. 오르피나는 양손으로 모르디아스 1세의 머리를 감싸 안았다.

가슴이 찡했다.

아아, 폐하.

귀여운 폐하.

폐하는 매일같이 추밀원 멤버와 마주하며 가능한 한 의견을 들으려고 노력하셨다. 명군이 되자, 폭군이 되지 말자. 그리 폐하는 자신을 통제하시고 계셨다. 하지만 늘 나랏일로 고민하고 심각한 얼굴을 하고 계신 폐하도 나와 있을 때만은 부드러운 얼굴을 보여주셨다. 신경을 곤두세운 국왕에서 응석받이 폐하가 되어주신다. 나는 그게 사랑스러워 견딜 수 없었다.

어떤 남자든 오직 한 여자 앞에서만 남자의 가면을 벗어던지고 귀여운 아이의 모습을 보이는 법이다.

폐하에게 그 여자는 나. 그게 기쁘고 행복해 견딜 수 없었다.

"응석받이 폐하♪"

오르피나는 더욱더 모르디아스 1세의 얼굴을 가슴에 짓눌렀다. 모르디아스 1세는 일의 중책에서 해방된 듯이 부드럽고 유화한 미소를 지으며 오르피나를 꽉 껴안았다.

3

직사각형처럼 생긴 얼굴에 회색빛 머리가 마치 가시처럼 나 있었다. 생명력을 보여주기라도 하듯 기세가 있는 머리였다. 이마가 넓고, 자존심과 엄격함과 준열한 성격을 안에 넣고 묶어둔 듯한 엄한 인상이었다.

키는 크진 않았지만, 체격은 다부졌다. 70대 치곤 발걸음도 정정했다.

남자는 하얀 실크 상의 위로 붉은빛의 번쩍이는 코트를 걸쳤으며 하얀 타이츠를 신고 있었다. 고전적인 귀족 스타일이었다. 왼쪽 약지에 낀 메추리알 같은 거대한 사파이어 반지가 그의 재력을 말해주고 있다.

귀족계의 중진인 벨페골 후작이었다. 파노프티코스 전에 재상을 맡았던 히브리드 왕국의 실력자이다.

그는 피나스 재무장관과 재상 파노프티코스, 그리고 국왕 모르디아스 1세를 만나 귀족들의 불만을 전한 참이었다. 변경백의 행위는 왕령 위반이며 언어도단이었다. 국왕이 무엇보다 먼저 처벌해야 했다.

하지만 국왕은 그다지 동조하는 기색이 아니었다. 나라를 쇠하게 하는 디페렌테는 쫓아낼 수밖에 없다. 다른 주에 몰려가 귀족을 처벌하다니, 있어선 안 될 일이다. 귀족이 처벌받는 걸 보고 서민이 뭐라 생각할지. 그래서 나라는, 영지는, 평탄하게 다스려질지.

다행히 자신에겐 귀여운 육촌이 있었다. 자신의 조부의 막내 여동생의 막내딸이 피나스 조카와 결혼해 낳은 딸이었다. 머지않아 오르피나의 힘을 쓸 때도 오겠지.

"벨페골 님!"

뒤에서 위엄 있는 힘찬 목소리가 불러 세웠다.

예쁜 달걀형 얼굴의 대머리 노인이 활달한 발걸음으로 다가오는 참이었다. 인간보다 커다랗고 뾰족한 귀 위쪽으로 백발이 약간 남아 있었지만, 나머진 반들반들했다. 하지만 되레 그게 눈빛의 예리함을 돋보이게 했다.

히브리드 왕국의 최정상에 있는 건 모르디아스 1세지만 정치와 법조계에서 이 나라를 뒤에서 지배하는 건 엘프다. 그 엘프의 정점에 서 있는 대장로 유니베스테르였다.

"이 나라에 경국지색의 첩은 필요 없소."

돌연 유니베스테르가 못을 박았다. 경국이란 나라를 망하게 한다는 의미다. 아무래도 나의 조카인 오르피나가 히브리드 왕국을 망하게 할 거라 말하고 싶은 모양이다.

"이 나라를 망치는 건 여자가 아니오. 굳이 말하자면 오히려 디페렌테 쪽이 문제이지 않소? 국방과는 관계없는 이웃 주까지 가 재판에 개입하다니, 마치 왕이라도 된 듯한 행동이 아니오? 엘프가 어째서 그런 자를 내버려 두는지 나는 이해하기 어렵구려."

벨페골 후작은 반격해 보였지만, 유니베스테르는 대답하지 않았다. 그러나 시선이 누그러진 건 아니었다.

이 엘프가 무슨 생각을 하는지는 이미 알고 있다. 엘프는 귀족을 싫어한다. 우리가 권력을 잡는 게 마음에 들지 않는 것이리라. 예전엔 자신들이 권력을 잡고 있었으니까——.

벨페골은 계속 말했다.

"어린애가 분수에 맞지 않는 강한 무기를 가지면 결국 주위 사람들이 위험해질 뿐이오. 그 애송이에겐 단단히 족쇄를 채워야 하오. 유니베스테르 님이 왜 족쇄를 채우려 하지 않는지, 나는 이상하기 그지없소. 어차피 디페렌테는 다른 세계의 인간이 아니오? 설마 진심으로 경국의 디페렌테에게 나라를 빼앗겨도 좋다는 생각이시오?"

유니베스테르는 침묵으로 응답했다.

(침묵은 미덕이라는 건가, 아니면 나하고 말하고 싶지 않은 건가.)

벨페골은 발길을 돌려 궁전을 나와 대기하던 2인승 쌍두마차에 올라탔다. 마차 안엔 아름다운 가령이 기다리고 있었다.

"편지는 보냈나?"

"불고르 백작님의 격려회에 와주십사하고, 페르키나 백작을 뺀 명망 있는 귀족에겐 모두 보냈습니다. 물론 주인공인 불고르 백작님에게도."

벨페골은 고개를 끄덕였다.

"파노프티코스 님은 어땠습니까?"

여자 가령이 묻는다.

"거절했다. 《폐하가 불고르 님에게 불만을 품고 계시는 중에 재상인 제가 방해할 순 없지요. 부르지 않으면 실례될까 싶어, 배려 상 굳이 불러주신 점은 감사히 생각하고 있습니다》라고 하더군."

"입심이 좋군요."

"마냥 틀린 말도 아니니까. 파노프티코스는 용서하지. 하지만 어린애는 용서할 수 없네."

벨페골은 언성을 높였다.

"어린애는 예의범절을 가르칠 필요가 있지. 어른에게 어금니를 드러내면 어떻게 되는지, 뼈저리게 느끼게 해줘야지."

제1장 루키티우스 방문

1

좁은 목조 감시탑 안에 온몸에 붕대투성이인 거인 둘과 인간 하나가 몸을 서로 기대고 있었다. 당연하지만 붕대 거인은 미라족이었다.

이 감시탑은 변경백이 설치한 대 퓨리스군 감시망이었다. 사라브리아 주에서 안셀 주에 걸쳐 국경을 따라 감시탑을 세워 퓨리스군을 위압하고 있었다. 평화조약 성립 이후에도 퓨리스 군의 감시는 게을리하고 있지 않았다.

"아무것도 없네."

인간이 미라족에게 말했다. 약간 졸린 듯했다.

"어쩌면 이제 영영 안 올지도 모르겠군."

그는 그렇게 말하며 바닥에 벌러덩 드러누웠다.

"어이, 너도 그렇게 열심히 안 지켜봐도 돼. 어차피 퓨리스 녀석들도 안 오는데, 뭐."

"그래도 우린 지켜볼 거야."

의외로 미라족은 사양했다.

"히로토 님은 세세라를 도와주셨어. 나쁜 귀족을 벌해주셨어. 우린 놀 수 없어."

미라족 말에 저도 모르게 인간은 놀라 눈을 크게 떴다. 입이 떡 반쯤 벌어졌다.

2개월 정도 전에 노브레시아 주에 사는 미라족 소녀 세세라가 불고르 백작 아들 포랄에게 강간당했다. 목격자는 없고 울며 겨자 먹기 식으로 참을 수밖에 없나 싶었지만, 세세라의 친구 리치아가 홀로 변경백 히로토를 방문했고 히로토는 리치아에게 협력을 약속, 노브레시아로 달려가 포랄을 체포하기에 이르렀다.

덕분에 강간당한 후 줄곧 동굴에 틀어박혀 있기만 했던 세세라도 지금은 완전히 활발해져 예쁜 인간 옷을 즐겨 입는 모양이다.

"너, 자도 돼. 우리가 지킬게. 틀림없이 한 번은 졸릴 거야. 그러니까 교대로 자자."

인간은 일단 몸을 반쯤 일으켰지만, 미라족의 말을 듣고 다시 누었다.

2

상당히 젊은 장신의 안경잡이 소년이 다크 오렌지색의 케이프를 걸치고 다크 오렌지색의 길다란 상의, 같은 다크 오렌지색의 바지를 입고 다크 오렌지색 부츠를 신고 프리마리아 시문(市門) 앞에 서 있었다.

1년 정도 전에 일본 도시엔 고등학교에서 이 히브리드 왕국으로 온 소다 소이치로였다. 평소보다 멋을 낸 건 손님을 맞기 위해서였다.

소이치로 바로 옆엔 하얀 퍼프소매의 하늘색 원피스를 입은 키 작은 동안의 흡혈귀 소녀가 소이치로의 손을 잡고 서 있었다. 살짝 처진 커다란 눈을 쉴 새 없이 깜빡이고 있었다.

뱀파이어족은 많은 연합을 이루고 있다. 그 연합 중 하나인 사라브리아 연합의 대표 젤디스의 차녀 큐레레였다.

두 사람은 대리석으로 된 멋진 프리마리아의 시문 앞에서 4명의 호위병을 거느리고 기다리고 있었다. 둘은 인간, 둘은 엘프다.

큐레레는 소이치로 손을 잡은 채 두리번두리번 주위를 빙 둘러보았다. 작은 머리가 오른쪽으로 왼쪽으로 마치 작은 새처럼 빙빙 움직였다.

소이치로와 큐레레는 사라브리아 변경백의 고문관이다. 손님을 마중 나오는 것도 고문관의 일이었다. 물론 마중이라고 해도 보통은 시문까지 나오거나 하진 않지만, 오늘 손님은 상당히 고귀한 신분의 여성이었다.

"라켈 공주님은 또 갑옷 차림으로 오려나?"

소이치로는 큐레레에게 물었다. 큐레레가 눈을 동그랗게 뜬다.

"책."

평소처럼 보채왔다. 큐레레에겐 공주의 의상보다도 책 쪽이 중요한 모양이었다.

"이제 곧 올 거야."

"책."

다시 큐레레가 보챘다. 무슨 일이 있어도 읽어주길 바라는 것 같았다.

어쩔 수 없지. 읽을 수밖에 없나.

뒤쪽의 수행원에게 책을 달라던 참에,

"마차입니다."

인간 호위병이 짧게 고했다. 엘프 기병 넷을 거느리고 엘프 장로회 세콘다리아 지부 지부장 마니에리스의 마차가 다가오는 참이었다. 분명 세콘다리아에서 엘프의 마차로 갈아탄 것이리라. 엘프를 습격할 수 있는 악당은 적다. 그건 우리나라 사람이든 적국의 사람이든 마찬가지다.

마차가 시문 앞에 도착했다. 기병도 마차를 정지시키고 재빨리 주위를 빙 둘러보았다.

소이치로와 큐레레는 창으로 다가갔다.

"오랜만입니다."

하고 인사했다. 마차 안엔 갈색 피부의 공주가 있었다. 고귀함을 풍기는 흑발에 금빛 머리 장식이 잘 어울렸다. 하지만 공주는 갑갑해 보이는 갑옷을 입고 있었다. 북 퓨리스 왕국의 제2 왕위 계승자 라켈 공주였다. 대각선 맞은편 자리엔 마니에리스가 앉아 있었다.

"변경백 대리로 마중 나왔습니다. 메티스 장군과 루키티우스 님도 곧 도미나스 성에 도착하실 겁니다. 성까지 호위하겠습니다."

그리 고하자 라켈 공주가 웃었다. 소이치로 바로 옆에서 큐레레가 얼굴을 빼꼼히 내밀었다. 큐레레에게 라켈 공주는 경계해야 할 상대가 아니었다.

"안녕, 큐레레."

라켈이 저도 모르게 환하게 웃자, 큐레레는 입버릇처럼 말하는 대사를 내뱉었다.

"책."

3

테르미나스 강에 면한 사라브리아 측 항구에 4인승 마차가 한 대 정차해 있었다. 마차의 창문은 닫혀 있었고 커튼이 쳐져 있다.

마차 앞쪽—— 즉 강 반대쪽에는 산뜻한 파란 상의에 파란 바지를 입은 신분 높은 소년이 안경 낀 포니테일의 폭발할 듯한 가슴의 소녀와 스텝을 밟고 있었다. 오른발로 한 발, 다시금 한 발 내디디고, 왼쪽으로 90도 정확히 턴.

소년은 사라브리아 변경백 히로토. 소녀는 고문관이자 네카 성 성주 달무르의 딸, 솔세르였다.

히로토는 이번엔 왼발을 한 발, 한 발 내디디며 다시 왼쪽으로 90도 돌리고 했다. 가볍게 소녀와 몸이 부딪혔다.

"히로토. 거기선 오른쪽이야."

조금 떨어진 곳에서 바라보던, 금발을 올려 묶은 여자 엘프가 딱 잘라 말했다. 다홍색 차이나 드레스에 풍만한 가슴을 꽉 밀어 넣고 이래도 안 발할 테냐는 듯이 풍만함을 뽐내듯 내보이고 있었다.

히로토의 부관이자 사라브리아 주 부장관 에크세리스였다.

변경백은 귀족이다. 귀족 정도 되면 춤출 기회도 많아진다. 그래서 기다리는 시간을 이용해 히로토는 댄스 연습을 하고 있었다. 솔세르는 춤을 잘 춰서 히로토의 연습 파트너를 맡고 있었다.

군사, 외교 할 것 없이 무쌍함을 보이는 히로토였지만, 그런 그도 춤에는 영 소질이 없었다. 고등학교 댄스 시간 때도 모두가 질렸을 정도였다.

"사람은 정말로 잘하는 게 있으면 잘 못 하는 것도 있나 보네."

하며 에크세리스도 약간 포기한 기색이었다.

(스텝을 못 외우겠어…….)

히로토가 쓴웃음을 짓고 있자니, 호위병이 강 쪽에서 모습을 드러냈다.

"배가 다가오고 있습니다."

솔세르가 떨어졌다. 손님을 맞이할 때였다. 히로토는 마차를 돌아서 강 쪽으로 나왔다. 에크세리스가 바로 뒤를 따랐다. 솔세르는 한발 물러나 기다리고 있다.

히로토의 시선 끝으로 선착장이 펼쳐졌다. 그 너머엔 테르미나스 강——. 히브리드 왕국과 인접국 퓨리스 왕국 사이를 가르는 커다란 강이 흐르고 있었다.

반년 전에 퓨리스 왕국은 이 강을 건너 히브리드 왕국을 쳐들어오려 했다. 하지만 지금 양국은 평화조약을 맺어 평화의 길로 힘차게 나아가고 있다. 오늘 귀빈 방문도 그중 하나였다.

이미 배는 꽤 가까워져 있었다. 작은 배가 아니라 20명 정도가 탈 수 있는 배였다. 퓨리스 병사와 그 뒤로 가슴팍이 깊숙이 확 파인 하얀 장의를 걸친, 용맹스러우며 폭발할 듯한 가슴의 미녀가 보였다.

범인의 용모가 아니었다. 명모호치(明眸皓齒), 의심할 여지 없는 미인이었다. 하지만 문인하곤 다른, 무인의 의연함이 넘쳐났다.

퓨리스 왕국의 유그르타 주 총독이자 왕국이 자랑하는 지장, 메티스였다. 히로토는 이미 몇 번이고 회합을 거듭한 터라 서로 속속들이 잘 아는 사이였다.

메티스 옆엔 하얀 턱수염을 기르고 키가 작은, 정말로 사람 좋아 보이는 할아버지 엘프가 서 있었다. 상냥한 노인처럼 보이지만, 만만치 않은 상대라고 에크세리스에게 전해 들었다.

퓨리스 왕국 엘프 대표 루키티우스였다. 히로토가 가장 와주길 바라던 손님이기도 했다.

드디어 와줬구나, 하며 히로토는 감격했다.

2달 전 히로토가 히브리드 왕국에 온 1주년 기념행사 때도 초대했었으나 만남을 이루지는 못했다. 그땐 루키티우스 일동 퓨리스 왕국 엘프는 히로토와 (아니, 정치 그 자체와) 거리를 두는 방침을 취하고 있었다. 히로토는 양국의 평화가 유지되기 위해선 히로토와 메티스, 그리고 양국 엘프의 협력이 필요하다고 봤다. 반드시 평화를 방해하려는 자가 나타난다. 양국의 평화에 반대하는 자가 양국에서 암약할 터이다. 그걸 막기 위해서라도 히로토, 메티스, 그리고 양국 엘프의 사자(四者)협력이 불가결했다.

　히로토는 자신의 부장관과 고문관 엘빈 등, 엘프 둘을 파견해 설득에 성공했다. 그 후 평화를 어지럽히려는 퓨리스 왕국 대주교 체데크가 실각, 마음이 풀린 루키티우스는 히로토를 친선방문하게 된 것이다.

　항구엔 히로토 이외에 사라브리아 주 주요인물이 결집해 있었다. 에크세리스의 부친인 엘프 장로회 프리마리아 지부 지부장 아스티리스. 히로토의 고문관 엘프 엘빈. 그 외, 사라브리아 남부의 성주 전원이 모였다.

　배가 멈춰 섰다. 맨 처음 퓨리스 병사가 내리고 이어 호위를 맡은 엘프 병사, 그리고 메티스와 루키티우스가 내렸다. 메티스는 무인답게 당당한 관록 있는 걸음걸이지만, 루키티우스는 거물 정치인 같은 분위기가 아니라, 상당히 예의 바른 사람 같은 걸음걸이였다.

　히로토는 에크세리스와 함께 걸어 나갔다.

"사라브리아 변경백 히로토입니다. 기다리고 있었습니다."

히로토가 손을 내밀자,

"루키티우스입니다."

하며 루키티우스는 히로토의 손을 잡았다.

"멀리서도 바로 알아봤습니다. 오랜 시간 무례했던 걸 부디 용서해주세요."

하며 머리를 숙였다.

"머리를 들어주세요. 감사를 드려야 하는 건 제 쪽입니다. 루키티우스 님을 비롯한 엘프 여러분의 결단이 없었다면 메티스 장군은, 그리고 양국의 평화는, 지킬 수 없었습니다. 사라브리아는 다시 긴장국면을 맞이했겠지요. 퓨리스 왕국의 엘프 여러분, 그리고 그 의견을 받아들여 주신 퓨리스 왕께 깊이 감사드립니다."

하고 히로토는 대답했다.

루키티우스 이외에도 여럿에게 감사를 돌린 건, 나중에 퓨리스에 사는 엘프들이 트집을 잡지 못하게 하려는 의도였다. 정치엔 관여하지 않는다는 기본적인 방침을 루키티우스가 번복한 건 루키티우스의 단독 결단이 아니다. 루키티우스의 결단엔 엘프 간부들의 논의와 결단이 있었다. 엘프들의 합의가 있었기에 비로소 루키티우스의 결단이 성립됐다. 엘프들의 합의에 대해서 히로토는 감사를 표해둘 필요가 있었다. 그렇게 함으로써 퓨리스 왕국의 엘프 전체를 아군으로 만들 수 있다.

퓨리스 왕에게 감사를 표한 건 퓨리스 왕과 양호한 관계를 유지하기 위해서였다. 대주교 체데크는 메티스를 유그르타 주 총독 자리에서 쫓아낼 생각이었다. 그걸 뿌리친 건 퓨리스 왕이다. 그 일에 감사하는 마음을 담은 성원을 보내둘 필요가 있었다. 감사 인사를 받으면 그만큼 퓨리스 왕이 다음에 메티스를 지킬 가능성도 커질 테니까.

"퓨리스 왕국엔 멋진 보물이 많이 있습니다. 퓨리스 왕, 재상, 가르데르 장군과 메티스 장군, 그리고 무엇보다 엘프 여러분."

하며 히로토는 한층 더 치켜세웠다.

"우리 엘프는 그저 굴러다니는 돌멩이입니다. 당신이야말로 보석 같은 분이지요. 당신 정도의 귀한 보석은 그리 흔치 않아요. 당신이 에크세리스 님을 통해 우리에게 충고해주시지 않았다면, 체데크는 양국의 평화를 무너뜨렸을 겁니다."

루키티우스가 대답했다.

속내는?

아직 모르겠다.

하지만 상냥하게 말을 하는 사람은 반드시 거기에 상응하는 예리함을 가지는 법이다. 상냥함과 부드러움의 정도가 크면 클수록 공격적으로 변했을 때 예리함도 커진다. 노골적으로 공격적인 사람은 얄팍하고 무섭지 않다. 되레 상당히 유화하고 침착하며 평소엔 격앙된 감정을 보이지 않는 사람일수록 무섭다. 루키티우스는 후자였다.

"오랜만이에요, 루키티우스 님. 건강해 보여 기쁘군요. 메티스 장군도 변함없어 보이시고."

히로토가 옆에서 에크세리스가 말을 건넸다. 2달 정도 전, 에크세리스는 루키티우스를 만났다. 루키티우스가 웃었고 메티스도 가볍게 고개를 숙여 인사해 보였다.

히로토는 루키티우스에서 메티스로 시선을 옮겨,

"오랜만이란 느낌이 안 드네. 매일 만난 기분이야. 변함없이 건강해 보여."

하며 웃었다. 그러자 메티스가 태연히 대답했다.

"이래 봬도 조금 가슴이 커졌는데."

"거짓말?!"

"거짓말이야."

대답하며 메티스는 크게 웃었다. 히로토도 웃었다.

한 방 먹었다. 설마 농담을 건네올 줄은 생각지도 못했다. 히로토는 기뻤다. 서로 농담을 할 수 있을 정도의 사이가 된 것이다. 신뢰 관계는 충분히 구축됐다고 봐도 좋으리라.

"어서 마차로."

하며 에크세리스가 걸어가기 시작했다.

마차로 향하는 동안 아스티리스가, 엘빈이, 말을 건네왔다. 성주들도 말을 건네왔다. 고개를 끄덕여 가볍게 인사하면서 루키티우스는 4인승 마차에 올라탔다.

진행 방향을 등에 지고 메티스와 에크세리스가 그리고 둘을 마주 보는 형태로 히로토와 루키티우스가 앉았다. 히로토 앞은 메티스, 루키티우스 앞이 에크세리스였다.

바로 마차가 달리기 시작했다. 앞뒤 합쳐 20명의 기병이 호위하는 가운데 마차가 주 수도 프리마리아로 향했다.

"뱀파이어의 모습이 안 보이는데."

루키티우스가 물었다.

"하늘에서 대기하고 있습니다. 퓨리스 군을 배려해 오늘은 큰길을 피해달라 부탁했습니다. 젤디스 님과 게젤키아 님은 성에서 기다리는 중입니다."

히로토가 대답했다.

"연합 대표군요. 저도 만나길 고대하고 있습니다."

루키티우스가 고개를 끄덕였다. 젤디스는 뱀파이어족 사라브리아 연합대표, 게젤키아는 게젤키아 연합대표이다.

"그런데 히로토 님은 뭘 바라고 라켈 공주와 저를 대면시키시려는 겁니까?"

루키티우스가 물었다.

아마도 루키티우스는 이미 이유를 알고 있으리라. 알면서 굳이 물은 거다.

"양국의 평화를 생각하면 라켈 공주는 상당히 중요한 존재입니다. 하지만 체데크 대주교 건에선 라켈 공주의 일을 역으로 이용당할 뻔했지요. 두 번 다시 그런 일이 없도록 하기 위해서라도 라켈 공주와 함께 오자(五者) 연합으로 친목을 다져두고 싶었습니다."

루키티우스는 수긍한 듯이 깊숙이 고개를 끄덕였다. 루키티우스가 생각했던 대답과 일치했던 모양이다.

"다섯이서 평화를 유지하자는 생각 자체엔 저도 찬성입니다. 다만 그녀가 파트너로서 어울리는지 아닌지는 제가 결정하고 싶습니다."

아무래도 직접 라켈 공주의 사람됨을 보고 판단하고 싶은 모양이다. 히로토는 고개를 끄덕였다.

이번 루키티우스 방문목적은 세 가지다.

첫 번째는 방문으로 자신, 메티스, 양국 엘프의 사자(四者) 관계를 강화하는 것. 관계가 강화되면 그만큼 양국의 평화는 유지하기 쉬워진다.

두 번째는 루키티우스를 뱀파이어족 대표와 대면시켜 친목을 도모하는 일. 뱀파이어족과 엘프의 연락망은 반드시 양국을 평화의 위기에서 구할 것이다.

그리고 세 번째는 라켈 공주와 대면시키는 것. 라켈 공주는 북 퓨리스 왕족 중 온건파이다. 실력행사로 조국을 탈환하려는 게 아니라 평화를 중시한다. 그편이 북 퓨리스 출신의 사람들이 행복하게 살 수 있다고 생각하고 있다.

히브리드 왕국과 퓨리스 왕국의 문제는 두 세력의 문제가 아니다. 7년 전에 나라가 멸망한 북 퓨리스 왕국의 왕족이라는 제삼 세력도 얽혀 있다. 히브리드와 퓨리스가 평화를 유지하기 위해선 북 퓨리스 문제는 피할 수 없다. 양국이 평화를 실현하기 위해선 퓨리스 평화파와 북 퓨리스 평화파가 연대를 맺어두는 게 중요하다.

　(오자 연합으로 연대를 맺으면 양국의 평화는 훨씬 안정될 것이다.)

　국내와 국외에 문제가 있는 걸 내우외환(內憂外患)이라고 한다. 이걸로 외환은 아마 거의 사라지리라. 하지만 내우는 이제 막 시작되었다.

　내우── 즉 귀족과의 문제다. 1달 전 히로토는 불고르 백작 아들을 처형대로 보냈다. 죄상은 미라족 소녀에 대한 강간 및 강간미수. 변경백의 지배가 미치지 않는 이웃 노브레시아 주까지 가서 백작 아들이 강간미수 현행범으로 체포되도록 조력했다.

　변경백의 행동은 〈변경백에 관한 왕령〉에 의해 규정돼 있다. 히로토에게 딸린 정무관은 히로토가 왕령을 위반했다고 생각하지 않았다. 노브레시아 주 고등법원도 히로토는 왕령 범위 내에서 행동했으며, 왕령 위반이 아니라는 판단을 내렸다. 하지만 귀족들은 히로토에게 반감을 품고 있다. 일부러 이웃 주까지 가서 대귀족의 자제를 죽였다── 그리 생각하는 듯했다.

　미라족에게 가담해선 안 되는 거였다고?

　아니.

　미라족에게 협력하려고 마음먹었을 때, 히로토는 이렇게 생각했다. 이건 나와 리치아라는 소녀와의 개인적인 문제가 아니다. 변경백이 미라족을 구하느냐 마느냐, 변경백이 이후에도 미라족이 계속 기대할 수 있는 존재로 있느냐 마느냐의 문제다, 라고.

　예감은 후에 추인되었다. 백작 아들의 처형소식을 듣고 도미나스 성 앞에 천 명의 미라족이 주내에서 모여든 것이다.

　사라브리아 주내에선 수많은 미라족이 국경 감시에 종사해주고 있다. 만약 리치아의 간청을 듣지 않고 세세라를 내버려 뒀다면 미라족은 자신에게 기대하지 않게 됐을 것이다. 미라족과의 협력관계에도 영향이 생겼을 것이다. 수락했을 당시에는 변경백 일에—— 즉 국경방위에 악영향이 있을 거라곤 예상치 못했지만, 나중에 드러났다. 자신은 변경백으로서 적절한 행동을 한 것이다.

　하지만——.

　자신이 노브레시아까지 간 건 과연 정답이었을까. 자신이 가지 않고 소이치로를 파견해야 했던 건 아니었을까.

　귀족들은 히로토의 행동이 부적절했다고 생각하는 듯했다. 마니에리스나 아스티리스가 준 정보에 의하면 귀족들은 히로토가 권력을 남용했거나, 왕령을 위반했다고 생각하는 모양이다. 재상 파노프티코스가 염려한 것처럼 귀족과의 사이에서 균열이 생겨버렸다. 그 균열을 어떻게 할지.

　개선할 수 있는 건 개선해야 한다. 하지만 개선이 제일이라고 생각해 엉거주춤한 자세가 되는 것만은 피해야 한다. 아무리 충돌회피나 관계개선을 염두에 둔다손 치더라도 자신은 변경백. 국경을 방위하고 국경 안전을 지키는 게 일이다. 그 임무를 위해 귀족과 대립을 피할 수 없다면 피해선 안 된다고 각오를 정해야 한다. 그거야말로 자신이 변경백이며 디페렌테인 이유다.

제2장 편지

1

불고르 백작은 기장이 짧은 재킷 차림에 큐를 잡고 당구를 즐기고 있었다.

며칠 전에 온 북 퓨리스의 공주인지 뭔지 하는 여자는 건방졌다. 어차피 망국의 공주. 조국을 빼앗겨버린 뿌리 없는 잡초에 불과했다. 그런 주제에 마치 이 나라의 왕녀인 것 같은 말투를 했다. 아들을 나무라는 게 마음에 안 들어 살짝 툭 쩔렀더니, 머물지 않고 화를 내며 돌아가 버렸다. 지금 생각해 보면 자신의 태도가 어른답지 못하긴 했다. 상대는 북 퓨리스의 공주였다. 왜 좀 더 성숙한 태도를 보이지 못한 걸까.

불고르 가의 명예가 훼손되니까?

조만간 페르키나 백작에게 한 소리를 들을지도 모르겠다. 하지만 저 애송이와 각별하다는 이유만으로 용서할 수 없었다. 자신은 한 달 전에 아들을 잃었다. 그것도 명예롭지 못한 죄로 잃었다. 아들의 목숨을 빼앗은 건——.

지금도 사라브리아에서 온 애송이가 밉살스러웠다. 어찌하여 저런 벼락출세한 애송이에게 자신이 굴복해야만 하는가. 변경백이 이웃 주로 와서 함정수사를 부추겨도 된단 말인가. 그건 왕령 위반이 아닌가. 하다못해 아들이 쓸데없는 짓만 안 했어도—— 아니, 하다못해 저 남자가 미라족에게 합의를 촉구했다면 아들을 잃지는 않았을 텐데. 저런 멍청이한테 굴복하는 일은 없었을 텐데. 저 남자는 피도 눈물도 없는 남자다. 저 남자는 악마의 시녀로 이 주에 와 잔혹하게 아들을 처형대로 보냈다. 1년 전에 이 세계로 막 온 똥인지 된장인지도 구분 못 하는 애송이가——.

반드시 저 녀석에겐 철퇴를 먹여줄 테다. 아들과 똑같은 꼴을 당하게 해줄 테다. 난 저 남자에게 명예를 빼앗겼다.

당구대를 돌아서 나온 참에 집사가 들어왔다.

"편지입니다."

"누가 보냈나?"

퉁명스레 묻자 집사는 대답했다.

"벨페골 후작님이 보내셨습니다."

2

히브리드 왕국 수도 엔페리아——.

차분한 녹색 양탄자가 깔린 방 안으로 마치 교회 천창에서 빛이 스며드는 것처럼 방에 하얀빛이 쏟아지고 있었다. 하지만 벽 면적이 넓은 탓에 방 전체가 눈 부시게 빛이 넘쳐나는 건 아니었다. 방 안엔 음영이 선명하게 자리 잡고 있었다.

그 방의 검은 책상에 왼쪽 눈에 안대를 찬 장신의 남자가 앉아 있었다. 흰 고양이는 검은 책상 위에서 하품하고 있었다.

히브리드 왕국 재상 파노프티코스였다. 히로토가 보낸 편지엔 퓨리스 왕국의 엘프 대표 루키티우스와 퓨리스 장군 메티스를 만난다는 취지의 글이 적혀있었다. 히로토는 착착 평화의 달구질을 하고 있다. 평화협상만으론 쉽게 평화가 무너진다는 걸 잘 아는지, 라켈 공주도 제도권으로 끌어들여 평화의 방벽을 강화하고 있었다.

능력 있는 남자였다. 국경방위를 안심하고 맡길 만한 사람이었다. 변경백으로 발탁한 보람이 있었다. 그런 만큼 일전의 노브레시아 건은 아쉽기도 했지만. 어제도 그 건으로 벨페골 후작이 나타났다. 불고르 백작을 격려하는 모임을 개최하려는데 오지 않겠냐며 초대한 것이다.

물론 거절했다. 귀족들의 불만 해소는 필요하지만, 귀족의 위세를 강화할 생각은 털끝만큼도 없었다. 귀족이 강해져 봐야 그만큼 폐하의 힘이 약해지고 나라가 분열할 뿐이다. 그렇게 되면 퓨리스가 그걸 기회로 삼으려 들 것이다. 폐하의 힘 아래에서 강력한 통일성을 유지해야 한다.

벨페골 후작은 불고르 백작을 격려하는 모임에서 뭔가 시작할 작정인지도 모르겠다. 페르키나 백작 사건. 그리고 불고르 백작 사건. 양 사건으로 귀족들 사이에서 히로토의 평판은 계속 떨어지고 있었다. 그들에게 히로토는 자신들에게 반항하는 나쁜 존재일 뿐이다.

얼마 전까진 귀족들은 이 나라의 군사적 주역이었다. 국경방위는 귀족들의 일이었다. 그건 페르키나가 속한 라렌테 가문도 마찬가지였다. 하지만 이제 국경방위라 하면 히로토와 뱀파이어족이다. 귀족들이 좋아할 리 없었다.

이 이상 귀족들의 불만이 쌓이지 않도록 배려해야 한다. 경우에 따라선 변경백에게 족쇄를 채워야 할지도 모르는 일이었다.

제3장 암살령

1

도미나스 성 식당에서 열린 소규모 만찬회는 실로 온화한 분위기로 진행되었다. 안경을 낀 하얀 퍼프소매 드레스에 거대한 가슴을 감싼 솔세르는 귀빈들이 모인 테이블에서 줄곧 긴장하고 있었다.

주최자인 히로토는 긴 테이블에 자리한 13명의 출석자를 만족스럽게 바라보고 있었다. 솔세르는 제일 오른쪽 끝에, 그 왼쪽 옆으로 엘프 검객 엘빈, 라켈 공주, 히로토, 발큐리아, 소이치로, 큐레레가 앉아 있었다.

솔세르의 정면엔 에크세리스의 부친 아스티리스, 그 옆이 에크세리스, 메티스 장군, 엘프 대표 루키티우스, 마니에리스, 젤디스, 게젤키아가 앉아 있었다.

메티스 장군이나 라켈 공주, 루키티우스는 평소라면 솔세르가 같이 모여 식사를 할 수 없는 고귀한 사람들이다. 그런 사람들과 자신이 같이 식사 중인 것이다.

(이런 엄청난 사람들과 같이 식사를 하다니! 꿈같아……!)

2

미미아도 시중을 들면서 가슴이 두근거렸다. 늘 히로토 옆에서 높은 사람들에게 포도주를 내놓고 있으니 높은 사람을 접하는 건 익숙해졌을 터인데도. 오늘은 정말로 중요한 연회였다. 그 연회에 자신이——.

이런 중요하고 영광스러운 무대에 불러주다니……하며 미미아는 감동했다.

히로토 님은 다른 낯선 사람이라면 독을 넣을지도 모르지만 미미아라면 그런 일은 절대로 없을 테니까, 하고 말했다. 신뢰받는 게 기뻤다.

시중을 들면서 미미아는 힐끔힐끔 히로토의 모습을 살폈다. 히로토 님과 같은 공간에 있을 수 있는 게 기뻤다. 히로토 님은 빛나고 계셨다. 모인 분들은 온통 거물들뿐이지만, 히로토 님이 가장 중심적인 인물로, 가장 빛나 보였다.

아직 연회는 초반. 히로토 님을 위해서라도 힘껏 시중을 들자…….

3

발큐리아는 평소처럼 양 갈래로 머리를 묶고 평소처럼 검은 하이레그 코스튬에 폭발할 듯한 가슴을 감싸고 있었다. 하지만 평소보다 들떠 있었다. 만찬회에 출석해 달라는 얘기는 꽤 오래전에 히로토한테서 들었다. 아버지와 여동생과 게젤키아도 출석한다는 것도, 목적이 친목도모라는 것도 들었다. 하지만 설마 히로토 바로 옆자리일 줄은 생각지도 못했다.

엘프와 북 퓨리스 공주가 낀 만찬회에 자기 자리가 있다. 그것만으로도 우쭐해지는데 자신은 주최자인 히로토 바로 왼쪽 옆에 앉아 있는 것이다.

마치 히로토의 정실부인——.

히로토가 자신의 반려자라고 정식으로 말하는 것 같아 기뻤다. 히로토는 날 정말로 소중히 여겨준다. 소중한 존재, 아주 중요한 존재라 여겨준다는 게 자리배정으로 절절이 전해져와, 만찬회가 진행되는 동안 줄곧 히죽대고 있었다. 발큐리아는 자신은 뱀파이어족이니까 분명 끝자리라고, 히로토 양옆은 메티스와 라켈 공주의 자리라고 생각했다.

하지만 히로토의 옆자리——.

내 정식 파트너는 발큐리아야.

그리 히로토가 말하는 듯해 행복해 어쩔 줄을 몰랐다. 옆을 보자 히로토가 있다. 자신은 히로토의 옆. 히로토의 옆은 자신.

기뻐서 히로토의 어깨에 머리를 얹었다.

"왜 그래?"

히로토가 얼굴을 돌렸다.

"아무것도 아냐."

미소가 새어 나왔다. 참으려고 해도 흘러나왔다.

히로토.

나, 행복해♪ 네 옆자리, 너무 기뻐♪

4

저녁 만찬의 주체인 히로토는 긴 테이블에 자리한 자신 이외의 13명의 출석자를 만족스럽게 바라보고 있었다. 모두 만족하고 있었다. 히로토는 남녀 흡혈귀 둘에게 얼굴을 돌렸다.

하나는 빨간 짧은 조끼에 폭발할 듯한 가슴을 감싼, 눈초리가 날카로운 빨간 머리 여자 흡혈귀였다. 보기에 용맹한 분위기를 풍기고 있다. 게젤키아 연합 대표 게젤키아다.

하나는 멋진 검은 수염과 떡 벌어진 체격을 자랑하는 남자 흡혈귀였다. 관록 넘치는 중년 아저씨다. 사라브리아 연합 대표 젤디스였다.

둘 다 이런 자리에 출석하는 건 처음일 텐데, 겨우 자리에도 익숙해진 모양으로 술과 과일을 즐기고 있었다. 젤디스는 우적우적 복숭아를 먹고 있었다. 둘 다 지루해하는 분위기는 아니었다. 오늘 밤 만찬회는 메티스 장군과 루키티우스 일행 엘프와 뱀파이어족과의 친목을 도모하는 게 목적이다.

큐레레는 식사도 제쳐놓고 루키티우스가 준 양피지 책을 넘기고 있었다. 멋진 삽화에 입을 벌리고 큰 처진 눈을 빛내고 있었다.

"히로토 님."

파란 차이나 드레스에 폭발할 듯한 가슴을 감싼 금발에 푸른 눈의 소녀가 히로토에게 포도주잔을 내밀었다. 히로토의 시녀 미미아였다. 오늘 저녁의 시중을 부탁했다. 미미아라면 신뢰할 수 있다. 히로토와 같은 장소에 있을 수 있어서인지, 미미아는 기뻐 보였다.

루키티우스와 뱀파이어족 일행의 대면은 순조로웠다. 루키티우스는 정말로 겸손한 엘프였다.

《젤디스 님의 소중한 부하 분이, 우리에게 아주 중요한 소식을 가져다주셨습니다. 덕분에 체데크 대주교의 계략을 완전히 꺾고, 양국의 평화를 유지할 수 있게 됐습니다. 퓨리스 왕국의 엘프 장로회 대표로서 깊이 감사드립니다.》

그리 젤디스를 향해 정중하게 인사를 했다.

《난 퓨리스 녀석은 싫소. 우리 동료가 퓨리스 녀석들한테 아무런 잘못을 한 적이 없는데, 멋대로 죽여서 말이오.》

솔직히 사리에 안 맞는 비난이다. 하지만 루키티우스에겐 세찬 바람조차 안 됐던 모양이다.

《우리 엘프는 비단 장사를 하고 있습니다. 돌아가신 분께 부인이 계셨는지 모르겠지만 집안 분들, 돌아가신 씨족분들, 그리고 게젤키아 님께 이걸.》

하며 화려한 비단을 손수 건넸다.

만용을 떨치던 게젤키아도 역시 여자다. 예쁜 옷을 몰라볼 리 없다. 생각한 것 보다 선물의 양이 많았던 것도 한몫해,

게젤키아는 단번에 미소를 지었다.

《너희 엘프는 좋은 종족이구나. 오르시아에서도 엘프 연합은 우리한테 쓸데없는 짓을 하지 않아. 부하에게 너희 동료한텐 손대지 말라고 말해둘게.》

기회를 놓치지 않고 즉시 루키티우스는 부탁을 했다.

《메티스 님한테도 손대지 않는다고 약속해주셨으면 합니다. 메티스 님은 우리가 가장 신뢰하는 장군입니다.》

《우리 동료를 죽인 나라의 사람을 죽이지 말라고 약속하라는 거야?》

《저도 같은 나라 사람입니다.》

그 한 마디에 게젤키아가 침묵했다. 즉각 루키티우스가 말을 잇는다.

《메티스 장군은 뱀파이어족에게 손을 댈 분이 아닙니다. 히로토 님과도 각별한 분, 평화에도 진력을 다하는 분이지요. 만약 게젤키아 님의 동료분이 잘못해서 메티스 장군을 공격하는 일이 생기면 양국의 평화가 위험해집니다. 히로토 님에게 협력적인 분을 상처 입히게 되면 게젤키아 님의 명예에도 관계되는 거 아닙니까?》

게젤키아는 물끄러미 루키티우스를 보며 좋아, 하고 대답했다. 루키티우스는 정치로부터 거리를 두고 있었을 뿐, 교섭을 못 하는 게 아니었다. 온화하고 조용하게 보이지만 치고 들어갈 땐 급격히, 힘껏 치고 들어간다. 루키티우스는 그런 인물인 듯하다.

얕볼 수 없는 상대였다.

"어이, 히로토."

술을 마시던 메티스가 말을 걸어왔다.

"오늘은 요전처럼 나한테 볼 꼬집히러 안 와?"

"뭐? 꼬집히고 싶다고?"

되묻자 메티스가 히죽히죽 웃었다. 꼬집히고 싶은 모양이다.

진짜야, 한순간 히로토는 생각했지만 이건 기회일지도 모른다고 생각을 고쳐먹었다. 웃음을 자아내 분위기를 부드럽게 만들고 친목을 한층 더 도모할 기회이지 않은가?

그렇다면.

기회는 즉시 잡아야지.

히로토는 일어섰다. 긴 테이블을 돌아 메티스의 대각선 뒤로 돌아간다. 히로토가 얼굴을 내밀자 메티스와 에크세리스가 동시에 히로토의 볼을 꼬집었다.

"어라?!"

순식간에 웃음이 터져 나왔다.

"메티스만 꼬집는다고 생각했더니만 생각지도 못한 복병이 있을 줄은."

히로토가 농담을 하자,

"방심했군. 전쟁이면 진 거야."

메티스가 돌려주었다.

"우익과 좌익에서 동시에 협공을 당할 줄은 생각지도 못

했어. 여자는 위험하다는 걸 지금 뼈저리게 느꼈어."

히로토의 농담에,

"여기에도 위험한 녀석이 있어."

게젤키아가 끼어들었다.

"나도 꼬집게 해줘."

"뭐~어!"

하고 말하며 히로토는 자리에서 일어나 게젤키아 옆으로
돌아갔다. 게젤키아가 가볍게 볼을 꼬집었다. 다시 웃음이
터져 나온다.

히로토는 재차 큐레레 옆으로도 다가섰다. 큐레레가 손을
내밀었다.

온다, 온다.

제대로 센 게——.

그러나 예상과 달리 큐레레는 히로토의 볼을 쓰다듬었다.
엉겁결에 젤디스가 박수를 쳤다. 게젤키아도 손뼉을 쳤다.

"상냥하시군요."

루키티우스도 싱글벙글 웃는다.

"내 딸이니까."

젤디스가 으스댄다. 마니에리스도 상냥한 미소를 짓는다.
큐레레의 쓰담쓰담으로 한층 더 분위기가 부드러워졌다.

(큐레레가 참가해서 다행이야.)

히로토는 생각했다. 만찬회 멤버에 큐레레를 넣은 건 젤
디스와 발큐리아를 넣으면서 혼자만 빼놓을 수 없었기 때문

이다. 소이치로가 참가한 것도 그런 이유이다.

이걸로 한층 더 분위기가 부드러워졌다고 보람을 느끼면서 히로토는 다시 자리로 돌아왔다. 돌아온 참에,

(맞다. 그녀한테도 시키자.)

하며 히로토는 라켈 공주에게 볼을 내밀었다.

라켈 공주는 한순간 놀라더니 그러고 나서 살짝 부끄러워하며 부드럽게 볼을 잡았다. 부드럽고 부드러운 한 차례의 꼬집힘이었다.

이걸로 거물 여자들은 전원 히로토의 볼을 꼬집은 게 된다. 같이 공유하는 게 있으면 그만큼 친목을 도모하기 쉬워진다.

"나한텐 볼 안 내미는 거야?"

발큐리아가 졸라왔다. 히로토가 볼을 돌리자 발큐리아가 입술을 꾹 눌렀다. 젤디스와 게젤키아와 엘빈이 즉시 요란스레 마구 소리를 지른다. 루키티우스도 마니에리스도 아스티리스도 웃었다. 루키티우스가 입을 열었다.

"히로토 님은 유쾌한 분이시구려. 변경백이시면서 점잔 빼는 구석이 없어요."

"하지만 귀족들은 건방지다고 여기는 모양이에요."

하며 히로토는 웃었다.

"사람의 정점에 선 자는 위엄을 지켜야 한다고 말하는 분도 계시지요. 나라의 정점에 선 자도 마찬가지라고. 위엄을 지키는 일, 왕의 위엄을 내보이는 일이야말로 왕의 증표라고 착각하는 자나 자신이 가야 할 길을 헤매는 자도 있습니다.

그리고 그런 자들에 의해서도 평화는 흔들릴 수 있지요."

돌연 루키티우스는 진지하게 치고 들어왔다. 조금 전까지 부드러운 분위기에 잠겨 있던 루키티우스가 마침내 어금니를 드러냈다.

히로토는 직감적으로 알았다. 말하는 건 분명 라켈 공주의 동생 요아힘 전하 이야기를 하려는 것이다. 그렇다면 누구를 향해 말하는지는 간단히 알 수 있다.

"라켈 공주는 어떻게 생각하시는지?"

추측대로 루키티우스는 라켈 공주에게 질문을 던졌다. 평화의 파트너로서 어울리는지, 신문이 시작된 것이다. 히로토는 라켈 공주에게 얼굴을 돌렸다.

자, 공주는 어떻게 대답할까?

5

라켈 공주는 이 질문이 자신을 시험하려 한다는 걸 바로 알았다. 루키티우스는 이쪽의 생각을, 됨됨이를, 알고자 하고 있었다.

잘 보이려고 적당히 연기할까?

어리석은.

자신은 북 퓨리스의 왕족. 북 퓨리스 왕족의 제2 왕위 계승자. 그런 자가 왜 비호를 받기 위해 아첨을 떨어야 한단 말인가.

공주라는 건 늘 고상하고 우아하며 자신을 잃어선 안 된다. 아첨은 자신을 배신하는 짓이다. 그건 공주가 아니다.

"왕이라는 자는 위엄을 지켜야 합니다. 하지만 위엄 그 자체가 가장 먼저 지켜야 하는 덕목은 아닙니다. 가장 먼저 지켜야 하는 건 왕국의 번영과 안전이지요. 사람의 위엄이라는 건 흔들리지 않는 마음과 남의 의견을 듣는 귀와 빠른 판단으로부터 자연스레 생겨나는 거라고 전 생각합니다. 그런 것들을 소홀히 하면서 제일 먼저 위엄을 바라면 어리석은 왕밖에 되지 않겠지요. 2달 전 제 동생처럼."

"당신은 동생을 완전히 제어할 수 있으신지?"

루키티우스가 한층 더 질문을 퍼부었다.

그게 노림수인가.

아니면 그 너머에 다른 노림수가 있나?

동생을 완전히 제어할 수 있느냐는 물음에 대해 '반드시'라고 대답해선 안 된다고 생각했다. 루키티우스는 '반드시'라는 대답을 들으려는 게 아니다. 어떤 마음가짐으로 동생을 제어하려는지 묻는 것이다.

"제 생각은 히로토 님과 마찬가지입니다. 사자연합에 의한 평화 유지의 얘기는 히로토 님으로부터 들었습니다. 사자연합의 이점은 누군가가 제어를 벗어나더라도 연대나 협력으로 보충하는 거라, 전 생각했습니다. 동생에 대해선 제가 가장 책임을 져야겠지만, 히로토 님께도 엘프 분들께도 조력을 받아 동생이 길을 헤매지 않도록 하는 게 저의 중요한 사명이라 생각합니다.”

라켈은 되받아쳤다.

“그건 남에게 떠넘기시겠단 말씀이 아니신지?”

루키티우스가 심술궂게 추궁한다.

상당히 끈질기다. 분명 내 부친의 사자에게도 이렇게 추궁하다 마지막엔 거절했겠지.

“그럼 왜 루키티우스 님은 사라브리아까지 오셨습니까? 자신이야말로 유일하게, 적을 완전히 제어할 수 있는 존재라는, 잘못된 생각을 하지 않으셨기에 오신 거 아닙니까? 저 혼자서 동생을 설득할 수 있다면 더할 나위 없겠지요. 하지만 사람은 오직 한 사람의 설득으로 바른길로 인도되는 게 아닙니다. 제가 설득하지 못했을 땐 다른 분께 부탁할 수 있게끔 해둔다. 그게 중요한 거 아닌가요?”

루키티우스는 고개를 끄덕였다.

지금만은 수긍했다?

──하지 않았다.

“당신은 왜 동생을 완전히 제어하려고 합니까?”

루키티우스는 근본적인 질문을 던져왔다.

끈질긴 엘프다.

“북 퓨리스 백성을 위해섭니다. 동생의 강공책은 북 퓨리스 백성을 행복하게 할 수 없습니다.”

라켈은 대답했다.

“그렇지만 당신은 반년 정도 전에 서기관과 함께 히로토 님을 만났습니다. 히로토 님께 강공책을 부탁할 작정이었던 건 아닙니까?"

루키티우스가 한층 더 추궁했다.

자신의 과거에 대해서도 조사해온 모양이다. 히로토에게 자신과 대면한다는 얘기를 들은 시점에 부하한테 조사를 명한 것이리라.

상대와 만날 땐 뒷조사를 해서 상대의 신뢰도를 확인한다. 엘프다운 태도다.

"서기관 가르슈는 히로토 님의 힘을 빌려 이슈 왕을 죽이려고 생각했던 모양입니다. 전 원래 사라브리아 행은 내키지 않았습니다. 하지만 가르슈가 너무도 간절히 말했던 것과 히로토 님이 하갈을 공격하려던 퓨리스 군을 격퇴한 걸 듣고 히로토 님과의 연결고리를 만들어, 막상 무슨 일이 생겼을 때 조국 재건의 지지를 받을 수 있도록 해두자고 생각했습니다."

"즉 우리나라를 공격할 작정이셨다고요?"

"네. 지금 당장은 아니지만 장래적으로 그렇게 하려 했습니다."

라켈 공주는 솔직히 인정했다. 이런 참에 부정한들 의미가 없다. 상대는 자신이 공격하려던 걸 알고 있으면서 굳이 질문해왔다. 엘프 앞에서 발뺌은 위험하다.

"하지만 히로토 님을 만나 뵙고 생각이 바꿨습니다."

라켈은 말을 이었다.

"가르슈가 뱀파이어족을 이용해 이슈 왕을 암살해달라고 부탁했을 때, 히로토 님은 이렇게 말했습니다. 이슈 왕이 암살을 당하면 왕을 애도하고자 퓨리스 국은 10만 대군을 거느리고 공격해올 게 틀림없다. 그렇게 되면 얼마나 많은 히브리드인과 북 퓨리스인이 위험에 처하게 될지. 설령 지금 눈앞에 공주가 있더라도, 공주를 따르는 자들의 목숨을 잃게 하는 작전은, 자신은 승낙할 수 없다고."

루키티우스는 대답하지 않았다. 하얀 눈썹에 가려 거의 보이지 않는 두 눈동자로 자신을 보고 있다.

"히로토 님은 제가 북 퓨리스의 공주이면서 북 퓨리스 백성을 생각하지 않았다는 걸 깨닫게 해주셨습니다. 전 왕위 계승자인 터라 조국을 되찾는 일이 틀림없이 북 퓨리스 백성을 행복하게 해주는 일이라 착각하고 있었습니다. 하지만 막무가내로 퓨리스를 공격하면, 국경 부근에서 생활하는 제 동포들의 생활을 파탄 내고 동포들을 지금보다 고통스럽게 만들 뿐이죠."

그렇지, 하는 표정으로 루키티우스는 고개를 끄덕이며 동의했다.

"공주는 이슈 왕을 죽이고 싶습니까?"

"아니오."

라켈은 즉답했다.

"조국은 재건하실 생각이 아닙니까?"

다시금 루키티우스가 연거푸 질문을 퍼붓는다. 루키티우

스 옆에서 한순간 메티스 눈이 더 날카로워졌다.

"무력으로 재건을 시도하는 게 북 퓨리스 백성의 행복으로 이어지는지, 전 의문을 품고 있습니다. 무력으로 조국을 탈환하려 들면, 설령 일시적으로 조국을 재건할 수 있다손 치더라도 땅은 황폐해지고 바로 조국은 사라지겠지요. 그게 과연 북 퓨리스 백성의 행복으로 이어지는지. 조국 재건은 우리 왕족의 소원이지만, 북 퓨리스 백성의 행복으로 이어지는 나라이어야만 합니다. 무력에 의한 재건은 아마도 북 퓨리스 백성을 불행하게 할 뿐이겠지요."

"당신 생각은 히로토 님과 아주 비슷하시군요."

"히로토 님께 영향을 받았습니다. 저를 구해주시고 제 무지함을 깨우쳐주신 건 히로토 님이세요."

라켈의 대답에 처음으로 루키티우스는 싱긋 웃어 보였다.

또 역습? 날카로운 질문이 날아든다?

예상은 틀렸다.

"이슈 왕은 당신 목숨을 노리지 말라고 명하셨습니다. 우리 엘프도 같은 생각입니다. 당신이 양국의 평화에 기여하는 한, 당신의 신변 안전과 목숨이 누구한테도 위협당하지 않기를 우리 퓨리스 왕국의 엘프들은 강하게 바라고 있습니다. 양국의 평화에 이바지하는 자의 목숨은 어떠한 자라도 지켜야 합니다. 그 목숨은 누구라 할지라도 침해할 수 있는 게 아니지요."

라켈은 저도 모르게 두 손으로 입을 가렸다.

자신에 대한 암살령을 취소했다는 소문은 사실이었다. 게다가 지금—— 엘프가 자신의 신변 안전을 보증해주었다.

양국의 평화에 이바지하는 자의 목숨은 어떠한 출신이라도 지켜야 한다——.

어떠한 출신이라는 건 어떤 나라의 사람이든지, 라는 의미다. 북 퓨리스인이든 퓨리스인이든 히브리드인이든 인간이든 엘프든 목숨은 지켜져야 한다고 엘프가 선언해주었다. 자신의 목숨을 노리는 자를 향해 못을 박으려 하고 있다. 평화에 기여하는 한이라는 조건은 딸려 있지만, 엘프가 자신의 생명을 보증해주려 했다. 자신의 목숨을 노리는 자를 견제해주려 한다. 〈누구라 할지라도 침해할 수 있는 게 아닙니다〉라는 건 그런 의미다. 자신의 목숨을 노리는 자에 대해선 용서하지 않겠다고 엘프가 선언해주었다.

(난 이제 목숨을 위협받지 않는 건가? 암살 가능성에 떨 필요도 없어진 건가?)

너무 기뻐 엉겁결에 라켈 공주는 자문했다. 아직 실감이 나지 않는다.

"루키티우스 님, 지금 말씀, 이슈 왕께도 전하신 거요?"

마니에리스가 확인하러 나섰다.

"전했고, 선포를 내려주셨습니다. 이미 폐하는 라켈 공주에 대한 암살령을 거두셨습니다. 취소 명령을 위반할 경우 호된 처분이 있을 거라 엄명하셨습니다. 라켈 공주껜 저희와 함께 양국의 평화를 지켜주시길 바랍니다."

함께 지켜주시길 바랍니다——.

기쁨이 복받쳐왔다. 엘프는 자신을 평화를 지키는 한 사람으로 인정해주었다.

"이슈 왕이 냉정하면서도 한편 자비 넘치는 결단에 깊이 감사드립니다. 훌륭한 군주와 함께 평화의 길을 걸을 수 있게 된 걸 변경백으로서 아주 명예롭게 생각합니다."

히로토가 감사의 말을 던졌다.

"저희 엘프 일동도 이슈 왕의 결단에 깊이 감사드립니다. 이슈 왕은 평화의 수호신이시오."

마니에리스도 극찬했다.

라켈은 필사적으로 감동을 억눌렀다.

이슈 왕이 암살령을 거뒀다. 자신에 대한 암살령은 이제 없다. 그뿐만 아니라 자신을 죽이려 드는 자를 엄벌한다고 말해주었다——.

이제 떨지 않아도 된다. 주위의 눈을 신경 쓰면서 밀정에게 들키는 걸 두려워하며 외출하지 않아도 된다. 갑옷을 입고 변장한 채 외출하지 않아도 된다. 그런 과거와 이제 작별인 거다……

눈물이 나올 것 같았다.

공주는 울어선 안 된다. 사람 앞에서 울어선 안 된다. 그리 자신에게 훈계하려 했지만, 복받쳐 오르는 눈물로 이미 앞은 보이지 않았다.

제4장 불만과 해방

1

4인승 마차에 가령과 함께 올라탄 뒤 불고르 백작은 저택을 나왔다. 1km 정도 직선로가 이어진다. 그 뒤 주 수도로 들어간다.

앞으로 자신은 긴 여행에 나서게 된다. 왕도 근처까지 가게 된다. 벨페골 후작의 저택에서 자신을 격려하는 모임이 열린다. 모두 변경백의 횡포를 멈춰야 한다고 생각해준 것이다.

노브레시아 고등법원이 다가오자 침을 뱉고 싶어졌다. 자기 아들에게 죽음의 선고를 내린 원망스러운 존재. 비겁한 변경백과 결탁한 나쁜 법의 파수꾼.

예의 사건으로 엘프가 싫어졌다. 엘프는 자신에게 권고도 내렸다. 권고는 주장관답지 않은 행동을 삼가도록, 이었다.

엘프를 싫어하는 귀족은 적지 않다. 주의 지배자가 되려고 할 때 반드시 부딪히는 자가 엘프다. 엘프는 법조를 지배하고 있다. 예전 엘프는 한층 더 이 나라에서 주인행세를 했었다. 재판관은 전부 엘프였고 추밀원 멤버도 전원 엘프였다. 이 나라는 엘프가 지배해온 것이다.

이 주는 원래 자신들, 불고르 가의 힘이 강한 곳이었다.

그 덕분에 노브레시아 주는 엘프가 주장관을 맡고 있지 않았다.

길가에 미라족이 보였다. 여자 미라족이다. 더러운 붕대로 온몸을 감고 있다. 미라족과 함께 차이나 드레스를 입은 금발의 엄청 가슴이 큰 소녀들이 걷고 있었다. 불고르 백작은 불끈 화가 치밀었다.

저 더러운 녀석들. 즐겁게 걷고 있잖아. 게다가 뭐야. 인간까지 미라족과 사이좋게 얘기하며 걷고 있잖아.

차이나 드레스 소녀가 인간 옷을 입은 미라족이라는 걸 불고르는 몰랐다.

세상도 말세다, 하며 불고르 백작은 고개를 가로저었다. 이런 종족을 지키려 하다니, 변경백은 취미가 너무 후지다. 저런 자가 귀족 축에 끼다니, 우리 대귀족에 대한 모독이다.

2

일과를 마치고 소이치로가 자신의 침실로 돌아오자 이미 큐레레는 침대에 엎드려 준비하고 있었다. 소이치로에게 얼굴을 돌려 눈을 깜빡대고 있다. 어제 루키티우스가 준 책을 읽어주길 바라며 기다리는 것이다.

"책."

큐레레가 엎드린 채 말했다.

"읽는 건 한 편뿐이야."

"책."

"어떤 얘기가 실려 있는지 기대되는데."

소이치로가 말하자 큐레레는 고개를 끄덕였다.

"책♪"

큐레레도 즐거운 모양이다.

소이치로는 큐레레 옆에 앉아 넓적다리 위에 책을 얹었다. 큐레레가 다시 눈을 깜박댄다. 소이치로는 낭독을 시작했다.

"옛날 옛적에 작은 연못 옆에 엄마 양과 어린 양 7마리가 살고 있었습니다. 얼마 전까진 아빠 양도 함께 살았지만, 다른 암컷 양을 좋아하게 돼 집을 나가고 말았습니다."

서두부터 소이치로는 말문이 막혔다.

바람이 나서 가정을 버렸다? 아이에게 읽어주기엔 도가 지나치잖아.

하지만 큐레레는 눈을 반짝반짝 빛내고 있다.

"어느 날 엄마 양은 볼일이 있어 마을까지 외출했습니다. 《이제부터 엄마는 나갔다 올 건데, 엄마가 돌아올 때까지 절대로 문 열면 안 돼》. 아이들은 알았다고 대답했습니다. 《그렇지만 어떻게 엄마인 걸 알아?》《엄마야, 라고 말할 테니까 너희들은 확, 널 찔러버릴 테야, 하고 대답해. 우짜노 당했다, 라는 대답이 돌아오면 엄마야》《확, 널 찔러버릴 테야! 라고 하면 되네》《맞아. 잊으면 안 돼》. 다짐을 하자 엄마 양은 외출했습니다."

소이치로는 한층 더 말문이 막힐 것 같았다.

널 찔러버릴 테야 라니, 너무 위험해 이 엄마. 게다가 《우짜노 당했다》라니, 사투리 버전이야.

"그래서 늑대 와?"

큐레레는 가슴을 두근대며 기대하고 있다. 소이치로는 낭독을 재개했다.

"한참 지나자 늑대가 왔습니다. 늑대는 이 집을 잘 알고 있었습니다. 분명 남편은 1년 전에 집을 나갔습니다. 엄마와 어린 양 7마리밖에 없을 터입니다. 평소엔 밖에서 엄마 모습을 봤지만, 오늘은 없습니다. 《이거 엄마가 외출한 게 틀림없어》, 하고 늑대는 생각했습니다. 《기회야. 7마리 중 2마리를 먹자. 전부 먹어치우면 엄마 양도 슬퍼서 죽을지 몰라. 5마리 남겨두면 엄마 양은 죽지 않을 테고, 어린 양들도 커서 또 내 뱃속으로 들어올 거야》. 하지만 어린 양들은 분명 엄마가 미리 말해둔 게 있을 겁니다. 열쇠도 걸려 있을 겁니다. 《좋아, 엄마 흉내를 내자》. 늑대는 집 문을 노크했습니다. 《열어줘》 하고 가성으로 늑대는 말했습니다. 《누구야? 엄마야?》 《맞아》 《확! 널 찔러버릴 테야!》. 저도 모르게 늑대는 《우와! 우짜노 당했다……!》하며 뒤로 나자빠졌습니다. 나자빠지면서 뒤통수가 돌에 부딪혀 딱 둔탁한 소리가 났습니다. 머릿속에서 별이 사방으로 날렸습니다. 《엄마다! 엄마가 돌아왔다!》. 어린 양들은 기뻐하며 문을 열었습니다. 하지만 엄마 양은 없었습니다. 대신 눈을 희번덕거리며 늑대가 쓰러져 있었습니다. 《우와, 늑대다!》. 허둥지둥 어린 양은 문을 닫았습니다."

깔깔 큐레레가 웃는다.

"늑대, 연기가 과했어♪"

하며 기뻐하고 있다.

"한참 지나 늑대가 일어났습니다. 머리엔 커다란 혹이 생겼습니다. 《왜 나 여기에 쓰러져 있지? 분명 어린 양한테 말을 걸었는데──》. 거기까지 기억을 더듬다 늑대는 자신이 연기하다 쓰러지는 바람에 뒤통수를 세게 부딪힌 걸 생각해냈습니다. 《제기랄! 그만 대사를 과하게 내뱉었어. 이번엔 과장되지 않게 잘해야지. 도박과 대사는 과하게 하지 말라고들 하잖아》. 늑대는 다시 문을 두드렸습니다. 《엄마야?》《맞아》《확! 찔러버릴 테야!》《헉…… 또다시……우짜노 당했다……!》. 늑대는 다시 뒤로 나자빠졌습니다. 다시 딱 둔탁한 충격이 뒤통수를 엄습했습니다. 《엄마다! 엄마가 돌아왔다!》. 어린 양들은 문을 열었습니다. 그러자 늑대가 머리를 누르며 괴롭게 나뒹굴고 있었습니다. 아무래도 혹이 생긴 자리에 다시 부딪힌 모양입니다. 《우와, 늑대다!》. 다시 어린 양들은 집 안으로 도망쳤습니다."

다시 깔깔 큐레레가 웃는다.

"헉, 우짜노 당했다아♪ 헉, 우짜노 당했다♪"

큐레레가 늑대 흉내를 냈다. 늑대가 쓰러지는 연기가 마음에 든 모양이다. 소이치로는 계속 읽었다.

"《제기랄, 일껏 어린 양이 나왔는데, 아무것도 못 했어. 이번엔 엉겁결에 뒤로 안 자빠질 거야》. 늑대는 단단히 맹세하고 다시 문을 두드렸습니다. 《늑대잖아》하고 어린 양이 물었습니다. 《어떻게 알았어……?》《역시 늑대다!》《됐으니까 열어!》《확! 널 찔러버릴 테야!》《헉! 우짜노 당했다……!》. 이번에야말로 멈추자고 마음먹었지만, 늑대는 뒤로 나자빠져 버렸습니다. 딱! 가장 큰소리가 나며, 머릿속에서 한층 더 큰 별이 사방으로 날렸습니다. 어린 양들은 좀처럼 나오지 않습니다. 《역시 엄마인가?》《분명 늑대야. 또 머리를 부딪쳐 쓰러진 거야》《의욕적인 늑대인데》《확인해 보자》. 한참을 의논한 끝에 어린 양들은 살며시 문을 열었습니다. 늑대가 배를 보이며 나자빠져 있었습니다. 늑대는 움직이지 않았습니다. 《죽은 척해서 우릴 먹을 작정이지?》, 어린 양 중 하나가 말했습니다. 하지만 대답은 없었습니다. 하나가 용기를 내 늑대를 냅다 차 보였습니다. 늑대는 갑자기 휘청하다 등을 보였습니다. 대답은 없습니다. 늑대는 또다시 머리를 부딪쳐 죽어버린 것이었습니다.》

큐레레가 눈을 깜빡댄다. 설마 죽을 줄을 생각지도 못한 모양이다. 낭독하던 소이치로도 깜짝 놀랄 만한 전개였다.

"《재미있는 늑대였는데, 죽어버렸어》. 어린 양들은 불쌍한 생각에 무덤을 만들어주었습니다. 한참 뒤에 엄마 양이 돌아왔습니다. 엄마 양은 어린 양들한테서 얘기를 들은 후, 두 번 다시 위험한 암호는 가르쳐주지 않게 되었다고 합니다."

큐레레가 손뼉을 쳤다.

"늑대 죽었어?"

"죽어버렸네."

하며 소이치로는 맞장구를 쳤다. 역시 큐레레도 동정하고 있는 게 분명하다. 착한 애라고 생각했더니,

"큐레레, 피 빨래."

"뭐?"

"묻으면 아까워. 큐레레 피 빨래. 분명 맛있을 거야♪"

소이치로는 나자빠졌다. 아무리 귀엽게 보여도 뱀파이어 족은 뱀파이어족이었다.

3

하얀 차이나 드레스에 폭발할 듯한 몸을 감싸고 라켈 공주는 배 위에서 반짝이는 수면을 보고 있었다. 부드러운 햇살이 수면에 수많은 빛의 보석을 만들어내고 있다. 배가 호수 위를 미끄러지듯 나가자 빛도 호수 위를 미끄러지듯 나가며 호수 위의 다른 영역, 인접한 다른 영역으로 빛의 보석을 만들었다.

이미 루키티우스와 메티스 장군이 고국으로 돌아간 지 이틀——. 라켈 공주는 사라브리아 북부 네카 성의 호수를 찾았다. 일껏 암살령이 취소됐으니 느긋하게 지내다 가면? 하는 히로토의 권유로 솔세르의 성에 온 것이다.

설마 이런 옷을 입고 자유를 구가할 때가 올 줄은 생각지도 못했다. 사람과 만날 땐 공주용 드레스. 이동할 땐 갑옷과 투구. 사복을 입고 외출할 수 있을 줄은 생각지도 못했다.

멋진 해방감이었다.

이제 갑옷과 투구를 착용할 필요는 없다. 자객이나 밀정을 두려워해 마차 창문에 커튼을 치고 어스레한 가운데 숨죽일 필요도 없다.

어쩜 이리도 근사할까. 게다가 노를 젓고 있는 이는 변경백 히로토였다. 발큐리아가 일부러 양보해주었다.

행복한 시간이었다. 만찬회에서도 히로토 바로 오른쪽 옆을 차지할 수 있었다. 그리고 지금 히로토와 같은 배를 타고 바로 앞에서 히로토를 보고 있다.

"소이치로, 달려~ ♪"

큐레레가 소이치로를 재촉하고 있었다. 퓨리스 군을 쳐부순 영웅이지만 평소엔 천진난만했다.

그 옆에선 네카 성 성주 달무르가 배를 젓고 있었다. 타고 있는 건 아내 레스리아다. 엄청난, 폭발할 듯한 가슴이었다.

딸 솔레스는 시녀 미미아와 타고 있었다. 노를 젓는 건 놀랍게도 솔세르였다.

좀 떨어진 곳에서 라켈의 시녀가 배를 타고 있었다. 노를 젓는 건 엘프 엘빈이었다. 생각 탓인지 시녀의 표정도 온화하다. 자신과 마찬가지로 항상 암살 위험에 떨고 있었다. 하지만 이제 떨 필요가 없어졌다.

자신에 대한 암살령이 해제된 경위에 대해선 고문관 엘빈이 얘기해주었다. 에크세리스와 메티스 장군이 온 힘을 다해줬다고 한다. 라켈 공주는 평화의 열쇠이며 결코 죽어선 안 되는 존재라고, 이슈 왕에게 호소해준 모양이다. 에크세리스는 히로토의 명령으로 움직였을 테니까 에스세리스의 진력은 히로토의 진력이나 진배없다. 히로토가 자신을 죽이지 말도록 암살령을 해제하도록 메티스 장군과 함께 움직여준 것이다.

뭉클했다. 히로토가 자신을 응원해주었다. 그뿐만 아니라 메티스 장군까지 자신의 구명에 힘써주었다…….

자신은 행복한 사람이라고 생각했다.

망명한 지 8년. 가장 행복을 느낀 순간이었다.

물론 히로토나 에크세리스나 메티스 장군의 움직임만 보고 이슈 왕이 감동해 암살령을 해제한 게 아니라는 건 알고 있었다. 자신의 암살령을 해제한 건 이슈 왕이 자신에게 이용가치가 있다고 생각했기 때문이다.

퓨리스 왕국의 체데크 대주교가 실각한 건 라켈도 알고 있다. 체데크 대주교는 북 퓨리스에 대해 강경파였다. 메티스 장군과도 대립하는 존재였을 터이다. 이슈 왕은 자신의 암살령을 해제하는 것으로 메티스 장군의 지지를 강하게 내세우며 체데크 대주교를 견제했을 거다.

그래도 좋다. 신분이 높은 사람은 이용가치가 없어지면 동시에 존재가치가 없어지고 만다. 이용가치가 있기에 높은 신분의 사람은 높은 신분의 사람으로 있을 수 있다.

배는 호수 정중앙으로 향하고 있었다. 호수 안에 마치 작은 언덕처럼 솟아오른 곳이 있다. 하지만 그 언덕은 초록빛 입방체로 돼 있는 듯하다.

"저건?"

라켈이 물었다.

"미라족 유적입니다."

히토로가 대답했다.

"미라족의?"

"히브리드엔 몇몇 미라족 유적이 남아 있어요."

히로토가 배를 그쪽으로 돌렸다. 천천히 노를 저어 갔다.

먼저 소이치로 배가 도착했다. 큐레레가 뛰어내린다. 그러고 나서 배를 고정한다. 소이치로도 이동했다.

이어 히로토 배가 도착했다. 히로토가 먼저 배에서 내린 뒤 라켈에게 손을 내밀었다.

저도 모르게 수줍어하고 말았다. 히로토가 손을 내밀고 있다.

과감하게 뛰어내렸다. 기세가 넘쳐 히로토에게 안기는 꼴이 되고 말았다. 풍만한 가슴이 히로토의 가슴팍에 닿아 찌부러졌다.

아.

히로토 님에게 안기고 말았다.

저도 모르게 설레고 만다. 같은 연배의 소년과 포옹한 건 처음이다. 대담한 여자라면 이대로 양팔을 히로토 등에 감았겠지만, 자신은 그렇게 교육받지 않았다.

"히~로토♪"

발큐리아가 훨훨 내려앉았다. 라켈이 떨어지자 교대로 발큐리아가 등 뒤에서 히로토를 꽉 껴안았다. 자유분방한 흡혈귀가 부러워졌다.

라켈의 시녀도 뒤늦게 도착했다. 히로토의 시녀 미미아도 유적에 도착했다.

유적은 초록빛 이끼로 덮여 있었다. 이끼로 덮인 입방체가 짜 맞춘 듯이 조화를 이루고 있다. 안엔 계단이 있고, 아래로 이어져 있었다.

"저긴 어디로?"

"어디로 이어지는지는 남자밖에 몰라요."

라켈의 질문에 미미아가 대답했다.

"안에 들어갈 수 있어?"

"미라족 이외의 분이 들어가시면 죽습니다."

미미아가 설명했다.

"네카 근처에도 유적이 있지만, 인간이 안에 들어갔다가 몇이나 죽었어요."

히로토가 덧붙여 말했다. 라켈은 계단 안을 들여다보았다. 안은 어두워 잘 보이지 않았다. 마치 저승으로 이어져 있는 것 같은 그런 으스스한 기운이 감돌고 있었다.

제5장 모의재판

1

불고르 백작의 집사 그륜델은 주 경계 대기소에서 보고서를 훑어보던 참이었다. 사라브리아 주와 노브레이사 주의 경계엔 작은 대기소가 설치돼 있다. 상인에게 통행세를 걷기 위한, 어떤 의미에선 세관이다. 동시에 중범죄자가 주 경계를 넘지 않도록 감시하기 위한 감시소이기도 하다.

요즘 자주 미라족이 사라브리아 주를 향하고 있다고 한다. 일부러 이웃 오제르에서 노브레시아를 걸쳐 사라브리아로 향하는 자도 있다고 한다.

목적은 변경백을 만나는 것이다.

이동이 시작되고 있냐고?

그렇지는 않은 듯하다. 모두 여행객으로 2주도 안 돼 돌아온다고 적혀있었다. 하지만 지금까지는 없었던 일이다. 분명 오제르 주 주장관도 놀라고 있으리라. 불안을 느끼고 쓸데없는 짓을 할지도 모르겠다.

2

왕도 엔페리아엔 최고법원이 있다. 각 성마다 정령재판소가 있고 각 주에 하나씩 고등법원이 있다. 그 많은 재판소의 최고봉에 서는 것이 최고법원이다.

방은 그다지 넓지 않았다. 7개의 좌석이 원형 테이블을 둘러싸고 있고, 나머진 책장과 책이 갖춰져 있었다. 실내의 문은 서고(書庫)로 통하고 있다.

모인 건 엘프 넷과 인간 셋이었다. 최고법원 재판관이다. 항간에 떠도는 변경백의 왕령 위반에 대해 토의하기 위해 온 것이다.

"지금부터 행해지는 건 문외불출(門外不出)이오. 이건 정식 재판은 아니오. 어디까지나 우리의 이해를 깊게 하기 위한 것이오."

엘프 하나가 전제를 말했다.

"변경백이 노블레시아에서 왕령 위반을 범했다는 소문이 퍼지고 있소. 우리가 손에 넣은 자료가 충분하진 않으나, 이해를 위해 굳이 먼저 가부를 정하고 싶소."

엘프가 자청해서 말을 꺼냈다.

"왕령 위반이라 생각하는 분은 거수를."

손 네 개가 올라갔다. 엘프들뿐만 아니라 인간도 놀라 허어 소리를 흘렸다.

"우리에겐 의외의 결과요. 왜 위반이라고 생각하는지, 꼭 근거를 듣고 싶소."

가장 연장자인 엘프가 묻자 거수한 엘프는 대답했다.

"문제는 주체성의 정도지요. 그저 체포를 의뢰하거나 간청한 거면 주체성은 노브레시아 측에 있소. 하지만 체포를 위해 미라족을 붕대 차림으로 갈아입혀 함정을 팠다면, 노브레시아 측에 주체성이 있다고는 말하기 어렵소. 변경백이 그림을 그리고 거기에 노브레시아 사람들이 색을 입힌 거면 주체성은 누구에게 있는지. 색을 입힌 쪽인지 그림을 그린 쪽인지. 전 그림을 그린 쪽이라 생각하오."

3

그날 밤—— 벨페골 후작은 집사 로베르에게서 편지를 받아들었다. 편지엔 이름은 적혀있지 않았다. 편지에는 단지 두 마디만 적혀있었다.

3대4.
왕령 위반.

"이겼군."
벨페골 후작은 편지를 난로에 던져 넣었다. 빨간 난롯불이 미소를 띤 후작의 표정을 붉게 비추고 있었다.

제6장 귀족 주(州)

1

뉴스는 반드시 요약돼 전달된다. 사건의 전모나 상세한 내용을 남김없이 전하는 일은 없다. 그리고 요약만이 넓게 유포된다. 사건의 전모나 상세한 내용은 유포되지 않는다.

요약하기 위해선 정보의 삭제나 선별이나 압축이 필요하다. 정보의 선별이나 압축엔 개개인의 가치관이나 윤리규범이 반드시 첨부된다. 어떤 정보를 삭제하고 어떤 정보를 선별하고 어떻게 가공할지. 거기엔 반드시 자의성이나 의도가 들어간다. 그 사람의 가치관이나 윤리규범에 반응해 의도적인 정보조작이나 무의식적인 정보조작이 혼입된다. 즉 요약 단계에서 정보가 왜곡되는 것이다. 단순한 정보 이외에 완전히 중립적인 정보 즉 복합적인 정보는, 거의 존재하지 않는다. 중립적인 정보라는 것도 하나의 편집 의도, 하나의 편견인 것이다. 하지만 악의는 적다. 비판을 의도하면 악의는 커진다. 비판적인 자가 요약하면 비판적인 방향을 향해, 세부적으로 삭제나 선별이 행해진다. 현대사회에서도 그렇지만 히브리드 왕국에서도 마찬가지였다.

미라족에겐 미라족 네트워크가 있다. 남자 미라족은 체격이 거인 같고 건장하기 때문에 운반업자로 국내에서 활약하고 있다. 그 네크워크를 통해 〈정령님 대신 변경백이 벌을 내렸다〉고 미라족들은 동료들에게 전했다. 반면 변경백에게 반감을 품은 자들은 〈변경백이 불고르 백작 아들을 함정에 빠뜨려 처형대로 보냈다〉라는 정보를 흘렸다. 거기다 〈처형 소식을 듣고 천 명 이상의 미라족이 성으로 몰려와 기염을 토했다〉라는 과장과 왜곡이 이뤄졌다.

히로토가 처형대로 보냈다는 것도 미라족이 기염을 토했다는 것도 날조다. 불고르 백작 아들은 노브레시아 주 고등법원에 의해 참수형을 선고받았다. 그 소식을 듣고 미라족들은 히로토가 기거하는 도미나스 성 앞에 모였지만, 모인 건 히로토에게 감사를 전하기 위해서이다. 히로토를 향해 왕! 왕! 하고 연호는 했지만, 기염을 토한 건 아니었다.

유일하게 정확한 정보를 전한 건 엘프들뿐이었다. 엘프 사이에선 정확한 정보가 공유되었다. 하지만 엘프가 공유한 정보를 귀족들이 공유하는 일은 없었다.

2

히브리드 왕국의 주엔 속칭 귀족 주(州)라 불리는 주가 있다. 귀족들 세력이 강하고, 항상 같은 귀족이 주장관을 맡는 주다. 형식적으로 주장관 선거는 행해지지만, 결과는 정해져 있다. 반드시 그 주의 유력한 귀족이 당선되는 것이다.

에큐시아 주나 루샤리아 주, 오제르 주도 그랬다. 사라브리아 주에서 멀리 떨어져 있지만, 지방의 주엔 미라족이 많다. 미라족이 천 명 이상 모여 기염을 토했다는 소식은 각각의 주장관들(귀족들)을 오싹하게 했다.

미라족은 붕대차림인 흉측한 몰골과 다부진 체격으로 잘 알려진 존재였다. 흉측한 용모임에도 불구하고 미라족이 운송업자로서 중요시되는 건 그 온순한 성격과 다부짐에 기인한다. 거인이고 힘이 세니까 무거운 짐을 운반할 수 있다. 게다가 도적들이 무기를 손에 들고 덮쳐도 미라족은 격퇴해 버린다. 당나귀로 운반하는 것보다 안전하다. 그래서 고액 상품을 옮길 땐 미라족이 지명된다. 온순하기에 그 거대한 체구와 괴력은 유익하면서 무해한 존재로 여겨져 왔지만, 묵묵히 복종하지 않는 존재가 되면 상황은 일변해 위협적인 존재가 된다.

게다가 미라족은 원래 정체를 알 수 없는 무리였다. 여자는 미인인 듯하지만, 그럴 리 없다며 귀족들은 굳게 믿고 있었다. 저 더러운 붕대에 몸을 감싼 괴물이 미인? 역겹다. 유충은 결국 유충이다. 귀족들은 미라족의 진짜 모습을 본 적도 없거니와 볼 마음도 없었고, 미라족들과 얘기한 적도 없거니와 얘기할 마음도 없었다.

접촉하지 않으면 압도적인 정보 부족에 빠진다. 정보 부족은 끊임없이 의심을 낳고 불안을 키운다.

에큐시아, 루샤리아, 오제르, 세 주의 주장관은 오제르 주장관이 기거하는 성에 모였다.

"천 명이라면 예삿일이 아니오. 유충들은 덩치가 크오. 저런 녀석들이 천 명이나 성으로 몰려들면 어떻게 될지. 성 앞이 붕대로 덮였다고 하더이다."

루샤리아 주장관이 불안한 마음을 토해냈다. 미라족은 얌전해서 불평하지 않는다고 단단히 믿었던 귀족들에게 불고르 백작 아들 사건은 충격이었다.

"붕대로⋯⋯."

에큐시아 주장관의 말문이 막혔다. 더러운 붕대를 몸에 감은 천 명의 미라족이, 기거하는 성 앞에 떼로 움직이는 모습을 상상하자 역겨워 전율이 일 것 같다.

"노브레시아에서 몇 십 명이나 되는 유충들이 사라브리아로 여행을 갔다고 하오. 우린 유충들을 재고해야 하오. 녀석들은 그저 흉측할 뿐, 무해하다고 굳게 믿고 있었지만, 이 세상에 무해한 존재 따위 없소. 불고르 님의 사건은 그걸 가르쳐주었소. 유충들은 묵묵히 복종하는 자들이 아니요. 불만이 있으면 떼를 지어 성으로 몰려드오. 고등법원에도 호소하지요. 그게 얼마나 영주로서 위협이 되는지는 새삼 말할 것도 없소. 유충들이 많이 사는 영지에선 결코 무시할 수 없는 문제, 아니, 큰 문제요."

오제르 주장관이 경종을 울렸다.

영지라는 건 주를 말한다. 귀족들은 주의 대부분을 자신이 소유하고 있는 터라 주=영지로 파악하고 있었다.

"우리 영지는 유충들이 많소. 다른 영지라면 어찌 되었든

간에 우리 영지는 유충들이 천 명 떼를 지어 행동하는 것도 충분히 생각할 수 있소. 막상 떼를 지어 몰려온 후에 대응해선 늦어요. 소 잃고 외양간을 고치는 건 통치자가 할 일이 아니오. 저라면 수비대를 증강할 거요. 아니 제가 아니더라도 수비대를 증원해야 하오. 현장 인원으론 유충들이 폭동을 일으켰을 때 제어할 수 없소. 영지가 혼란스러우면 영주로서 응당 제어해야 하고, 미리 방지해야 하오."

오제르 주장관이 말을 이었다.

"하지만 수비대를 증강한다고 해도 한도가 있소. 왕령에 따라 주장관이 통상 움직일 수 있는 수비병은 99명으로 제한돼 있소. 백 명도 안 되는 수비대로 천 명의 유충을 다 막을 수 있겠소? 검을 가진 도적도 유충에게 격퇴당하는 마당에."

에큐시아 주장관의 추궁에 루샤리아 주장관이 신음을 흘렸다. 《주장관에 관한 왕령》에 따라 수비대 인원은 엄격하게 제한되어 있다. 귀족 자신이 독자적으로 보유하는 사병과 합쳐도 최대 200명 정도다. 떼로 움직이는 천 명의 미라족을 200의 병사로 막는 건 설령 검을 가졌다손 치더라도 어렵다. 녀석들은 거인이며 강하다.

"부아가 치미는 왕령이오. 수비대 인원을 99명으로 제한하니까 이런 거요. 막상 무슨 일이 생겼을 때 어쩔 도리가 없어요."

"99명이라 인원을 정한 건 엘프요. 저 인원 자체가 구시대적인 발상이오."

오제르 주장관이 비판했다.

예전에 변경백이 동료 주장관과 함께 군사를 거느리고 공격해온 적이 있었다. 당시 변경백은 천 명의 수비대를 통솔하는 게 허용되었다. 주장관들도 500명의 수비대가 허용되었다. 결국, 진압 후 변경백도 주장관도 수비대 인원을 크게 삭감당했다. 하지만 그 일이 오늘날에 와서 위협이 되고 있다. 주장관은 폭동을 진압할 힘조차 가지고 있지 않은 것이다.

"사라브리아의 불은 반드시 우리 주에도 불똥이 튈 거요. 천 명이나 되는 유충들이 모이면 폭동은 피할 수 없소. 하지만 수비대는 인원이 부족하오. 주 수도를 혼란과 폭동으로부터 지켜야 하오. 막을 방법은 유충들을 주 수도로 들이지 않는 거요."

오제르 주장관이 딱 잘라 말했다.

"통행세 인상을 말하는 거요?"

에큐시아 주장관의 물음에 오제르 주장관은 고개를 끄덕였다.

"모든 주에 걸쳐 유충들을 제어하는 건 어렵소. 하지만 주 수도만이라면 불가능하지 않소. 천 명의 유충들은 위험하지만 백 명이라면 다스릴 수 있소. 주 수도 통행세를 인상하면 유충들은 들어오지 못하오."

"확실히 유충들은 돈이 없지요. 통행세를 인상하면 주 수도로 유입되는 유충들의 숫자는 적어질 거요."

하며 에큐시아 주장관이 고개를 끄덕였다.

"하지만 그랬다간 운송업자들이 들고일어날 거요. 장사가 안된다고 불만을 토로할 게 분명하오."

루샤리아 주장관이 불안스레 말하자,

"그럼 운송업자는 제외하면 되오. 운송 중일 땐 표찰을 들게 하든지, 아니면 짐을 들고 있으면 지금까지 받던 액면가로 통과시키고 그렇지 않을 시엔 높은 통행세를 거두면 되오. 통행세는 왕창 100빈트로 올려버리는 건 어떻소? 그러면 대부분의 유충들은 들어올 수 없을 거요."

오제르 주장관이 해결책을 제시하고 제안을 해보였다.

"운송업자를 제외하는 건 그렇다 쳐도, 100빈트는 곤란한 거 아니요? 엘프가 불공평하다고 개입해올 가능성이 있소. 그렇게 되면 원래 금액으로 되돌려야 하오. 엘프는 몹시 공평성이니 뭐니 하는 거에 집착하니까 말이오. 아마 25빈트 정도가 한계이지 않을까 싶소. 그 금액이면 엘프도 트집을 못 잡을 거요."

에큐시아 주장관이 말했다.

"25빈트라면 지금의 약 20배군요. 천 명이 주 수도로 몰려들었다손 쳐도 들어올 수 있는 건 80명. 80명이라면 다스릴 수 있소. 성으로 몰려들었다손 쳐도 충분히 막을 수 있소."

하며 오제르 주장관도 고개를 끄덕인다.

"문제는 성이 아니라 고등법원으로 향했을 때요. 불고르 님 건으로 유충들은 고등법원에 고소하는 법을 터득했을 거요. 고등법원은 엘프의 소굴이오. 고소를 받아들이면 반드시 엘프가 재판하게 돼 있소. 25빈트라는 금액은 너무 과하다고 고소할지도 모르오.”

루샤리아 주장관이 우려를 표한다.

“그럼, 고등법원 제소를 금하면 되오.”

오제르 주장관은 가차 없다.

“그러면 반드시 엘프가 개입하오. 이브리드 제도에서도 고등법원 제소는 유충 따위한테도 허용되고 있소. 불고르 님 건으로 알게 된 건 엘프는 설령 상대가 유충일지라도 편을 든다는 거요.”

루샤리아 주장관이 우려를 표한다.

“왜 저런 짜증스러운 패거리한테 동조하는지. 엘프의 마음을 모르겠소.”

오제르 주장관이 노골적으로 불쾌감을 내보였다. 귀족에겐 미라족은 어디까지나 역겨운 유충이다.

“그럼, 부분적으로 금하면 되지 않겠소? 주장관과 그 가족에 대해 고등법원에 제소하는 건 금지한다고 하면 전면금지가 되지는 않소. 악의를 가진 자에게 고소당하지 않기 위해, 주 수도 치안을 유지하기 위해서라고 말해두면, 엘프도 그리 간단히는 트집을 잡을 수 없을 거요.”

하며 에큐시아 주장관이 구조선을 보냈다.

“묘안이구려. 그거라면 문제는 없을 터. 우리 영지의 치안은 무슨 일이 있어도 지켜야 하오.”

하며 루샤리아 주장관이 고개를 끄덕인다.

"하지만 유충들이 변경백에게 도움을 청하면 어쩌지요? 그걸로 불고르 님은 궁지로 몰렸소. 변경백에게 제소하는 걸 금지할까요?"

오제르 주장관의 지적에,

"아니, 그건 무리요. 주 경계를 넘으면 어쩔 도리가 없소. 사라브리아에 군대를 파견해 유충들을 잡을 수도 없소. 그거야말로 왕령 위반이오."

하며 루샤리아 주장관이 고개를 가로저었다.

"그럼, 주 월경(越境)을 금할까요?"

에큐시아 주장관이 묘안을 꺼낸다. 미라족이 다른 주로 이동하는 걸 금하자는 것이다.

"월경 금지라……. 그거라면 가능하겠군요."

하며 오제르 주장관이 고개를 끄덕인다.

"엘프가 트집을 잡지 않겠소? 자유로운 이동을 방해한다고 덤벼들지 않겠소?"

루샤리아 주장관이 우려를 표했다.

"그럼, 운송업자를 제외한다고 한정할까요?"

에큐시아 주장관이 제안했다.

"아니. 유충들은 운송업자라 거짓말을 하고 우리 영지를 탈출, 변경백에게 도움을 청할 게 틀림없소. 월경 전면금지가 바람직하오. 부분적인 금지는 허점투성이 방책이오. 그거야말로 우리 영지에 위험과 혼란을 초래하오."

오제르 주장관이 일축하며 거듭 말을 잇는다.

"불고르 님 건으로 알게 된 대로, 유충들이 얼마나 영내에 혼란을 초래했는지. 영주를 흔들었는지. 변경백이 얼마나 혼란을 초래하고 영주를 실추시켰는지. 얼마나 영주의 명예를 훼손했는지. 명예를 잃으면 영지 지배에도 영향이 있소. 영지는 영주 이외의 자에게 교란되어선 안 되오. 그런 일이 없도록 영주는 최선의 수단을 마련할 필요가 있소."

"맞소. 최선의 수단을 강구할 필요가 있소. 영지를 지키는 일, 영지를 혼란으로부터 막는 일은 영주의 임무이며 권리요."

루샤리아 주장관이 동의했다.

"우리 세 주가 동시에 월경을 전면금지하면 빠져나갈 구멍이 거의 없어지오. 유충들은 변경백에게 호소할 수 없게 되지요. 1년 전에 이 나라로 막 온, 유충과 흡혈귀와 각별하게 지내는 별종에게 좌우되는 일도 없어지오. 애송이도 유충도 잘난 체하게 둬서 좋을 게 없소."

오제르 주장관이 열변을 토했다. 주장관 둘도 그 말대로는 양 힘차게 고개를 끄덕였다.

3

수도나 수도 부근엔 미라족이 적다. 짐 운반을 맡은 건 미라족이 아니라 당나귀나 말이다. 사정이 그렇기도 했고, 천

명 이상의 미라족이 기염을 토했다는 얘기를 들어도 그게 자신들 영지에 직접 영향을 끼칠 거란 생각을 수도 부근의 귀족 주 귀족들은 하지 않았다. 그들이 놀란 건 오히려 히로토가 대귀족 아들을 처형대로 보냈다는 소식 쪽이었다.

불고르 백작을 격려하는 모임이 열린 건, 수도 부근의 벨페골 후작이 기거하는 성이었다. 천정까지 8m나 되는 높고 넓은 응접실엔 차분한 모스 그린 소파가 10개 이상 놓여 있었는데, 그 가운데 유달리 많은 귀족이 모인 소파가 있었다.

자리한 건 넷이었다.

한 사람은 이 저택의 주인이자 하얀 비단 푸르푸앵(14~17세기까지 입었던 솜을 넣고 누빈 남성용 더블릿 또는 재킷) 위에 눈이 번쩍 뜨일 것 같은 붉은 코트를 걸친 벨페골 후작이다.

한 사람은 꽉꽉 지식을 채워 넣은 듯한 두툼하고 네모진 바위 같은 얼굴 위에, 날카로운 큰 눈과 쭉 뻗은 입체적인 콧날, 그리고 펑퍼짐한 콧방울이 달려 있었다. 체격도 마찬가지로 두툼했고 배도 나왔다.

정령교회를 비판한 저작물도 있는 라스무스 백작이다. 벨페골 후작과 사이가 좋다. 동시에 든든한 전략가이기도 하다.

한 명은 얼굴 윤곽이 아름다운 장방형으로 턱이 뾰족했다. 입술은 얇고 코는 또렷하니 높고 직선적이며, 살짝 속눈썹이 긴 야무지고 아름다운 눈은 의연했다. 이마에서 머리를 위로 흐트러지지 않게 올려붙여 단정한 분위기가 넘쳐났다.

몸은 일견 외소해 보이지만 상당히 탄탄했다. 허리엔 양검을 차고 있다.

검술은 귀족 중 제일이라고 불리는 르메르 백작이었다. 아직 25살이다.

한 사람은 장방형 얼굴에 회색빛 머리를 7대3으로 나눠 가르마를 탔다. 코는 펀펀했지만, 혈색은 좋다. 기품 있지만 말 걸기가 어려운 분위기가 난다. 남자는 귀족 패션으로 치장했다. 쇼스(chausses)라 불리는 붉은 타이츠를 신고 그 위에 목부터 넓적다리까지 푹 덮는 하늘색 상의를 입고 있었다.

추밀원 멤버 중 하나인 피나스 재무장관이다. 그 네 사람 앞에 포도주를 한 손에 들고 서 있는 건, 불고르 백작이었다.

"어디서 굴러왔는지도 모르는 뜨내기가 대귀족 아들을 처형시키다니, 있어선 안 될 일이야. 애송이가 대들었다고 하면 우리 귀족의 명예가 위험해."

벨페골 후작이 말한다.

"저 애송이는 페르키나 백작도 죄인 취급해서 보내버렸소. 우리 귀족의 적이요."

미남 르메르 백작이 확언한다.

"변경백이 아니라 편협(偏狹)백이구려."

라스무스 백작이 비아냥대며 대답했다.

"편집광백일지도 모르오. 혹은 가슴 백작."

하며 르메르 백작이 히죽대며 웃었다. 변경백이 가슴 큰

85

여자들에게 인기 있는 걸 야유하는 것이다.

"별종백으로 충분해."

노령의 벨페골 후작은 가차 없다. 후작은 불고르에게 얼굴을 돌렸다.

"귀하의 고통은 우리 귀족의 고통. 귀하가 받은 치욕은 우리의 치욕. 이대로 모른척할 순 없네. 사라브리아 풋내기는 불고르 님한테만 어금니를 드러낸 게 아니야. 우리 귀족들 전원에게 어금니를 드러낸 걸세. 불고르 님 사건은 오직 귀족 하나가 비열한 방법으로 인해 아들을 빼앗긴 사건이 아니네. 우리 귀족의 운명이 달렸어. 여기서 소리를 높이지 않으면 점점 풋내기는 위세를 높여 이 나라를 좌지우지하게 될 걸세. 이미 군사 방면에선 풋내기가 멋대로 주무르고 있어. 이 이상 풋내기가 마음대로 하게 둘 순 없네. 우리 귀족이 이길지. 흡혈귀 녀석을 거느린 풋내기가 이길지. 그런 중요한 싸움이야."

벨페골 후작은 일장 연설을 했다. 불고르 백작은 고개를 숙이며 황송해했다. 백작에겐 귀족 중진으로부터 그런 말을 듣는 건 명예로운 일이리라.

"불고르 님이여. 명예를 빼앗긴 자는 상대의 명예를 깎아야만 하네. 복수를 잊은 귀족은 귀족이 아니야. 보복하지 않으면 얕잡아봐."

후작이 다짐했다. 불고르는 고개를 끄덕였다.

"어떻게 복수하지요? 사라브리아로 가는 물자 유입을

모두 중단시킬까요? 과감하게 연대책임으로 하갈과 안셀에도——."

불고르가 제안하자 피나스 재무장관이 가로막았다.

"하갈은 곤란하오. 하갈 주장관은 엘프요. 반드시 문제가 되오. 엘프는 나라 안에 엘프끼리 연락망을 치고 있소. 짓궂은 짓을 하면 시장 공정성을 침해했다고 주장하며 엘프에게 뭇매질을 당할 거요."

"흡사 마왕인데, 지하 명왕(冥王)이군."

라스무스는 그렇게 내뱉으며 피나스에게 얼굴을 돌렸다.

"국경방위를 위해 변경백에겐 왕이 직접 하사금을 전하잖소. 변경백에게 보내는 돈을 늦추면 어떻겠소?"

"그건 파노프티코스의 관할인지라."

하며 피나스는 재상 이름을 입에 올렸다.

"인망 없는 녀석. 추밀원에서 뭘 하고 있는 게야?"

라스무스가 불만을 토로했다.

"골 좀 나라고 영내 미라족을 전원 추방해버릴까요."

르메르 백작이 말을 꺼냈다. 영내란 자신이 주장관을 맡은 주를 말한다. 대귀족은 주에 광대한 영지를 가지고 있는 터라, 주 토지와 자신의 영지를 동일시하는 경향이 있다. 대귀족에게 주는 자신의 영지와 매한가지다.

"상책이 아닌데."

라스무스가 부정했다.

"미라족이 변경백에게 호소라도 한다는 거요? 군사적인

관련은 없소."

르메르가 물고 늘어진다. 라스무스가 장황한 연설을 시작했다.

"30년 전 한 성주가 동굴 안의 금을 노리고 미라족을 몽땅 영내에서 추방한 적이 있소. 미라족은 저항했지만 결국 동굴에서 쫓겨났소. 하지만 그 소문이 퍼져 고등법원이 적극적으로 관여하게 됐소. 엘프는 미라족 얘기를 청취했고, 성주를 탄핵했소. 이번엔 반대로 성주가 주에서 추방당했소. 미라족은 동굴로 돌아갔지요. 25년 전에도 역시 마찬가지로 미라족을 동굴에서 쫓아내 토파즈를 독차지하려 했던 주 장관이 정령의 저주에 걸려 죽었소. 엘프가 주장관으로 취임해 미라족 토지에 간섭하지 않는다, 추방조치는 하지 않는다는 약정을 교환하고서야 비로소 저주가 풀렸소."

르메르는 잠시 겸연쩍은 듯이 침묵했다. 라스무스가 말을 이었다.

"변경백은 주내 엘프와 강한 연대를 맺고 있소. 퓨리스로부터 주를 지킨 수비의 신으로, 엘프 사이에서도 인망이 두텁소. 엘프를 자극하는 건 현명하지 못하오."

"치욕을 가하지 않을 거란 말이오? 변경백은 불고르 백작의 명예를 실추시켰소. 변경백도 명예를 실추당해야 하오."

르메르가 라스무스에게 반론했다.

"그건 나도 동감이오. 하지만 최우선 목적으로 삼아선 안 되오. 명예실추 따위로 큰 타격을 입힐 수 있다면 변경백은 진즉 제거됐을 거요. 벨페골이 말한 것처럼 이건 우리 귀족과 변경백과의 싸움이오. 어느 쪽이 이 나라의 천하를 쥐는가 하는 싸움이오. 변경백의 기세를 막고 족쇄를 채워야 하오."

"어떻게?"

"방법은 두 가지 있소. 하나는 최고법원에서 심문을 받게 하는 거요."

라스무스가 대답했다.

"결과는 빤히 보이는 게 아니오? 엘프는 네 명이잖소? 질 게 분명하오."

르메르가 고개를 가로저었다.

최고법원 재판관은 7명. 인간 재판관이 셋, 엘프 재판관이 넷이다. 엘프 재판관은 고등법원의 생각을 지지할 거라 변경백의 왕령 위반을 인정하리라곤 생각할 수 없었다.

"자, 그건 어떨까. 무슨 일이든 해보지 않으면 모르는 거 아닌가?"

하며 뭔가 아는 듯한 표정을 벨페골이 지었다.

"이긴다는 거요?"

"시도해 보면 알 일이잖소?

벨페골은 웃는다.

"그 말대로 시도해 볼 가치는 있소. 여기에 있는 자를 포함해 귀족 10명이 서명해 폐하께 탄원서를 제출하면 폐하는 심문을 허락받을 수 있소."

라스무스가 말을 이었다.

"폐하께서 허락하시겠소? 변경백이 몹시 마음에 드시는 모양이던데"

르메르가 부정적인 의견을 말했다.

"떨떠름하겠지요. 하지만 결국 추밀원이 강행하면 열 수 있소. 만약 그래도 열지 못하면 변경백 관련 왕령을 개정해야지."

라스무스가 대답했다.

"어떻게?"

르메르가 묻는다.

"파노프티코스는 우리 귀족이 불만이 많은 걸 알고 있소. 저 남자는 변경백과 우리가 대립하는 상황을 좋게 생각하지 않을 터요. 반드시 회유하러 나서겠지. 파노프티코스는 그런 남자요."

"파노프티코스가 제발로 개정안을 들고나온다는 말이오?"

르메르의 물음에 라스무스는 고개를 끄덕였다.

"하지만 파노프티코스가 움직이지 않으면?"

여전히 끈덕지게 르메르가 질문을 던지자,

"그땐 우리가 개정안을 제출할 걸세. 청을 들어주지 않으면 변경백에게 협력하지 않을 거라는 서명을 모아서 말이야."

그리 말하며 벨페골은 만족스럽게 웃어 보였다.

제7장 행복한 라켈

셋이서 주장관령의 조문을 빈틈없이 채우자 에큐시아와 루샤리아 주장관은 오제르 주장관이 기거하는 성을 출발했다.

미라족은 이제 불안을 야기하는 구성원이다. 영주를 흔들고 영지를 혼란과 불안에 빠뜨리게 할지도 모른다. 미라족은 영주를 향해 어금니를 드러낸다. 그 주의 최고 권력자를 향해 어금니를 드러내며 상처를 입힌다. 해가 없다고 할 수 없는 존재다. 불고르 백작 아들 사건이 그걸 분명히 보여주었다.

불안과 위험에 대해 통치자는 처벌해야 한다. 사전에 손을 써야 한다. 위험 가능성이 있는 한——.

오렌지빛 벽돌 회랑이 파란 풀장을 둘러싸고 있었다. 풀장엔 물결이 일고 있다. 헤엄치고 있는 이는 갈색의 폭발할 듯한 가슴의 공주—— 라켈이었다.

온몸은 윤기 있는 갈색 피부로 덮여 있었다. 가슴은 마치

야자열매 같은 풍만한 과실 두 개가 열린 것처럼, 물속에서 흔들렸다.

풀장에서 수영하는 건 라켈의 일과였다. 하지만 이만큼 편안한 마음으로 수영할 수 있었던 적이 있던가.

이제 자객을 두려워할 필요는 없었다. 자유인 것이다. 8년 만에 자유를 손에 넣었다.

동생 요아힘은 몹시 놀라고 있었다. 항상 동생에게 갈 땐 갑옷과 투구차림이었다. 하얀 차이나 드레스 차림을 보여주자 어안이 벙벙해 입을 벌리고 있었다. 사정을 설명하자 한층 더 놀라더니 그러고는 기뻐했다.

동생에겐 이슈 왕에게 응답해야 한다고 역설했다. 이슈 왕은 우리에 대한 암살령을 거두고 평화의 길을 걸으려고 하는데 너는 계속 이러고 있을 거냐고. 왕의 위엄은 없는 건지, 전쟁밖에 모르는 남자, 평화를 생각하지 않는 남자로 괜찮은 건지, 그들에게 다가갈 발을, 평화의 악수를 할 손은 가지고 있지 않은지 하고.

그리 다그치자 요아힘은 이슈 왕을 향한 암살을 중지해주었다. 라켈은 재빨리 히로토에게 편지를 적었다.

앞으로 어떤 나날이 기다리고 있는 걸까. 내키는 대로 사라브리아로 가서 히로토에게 얼굴을 내밀까?

그것도 가능하다.

히로토는 터무니없이 멋진 걸 선물해주었다. 히로토에겐 받기만 했다. 처음 사라브리아를 방문했을 땐 목숨을 구해주었다. 그리고 이번엔 자유를 선물해주었다. 히로토에겐 감사하는 마음밖에 없다.

다시 만나고 싶다, 하고 라켈은 생각했다. 다시 배도 타고, 둘이서만 시간을 보내고 싶다…….

제8장 청원

1

상당히 천정이 높은 장방형 방이었다. 하얀 천정에 하얀 벽. 벽엔 수많은 창이 열려 있고 그 창을 주홍색 커튼이 반쯤 가리고 있었다.

바닥을 덮은 양탄자는 엷은 새먼핑크였고, 벽 옆으로 일인용 소파가 여럿 놓여 있었으며, 방 가장 안쪽에 검을 칠을 한 폭 3미터의 책상이 자리 잡고 있었다. 책상 정면엔 의자가 한 개, 그리고 건너편 정면엔 소파가 두 개 배치돼 있었다.

자리에 앉아 편지를 읽고 있는 이는 엘프의 정점에 선 대장로 유니베스테르였다. 대귀족들의 어리석은 신청을 각하하고 장로회 회관으로 돌아오자, 세콘다리아 지부 지부장 마니에리스로부터 편지가 도착해 있었다.

퓨리스의 엘프 대표 루키티우스가 이슈 왕의 말을 전했다고 한다. 이슈 왕은 정식으로 라켈 공주의 암살령을 중지했다. 위반한 자는 엄벌에 처한다고 엄명했다고 한다.

《라켈 공주껜 저희와 함께 양국의 평화를 지켜주시길 바랍니다.》

편지엔 루키티우스의 말이 거듭 적혀 있었다. 루키티우스 일행이 평화유지의 주요 멤버로 라켈 공주를 추가했다는 것이다.

큰 변화였다.

퓨리스 왕국의 엘프는 줄곧《정치엔 무관여》를 신조로 삼아왔다. 9년 전, 일부가 그 신조를 깨는 바람에 북 퓨리스 왕국의 멸망과 함께 위험에 빠졌다. 그 이래《정치엔 무관여》방침은 견고하게 지켜져 왔다.

수개월 전 히브리드와 퓨리스의 평화교섭 시, 유니베스테르는 루키티우스 일행이 퓨리스 측에 압력을 가해 히브리드에 유리한 조약이 체결되기를 기대했다. 하지만 협력은 얻지 못했고 궁지에 몰렸다. 그 궁지에서 히브리드를 구하고 완전히 대등한 조건의 평화조약 체결로 이끌고 간 건 변경백 히로토였다.

그리고 이번, 루키티우스 일행에게《정치엔 무관여》라는 신조를 철회시키고, 이슈 왕에게 라켈 공주 암살중지를 결단하게 한 것 역시 히로토였다. 히로토가 퓨리스 왕국을 방문한 건 아니지만, 부관 에크세리스와 고문관 엘빈을 루키티우스 곁으로 보내 루키티우스 설득에 성공했다. 변경백, 유그르타 주 총독, 히브리드 엘프, 퓨리스 엘프 등의 사자 연합에 의한 협력관계를 구축해, 북 퓨리스 왕족의 섬멸을 주장하는 강경파 체데크 대주교를 끌어내렸다. 이걸로 양국의 평화 노선은 더욱 안전성을 높인, 견고한 상태로 힘차게 한 발을 내디뎠다고 해도 좋다.

변경백은 예전 뱀파이어족을 아군으로 만들어 퓨리스 군 격퇴에 성공, 전사로서의 우수성도 내보였다.

라켈 공주의 암살령이 거두어진 건 크다고 유니베스테르는 생각했다. 변경백을 좋아하는 건 아니지만 그래도 높이 평가해야 하는 일이다. 히브리드와 퓨리스 양국을 평화에서 멀어지게 한 건 북 퓨리스 문제였다. 왕족은 둘 있지만, 그중 하나, 즉 반은 정리된 셈이다. 이슈 왕의 조치에 호응해 요아힘 전하가 이슈 왕에 대한 암살중지를 명언하면 더욱더 양국은 흔들림 없는 평화로 크게 다가가게 된다. 아마 요아힘은 암살중지를 선언하리라.

난 판단을 잘못했을지도 모르겠군, 하고 유니베스테르는 생각했다. 히로토의 평가에 대해서가 아니다. 한 달 정도 전, 불고르 백작의 아들 사건이다. 불고르 백작가를 방문하기 전에 변경백은 자신에게 편지로 백작 아들의 일을 알렸다. 하지만 자신은 답장도 하지 않고, 편지를 버리라고 했다. 그땐 고등법원이 거절한 이상 다시 문제 삼을 필요가 없다고 생각했다. 변경백이 법을, 고등법원을, 존중하지 않는 어리석은 자로 보였다.

하지만 결국 불고르 백작의 아들이 미라족 소녀를 강간했다는 게 사실로 밝혀졌다. 변경백이 교활했다손 치더라도 아들이 변경백 시녀에게 욕정을 느끼고 강간하려 한 건 사실이다. 현행범으로 체포된 것도 사실이다. 강간미수 중에 이전 강간을 고백한 것도 사실이다. 그리고 히로토의 정무관은 임무에 충실한 퀸티리스다. 정무관과 고등법원이 문제 삼지 않는 이상, 히로토에게 왕령 위반이 있었을 리 없었다. 그런데도 귀족들은 떠들썩하게 떠들고 있었다. 바로 얼마 전에도 벨페골 후작 저택에서 불고르 백작을 격려하는 모임을 열었다고 한다. 대귀족이 대부분이 출석했다고 한다. 피나스 재무장관이나 라스무스 백작, 르메르 백작도 출석했다고 들었다. 무슨 얘기를 서로 했는지는 모르겠지만 떠들썩하니 분위기가 좋았다고 들었다. 아마 변경백 비난으로 분위기가 고조됐으리라.

그들은 원래 페르키나 백작 사건으로 귀족들은 변경백에게 반감을 품고 있었다. 1년 전에 막 온 애송이가 대귀족을 체포해 죄인 취급하느냐며 거세게 반발했다. 그런 가운데 불고르 백작 아들이 미라족 강간 및 강간미수죄로 처형당했다. 귀족들에겐 변경백은 자신들을 거역하고 자신들의 명예를 짓밟고 자신들을 위협하는 적으로 보고 있으리라.

어리석기는.

페르키나가 얼마나 양국에 위험한 우행을 저질렀는지. 변경백이 뛰어난 공명정대함을 내보이지 않았다면 양국의 평화는 붕괴됐을 게 틀림없다. 지금 퓨리스와 전쟁을 해도 얻을 게 없다. 그걸 모르고 제 식구가 짓밟힌 것처럼 생각하고 비난하다니, 어리석기 짝이 없다.

거기다 불고르 백작의 아들 사건이다. 불고르 백작 아들의 처형에 응답해 파토리스 대성당의 정령의 불이 크게 빛났다고 한다. 정령의 불이 이미 대답을 내린 것이다. 그런데 귀족은 변경백을 비난하고 있다. 불고르 아들은 벌해야만 했다. 설령 귀족이라도 강간한 자가 처벌받는 건 당연한 일이다. 오히려 자기 아들을 신문하지 않았던 불고르야말로 꾸짖음을 들어야 맞았다. 위에 서는 자답게 고결함을 발휘하지 않고 가족을 감싸려 하니까, 큰 타격을 입는 것이다.

인간은 타락한다. 자신을 고결하게 지킬 수 없다. 고결함을 보이는 건 정말 한순간뿐으로, 나머진 비열함을 걸치고 살아간다. 그에게는 그 상징이 바로 귀족이었다······.

2

거대한 성관(城館)의 개인실에서 벨페골 후작은 서명을 모은 서면을 확인하던 참이었다. 만약을 위해 페르키나에게도 서명을 요청했지만, 근신 중인 터라······ 하며 거절했다고 한다.

저 가슴 큰 여우 계집애.

하지만 뭐 됐다.

국왕에게 신청하기 위해선 10명의 서명이 필요하다. 이미 10명은 넘겼다. 나머진 몰려가기만 하면 된다. 자신이 파노프티코스에게 자리를 양보하지 않고 재상을 맡고 있었다면 이런 쓸데없는 짓을 하지 않아도 됐겠지만, 어쩔 수 없다.

국왕은 순순히 받아들일까? 파노프티코스는 반대할까?

아니 반대는 하지 않을 것이다. 소브리누스 대사제가 트집을 잡는 정도겠지. 대장로 유니베스테르는 모르겠다. 개인적으론 그 영감은 그냥 다물고 있었으면 좋겠다.

만약 폐하가 거절할 땐 변경백에 관한 왕령 개정안을 들이밀 것이다. 그래도 거절할 땐——?

변경백에게 일절 군사협력을 하지 않는다는 서명을 그러모아 다시 폐하께 제출하면 그뿐이다.

"외출하십니까?"

로베르가 물었다. 벨페골은 대답했다.

"라스무스와 르메르를 불러라. 폐하께 무례를 아뢰고 오마."

3

히브리드 왕국의 모르디아스 1세는 조금 허를 찔렀다.

벨페골 후작, 라스무스 백작, 르메르 백작, 피나스 재무장관—— 대귀족 네 명이 왕국의 집무실로 나타났을 때, 모르디아스 1세는 재상 파노프티코스와 얘기를 마치려던 참이었다.

"무슨 일이냐."

모르디아스 1세가 묻자,

"변경백이 노브레시아에서 한 행동에 대해 저희 귀족 일동, 최고법원에서의 심문을 요청합니다. 부디 승낙해주시길 바랍니다."

하며 라스무스 백작이 머리를 숙였다.

(심문이라고……?!)

최고법원의 심문에 대해선 왕으로서 물론 잘 알고 있다. 주장관 이상 되는 자의 행위에 대해 왕령 위반이 의심스러울 때, 귀족들은 10명 이상의 서명을 모아 청원할 수 있다.

물론 최고법원에 넘길지 말지를 판단하는 건 왕의 몫이다.

"변경백의 행동은 저희 눈엔 묵과할 수 없는 부분이 있습니다. 특히 노브레시아에서 변경백이 저지른 일에 대해선 간과할 수 없습니다. 꼭 최고법원에 자문하여 왕령 위반인지 아닌지, 심문해주시길 바랍니다. 만약 심문할 필요가 없다고 하시면 저희는 변경백에게 협력하지 않겠습니다."

모르디아스 1세는 분노를 느꼈다.

어제도 벨페골 후작에게서 변경백에게 벌을 내리라는 말을 듣고 거절한 참이다. 그런데 또?

불고르 백작 건은 이미 고등법원이 결착을 지었다. 거기다 트집을 잡으라는 건가?

"변경백이 혼자서 국경을 방위하고 있거늘 너희들은 협력하지 않겠다고 말하는 게냐?! 그대는 불고르 아들이 죄가 없다고 우길 작정이냐?!"

불끈 화가 나 모르디아스 1세는 되받아쳤다.

"아닙니다, 고등법원의 판단에 의문을 표하는 게 아닙니다. 변경백이 불고르 아들을 유죄로 이끈 그 방법에 의문을 표하는 것입니다."

라스무스 백작이 설명한다.

"짐은 왕령 위반 보고를 받지 못했다. 만약 왕령 위반이라면 사라브리아 정무관이 지적했을 것이다."

모르디아스 1세는 일축했다.

문제는 이미 종료됐다. 왜 자는 애를 깨우는 듯한 짓을 하는가?

"하지만 수긍하지 못하는 귀족들이 많이 있습니다. 저희도 그렇습니다. 이것은 그 귀족들의 서명입니다."

라스무스 백작이 말하자 젊은 르메르 백작이 문서를 내밀었다. 불쾌한 표정으로 모르디아스 1세는 서류를 받아들였다. 솔직히 받고 싶지 않았다. 하지만 상대가 대귀족이면 냉담하게 거절할 수도 없는 노릇이었다.

가볍게 훌훌 넘겼다. 마지막으로 이름이 쭉 적혀 있다. 벨페골, 라스무스, 르메르, 피나스…….

(피나스 녀석.)

모르디아스 1세는 피나스를 매섭게 노려보았다. 추밀원 멤버인 주제에 노골적으로 귀족에게 가담하다니.

모르디아스 1세는 다시금 적힌 서명을 눈으로 읽었다.

──페르키나 이름이 없었다. 이런 일에는 꼭 끼어들 줄 알았는데.

"페르키나는 서명하지 않았느냐?"

확인하자,

"근신 중이온지라──."

라스무스가 대답했다. 서명을 부탁했지만 거절한 모양이었다. 모르디아스 1세의 불편한 심기는 계속 상승곡선을 그리다, 딱 멈췄다. 페르키나가 서명했으면 날벼락이 떨어졌을 게 틀림없었다.

(고등법원이 문제 삼지 않는 이상, 청원을 받아들일 이유는 없다. 무엇보다 문제로 삼다 만에 하나 왕령 위반이 되면 또다시 뱀파이어족이 얽히게 된다. 뱀파이어족과 분쟁을 일으키고 싶지 않다.)

"폐하."

파노프티코스가 얼굴을 가까이 가져다 댔다. 전에 없는 심각한 눈빛이다.

"변경백을 향한 불만이 높아지고 있습니다. 지금 일축하시면 점점 불만이 커질 겁니다. 폐하에 대한 충성심도 엷어지겠지요. 추밀원 회의에 자문하는 정도는 약속하시는 편이 좋을 것 같습니다. 지금 딱 잘라 거절하시면 불만이 폭발합니다. 변경백과 귀족의 대립은 폐하께 좋지 않습니다."

속삭이는 목소리에 모르디아스 1세는 잠자코 있었다.

거절은 안 되십니다. 그렇게 심각한 눈이 말하고 있다. 파노프티코스 나름 위험을 느끼고 있는 것이리라.

"뱀파이어족이 어떻게 생각하겠느냐?! 지금 히로토를 소환하면 뱀파이어족이 유쾌하게 여기겠느냐?"

모르디아스 1세는 속삭이는 목소리로 책망했다.

"히로토를 해임하지만 않으면 문제는 없습니다. 그것보

다도 벨페골을 완강히 거절하시는 쪽이 문제가 생깁니다. 지금 거절하면 귀족들의 반감은 더 거세지겠지요. 하지만 추밀원에서 심의한다고 하시고 나중에 거절하시면, 그런대로 귀족들은 수긍할 수 있을 겁니다."

파노프티코스의 말대로였다. 모르디아스 1세는 기분이 썩 개운치 않았지만 그렇다고 나라에 풍파를 일으킬 순 없었다.

모르디아스 1세는 성가시다는 표정으로 입을 열었다.

"후에 추밀원에 자문하마."

4

추밀원에선 격론이 오갔다. 귀족들의 편을 든 건 피나스 재무장관과 재상 파노프티코스였다.

"뱀파이어족을 자극하고 싶지 않다는 폐하의 생각은 이해되지만, 귀족들의 불만이 높아지고 있는 건 결코 무시할 수 없습니다. 최고법원에서 심문을 열어 흑백을 분명히 해야 합니다."

파노프티코스가 말했다.

"왕령 위반 문제가 있다면 노브레시아 고등법원에서 이미 문제로 삼았겠지요. 최고법원에서 심문할 필요는 없습니다. 이건 히로토 님을 규탄하려는 계략입니다. 거기에 편승할 필요 없습니다."

소브리누스 대사제가 반론했다.

"변경백을 과도하게 보호하면 점점 귀족들이 반발할 거요. 유사시엔 귀족의 협력이 필요한바. 지금 변경백과 귀족의 관계를 악화시킬 순 없소."

재상 파노프티코스가 대사제에게 반발했다.

"폐하가 변경백을 소중히 여기는 건 잘 알고 있지만, 귀족도 소중히 여긴다는 걸, 지금 한 번 세상에 널리 알려야 해요."

피나스 재무장관도 재상에게 동조했다.

"최고법원의 심문을 정치 도구로 이용해선 안 되오."

유니베스테르가 일축했다.

"대장로는 변경백은 왕령 위반을 범하지 않았다고 생각하신다는 겁니까? 귀족과 변경백의 불화가 커져도 일절 개의치 않으십니까?"

피나스가 도발했다.

"최고법원의 심문은 귀족을 달래기 위한 도구가 아니오."

유니베스테르가 딱 일축했다.

"그럼 그 이외 효과적으로 귀족을 납득시킬 방법이 있으십니까? 이 나라가 분열해도 좋으십니까? 귀족과 변경백 사이의 불화가 커지면 국방에도 큰 영향이 생겨요."

피나스의 반론에 조용히, 하지만 강한 어조로 유니베스테르가 다그쳤다.

"그 영향의 원인은 누구요? 페르키나는 요아힘을 꼬드겨 우리나라와 퓨리스 사이에 위기를 불러일으키려 했소. 변경백이 체포했을 때 귀족들은 어떻게 떠들었소? 건방진 애송이가 대귀족을 체포하다니 무슨 짓이냐며 떠들지 않았소? 페르키나가 얼마나 우리나라에 위험한 짓을 하려 했는지, 비판한 자가 있었소? 불고르 일도 마찬가지요. 불고르는 자기 아들은 무죄라고 거짓말을 하며, 아들의 유죄를 은폐하려고 했소. 그걸 문책한 귀족은 있소? 제 동료의 어리석음은 문제 삼지 않으면서 비판하다니, 그게 귀족이 할 짓이오?! 그걸 이기적이라고 사람들은 말하지 않소?! 그릇된 자의 이기심을 용서하는 게 이 나라를 위한 일이라고 하는 게요?! 용서하면 점점 나라에 악영향이 생긴다는 생각은 안 드오?!"

피나스는 대답하지 않았다.

"설령 잘못했더라도 현실에 불만이 있는 참에 이번 신청을 거절하면, 그 불만이 널리 퍼지는 건 자명한 일이오. 그 일로 변경백과 귀족들 사이에 불화의 폭이 넓어지고 국방에 큰 문제가 생기는 것 또한 자명한 일이오. 그런데도 신청을 물리쳐야 한다고 말씀하실 작정이시오?"

파노프티코스도 냉철하게 되받아쳤다.

"그릇된 자가 잘못이오. 그릇된 자야말로 제일 먼저 바로잡아야 하오. 그릇된 자를 바로잡지 않고 그 주변 인물을 고치려는 건 어리석은 짓이오."

유니베스테르도 되받아친다.

"그러니까 어느 쪽이 잘못했는지를 최고법원에서 명확히 하자는 거요. 전 변경백이 왕령 위반을 선고받을 일은 없을

105

거라 생각하오. 그러니까 벨페골의 요구를 받아들여 심문해도 좋지 않을까 싶소."

파노프티코스가 유니베스테르를 설득하러 나섰다.

"최고법원을 연 정도로 귀족들의 불만이 해소될 거라곤 생각지 않소. 그래서 히로토 님이 왕령 위반이 아닌 게 되면 벨페골 일행은 더 분개해 다른 행동을 획책하겠지요. 폐하는 딱 잘라 거절했어야 했소."

소브리누스 대사제가 대장로 대신에 반론했다.

"딱 잘라 거절하면 귀족과 변경백 사이에 균열이 생겨, 이 나라는 내분에 빠질 거요."

피나스 재무장관이 경고했다.

"불고르 건은 정령의 불이 이미 판단을 했소! 귀하는 정령님의 판단이 틀렸다고 말씀하실 작정이신가?!"

유니베스테르가 소리를 높였다.

"그걸로 벨페골 일행이 납득했다면 청원하러 오지 않았겠지요. 납득 못했으니까 이렇게 최고법원에서 심문을 열어 벨페골 일행을 납득시켜야 한다고 말하는 겁니다."

피나스도 지지는 않았다.

"짐은 최고법원에서 심문할 생각은 없다. 히로토에겐 5년간 변경백을 해임하지 않는다고 말했다."

마침내 모르디아스 1세는 분명히 공언했다.

"폐하."

하고 피나스가 불만을 표한다.

"불고르 아들이 죽었을 때 정령의 불이 빛났다고 하지 않느냐?! 어째서 변경백을 심판할 필요가 있느냐?!"

모르디아스 1세는 언성은 높였다.

"폐하. 노브레시아에서 생긴 일은 변경백이 막무가내로 밀어붙인 게 틀림없습니다. 그 막무가내가 귀족들의 반발을 부른 것입니다. 변경백의 횡포를 용인하시면 귀족들의 반발은 한층 더 커질 겁니다. 커진 뒤엔 억제할 수 없습니다."

피나스가 끈덕지게 버텼다.

"왕령 위반이 의심되니 왕도로 오라고, 변경백에게 명하라는 게냐?! 그걸 듣고 뱀파이어족이 어떻게 생각하겠느냐?! 짐은 뱀파이어족과의 관계가 나빠지는 걸 바라지 않는다! 벨페골에겐 심문할 예정은 없다고 전하라!"

모르디아스 1세의 말에 피나스는 입을 다물었다. 파노프티코스는 순순히 고개를 숙였다.

제9장 위반

1

벨페골 후작의 예상대로 국왕은 추밀원에 자문한 뒤 신청을 거부했다. 심문은 열리지 않을 거라 했다.

뱀파이어족이군, 하며 벨페골은 노려보았다. 국왕은 뱀파이어족과의 관계에 균열을 만들고 싶지 않은 것이리라. 직접 사라브리아까지 가서 히로토에게 사과했을 정도였으니까. 사과한 건 뱀파이어족과의 관계를 악화시키지 않기 위해서였다.

(어설프게 흡혈귀 녀석들에게 의지해서 그렇다.)

벨페골은 생각했다. 어차피 흡혈귀는 호랑이다. 호랑이를 길들이는 건 불가능하다. 호랑이는 믿을 수 없다. 물론 호랑이의 위세를 빌린 여우는 더 믿을 수 없다.

"다음은 어쩔 작정인가?"

절친 라스무스가 물었다.

"서명을 모아야지. 숫자는 힘이야. 가능하면 30명은 있으면 좋겠는데."

국왕은 명군의 환상에 사로잡혀 있다. 가신의 의견을 경청하는 왕이 되길 바라고 있다. 그런 까닭에 아무래도 판단은 균형을 잡는 부분에 치우치는 경향이 있다. 자신들이 다시금 서명을 모아 보란 듯이 큰소리를 내면 국왕은 균형을 잡으려고 심문을 열 수밖에 없다.

파노프티코스도 도와줄 것이다. 재상은 우리 귀족들의 불만이 커지는 걸 두려워하고 있다. 국왕에게 이렇게 설득할지도 모른다. 최고법원 재판관은 엘프가 네 명 있습니다. 변경백의 왕령 위반이 인정될 리 없습니다.

그리 착각해주면 된다. 모의재판에서 히로토를 왕령 위반이라 생각한 재판관이 과반수를 차지한 일은 벨페골과 라스무스밖에 모른다. 승리할 수 있다고 굳게 믿고 최고법원에서 심문하면 된다. 그때야말로 우리가 승리할 때이다.

벨페골은 라스무스와 르메르를 기다리라 하고, 오르피나 방으로 들어갔다.

"각하, 와주셔서 영광입니다."

가볍게 무릎을 굽히며 오르피나가 인사했다. 그러고 나서 한쪽 무릎을 꿇어 벨페골 손등에 입을 맞췄다.

귀여운 소녀다. 정말로 순박하고 비뚤어진 구석이 없다. 도저히 벨페골 가의 피를 물려받았다고는 생각되지 않는다. 개천에서 용 났다는 건 바로 이런 건가.

"폐하는 귀여워해 주시는가?"

"네."

오르피아는 얼굴을 붉히며 대답했다. 밤일엔 충실한 모양이다. 실로 좋은 일이다. 폐하를 포로로 삼으면 삼을수록 폐하를 다루기 쉬워진다.

"좋은 일이다. 네 사명은 폐하의 위안이 되는 것이다. 하지만 어떤 때라도 잊어선 안 되는 일이 있다. 넌 귀족의 일원이라는 것이다."

오르피나는 고개를 끄덕였다.

"조만간 네 조력이 필요할 게야. 그땐 부탁하마."

오르피나는 밝은 표정으로 벨페골에게 고개를 끄덕였다.

2

왕의 집무실을 나오자 성가시게 됐다고 파노프티코스는 생각했다. 최고법원에서의 심문을 들이밀다니, 예상 밖이었다.

최고법원 재판관은 7명. 네 명은 엘프다. 엘프는 고등법원을 지지해 히로토에게 왕령 위반은 없었다고 판단할 터이다. 최고법원에 들고 가도 지는 싸움이다. 그런데, 왜?

(설마 이긴다고 생각하나?)

파노프티코스는 설마 싶었다. 하지만 설마의 이면에 진실이 있다.

만약 심문에서 왕령 위반이라는 결론이 나왔을 때를 생각해봤다. 최고법원의 판단을 받아들이면 벨페골은 어떤 형태로든 처분을 요구할 것이다. 국왕은 격하(格下)나 근신을 선고할 수밖에 없다. 그가 격하 당하면 뱀파이어족과의 관계에 균열이 생기는 건 피할 수 없다.

왕령 위반이라고 하지 않았을 땐 어떤가. 벨페골이 그걸로 물러날 거라곤 생각되지 않는다. 변경백에 관한 왕령 위반을 개정해 히로토를 압박해올 것이다.

아니.

그 정도는 이미 생각하고 있을지도 모른다. 유사시에 변경백에게 협력하지 않는다는 서명을 더 거둬들여 최고법원에서의 심문을 재차 청원할지. 아니면 변경백에 관한 왕령을 개정하고 싶다는 탄원서를 낼지.

둘 다 할지도. 서명이 많이 모이면 폐하도 움직일 수밖에 없으리라. 그 전에 선수를 칠 필요가 있다.

어떻게 변경백에 관한 법령을 개정할지. 너무 조이면 뱀파이어족과의 관계를 해친다. 너무 느슨하면 귀족의 불만을 해소할 수 없다.

3

마음에 안 드는 움직임인데, 하며 돌아가는 마차 안에서 대장로 유니베스테르는 중얼거렸다. 서명을 모아 심문을 요구하다니, 달갑지 않은 움직임이었다.

예전 이 나라는 엘프가 지배하고 있었다. 주도권은 엘프에게 있었다. 왕은 인간이었지만 추밀원 멤버는 전원 엘프였으며, 다음 왕을 정하는 것도 엘프였다. 귀족 주를 제외한 주장관은 모두 엘프였다. 정무관도 모두 엘프였다. 고등법원 재판관도 최고법원 재판관도 모두 엘프였다.

하지만 엘프가 독점이나 과점을 계속하면 결국 인간의 불만이 엘프에게로 향한다. 그건 나라의 불안정을 초래하게 된다. 그걸 피하고자 엘프는 굳이 상급직을 인간에게 양보했다. 주장관의 문호도, 정무관의 문호도, 고등법원 재판관의 문호도, 최고법원 재판관의 문호도 인간에게 개방했다. 지금은 고등법원 재판관은 반드시 다섯 중 둘은 인간, 최고법원 재판관은 일곱 중 셋은 인간이다. 정무관도 대부분 인간이다.

하지만 그런 뒤로 무슨 일이 생겼나. 만약 페르키나의 정무관이 엘프였다면 페르키나에게 충고했으리라. 다른 주에서 하는 정치적 행위 및 군사적 도발행위는 왕령 위반이며, 양국의 평화를 위협하는 일이라 왕에게 급사(急使)를 파견했으리라. 하지만 페르키나의 정무관은 인간이며 대개 페르키나 옆에 없다. 정무관의 역할을 다하지 않는 것이다.

불고르 백작도 마찬가지다. 만약 백작의 정무관이 엘프였다면 아들을 심문하도록 재촉했으리라. 정무관이 직접 두 아들에게 추궁했을 게 틀림없다. 변경백의 고문관이 방문해도 결코 무례한 짓을 하진 않았으리라. 하지만 정무관은 인간이며 백작의 꼭두각시였다.

정무관은 주장관의 감시자이다. 인간은 믿을 수 없다──그러니까 감시자로서 정무관을 파견하는 시스템을 선조가 만들어낸 것이다. 정무관의 실질적인 업무 내용은 감찰관이지만 감찰관이라는 직함으론 인간들의 반발을 초래하기 때문에 정무관이라 허위 명을 부여해——.

　게다가 벨페골의 짓거리도 문제다. 변경백의 막무가내식 행동에 귀족들의 불만이 높아지고 있다고 벨페골은 그럴싸하게 말했지만, 변경백이 자신들의 포지션을 뺏는 건 아닌지 두려워 때려잡으려 나선 것뿐이다. 자신들이야말로 나라를 움직이는 주역이라 생각하는 것이리라.

　(그러고 보니 벨페골의 정무관도 인간이었군.)

　유니베스테르는 상기했다. 저런 남자한테야말로 엘프 정무관을 붙여야 해. 라스무스한테도, 르메르한테도——.

제10장 주장관령(슈)

1

루샤리아 주장관은 겨우 성으로 돌아온 참이었다. 오제르에선 좋은 논의를 할 수 있었다. 맛있는 봉밀주도 실컷 얻어 마셨지만, 그 이상으로 위기관리에 대한 구체안을 확고히 할 수 있었다. 루샤리아, 에큐시아, 오제르에 거주하는 상급 귀족들 세 집안은 사이가 좋다. 삼백 년을 이어온 오랜 친분이다. 그 밀접한 관계가 유효하게 기능했다.

미라족은 결코 무해한 자들이 아니다. 저들은 우리 동료인 대귀족 불고르 백작을 흔들고 아들을 죽였다. 고등법원에 고소했고 거기다 변경백을 움직여 목적을 실현했다. 주통치의 정점에 선 자에겐 결코 무시할 수 없는 위협이다. 위협은 미리 방지해야 한다. 그게 위기관리라는 것이다. 위기관리를 하지 않는 자는 주장관이라 칭할 수 없다.

루샤리아 주장관은 만족스레 주장관령 조문을 바라보았다.

이번 주장관령은 주의 치안을 지키고 주의 위기와 혼란을 방지하기 위한 것이다.

하나, 미라족은 거리에서 10명 이상 모여선 안 된다.

하나, 미라족은 주장관 및 그 가족의 일로 고등법원에 고소해선 안 된다.

하나, 미라족은 주 경계를 넘어선 안 된다.

하나, 사적 용무로 마을에 들어올 경우, 미라족은 통행세 25빈트를 내야 한다.

인간 정무관은 아무 말도 하지 않았다. 귀족을 수행하는 인간 정무관은 대개 포섭당해 트집을 잡는 법이 없다. 예전 정무관이 엘프였던 시절엔 엘프가 시끄러워 마음대로 할 수 없었지만, 이제 정무관은 모두 인간이었다.

루샤리아 주장관이 집사에게 조문을 보이자, 집사는 눈을 찌푸렸다.

"엘프가 트집을 잡지 않을까요?"

"무엇에 트집을 잡는다는 게냐? 주장관에 관한 왕령을 위반이라도 했다는 게냐? 아니면 주장관이 월권행위라도 했다고 말할 작정이냐?"

월권행위라는 건 변경백을 향한 야유다.

"엘프는 공평성을 존중합니다. 공평성을 지키지 않았다고 트집을 잡으러 오지 않겠습니까?"

"그럼 유충들이 폭동을 일으켜도 좋다는 게냐? 다른 주로 대이동을 해도 좋다는 게냐? 노브레시아 주처럼 변경백에게 있지도 않은 죄를 호소해 험한 꼴을 당해도 좋다는 게냐? 너도 노브레시아 사건은 알고 있을 터. 그런 일이 생겨도 좋다는 게냐?"

"엘프와 사전에 서로 논의하는 편이 좋다고 생각합니다만."

집사가 충고한다.

"이미 세 주가 동시에 포고하기로 했다. 포고가 하루라도 늦어지면 유충들이 그 주로 도망친다. 유충들이 변경백에게 허위 죄를 보고하러 가면, 난 어떻게 사죄하면 되느냐?! 지난 삼백 년간 세 집안이 이어온 유대는 어떻게 되느냐?!"

루샤리아 주장관은 언성을 높였다.

"제가 말씀드리는 건 엘프는 이 포고를 탐탁하게는 생각지 않을 거라는 것뿐입니다. 되레 미라족들을 자극할 가능성도 있습니다."

"유충들이 저항하러 오면 밀어붙여서라도 쫓아내라고 명령해두거라. 유충들 마음대로 하게 내버려 둬서야 되겠느냐."

2

다음날 오제르, 루샤리아, 에큐시아, 세 주에서 동시에 포고가 내려졌다. 다만 포고를 적은 팻말은 엘프 눈엔 띄지 않게 미라족 동굴 근처와 주 경계에 세워졌다.

에큐시아 주의 한 동굴에서 평소처럼 꾸물대며 일어난 미라족은 평소처럼 얼굴을 씻다 그곳에서 처음으로 포고 팻말이 세워져 있는 걸 깨달았다.

"뭐야, 이거?"

"글자가 적혀 있는데."

"난 못 읽어."

"장로님이라면 읽을 수 있어."

바로 장로를 불렀다. 장로는 팻말 앞에 서자,

"이건 주장관이 내린 포고구나."

하고 설명했다.

"뭐라 적혀 있어요?"

"미라족은 거리에서 10명 이상 모이지 마라, 고등법원에 고소하지 마라, 주 경계를 넘지 말라고 적혀 있다. 통행세는…… 사적 용무의 경우엔 25빈트?!"

모인 미라족들이 수런거리기 시작했다. 미라족들은 운송업으로 돈벌이를 하는 자가 많다. 마을에서 마을로 무거운 짐을 짊어지고 가는 것이다. 대개 이웃 마을로 운반하지만, 가끔 이웃 주로 갈 때도 있다. 이웃 주로 갈 때는 수입이 좋다. 많은 품삯을 받을 수 있고 다른 동료들도 만날 수 있다. 미라족에게는 그게 무엇보다 즐겁다. 이웃 마을로 운반하는 것만으론 솔직히 그다지 먹고 살지 못한다. 운송업자인 체하며 마을로 가는 것도 기분전환이 된다. 마을 안에서 멍하니 있는 것도 즐거움이다. 하지만 그것도 금지당했다.

"이웃 주로 못 가게 되면 돈을 못 벌어."

"이러면 먹고 살질 못해."

미라족 여자들도 모여들었다. 장로의 말에 수런거리는 소리가 더 퍼졌다.

왜 갑자기 이렇게 됐지? 왜? 우리가 무슨 짓이라도 했나?

"어쨌든 주 수도로 가자."

하나가 말을 꺼냈다.

"모두 같이 가자."

"이러면 먹고 살질 못해. 어떻게든 부탁해서 없던 일로 하지 않으면, 우리가 힘들어."

장로들도 발을 떼기 시작했고 네 사람 정도가 동굴을 나섰다.

3시간 정도 걸어 미라족은 주 수도 시문에 도착했다. 행렬에 서서 시문을 통과하려고 하자,

"25빈트를 내."

하고 명령 당했다.

"뭐? 2빈트가 아니고——."

"포고문 안 읽었어?! 사적 용무인 경우 25빈트야!"

"우리, 일——."

"짐은 어떻게 했어?"

"아……."

미라족들은 말문이 막혔다. 일하러 왔다고 변명하려 했지만, 중요한 짐을 짊어지고 있지 않았다.

"우리, 주장관님께 부탁이 있어 왔어. 통과시켜줘."

"마을로 들어갈 거면 25빈트를 내."

"하지만 어제까진 2빈트로——."

"어제는 어제. 오늘은 오늘이야."

"부탁이야, 우리, 정말 어려움을 겪고 있어."

"돈 없이 들어가려고 하는 거야?! 들어가고 싶으면 25빈트를 내!"

미라족들은 어쩔 수 없이 문 앞에 모였다.

"얼마 가지고 있어?"

"나, 4빈트."

"나도 4빈트."

전원 어제와 마찬가지라 굳게 믿고 여분의 돈을 가져오는 걸 까먹었다. 네 명이 가진 돈을 끌어 모아도 22빈트—— 3빈트가 부족하다. 가지러 가서 돌아올 때까지 6시간 걸린다.

미라족 하나가 행렬에 늘어섰다.

"25빈트다."

시문의 남자가 알렸다.

"22빈트는 있어. 3빈트는 다음에 전해줄게."

"25빈트라면 25빈트야!"

"우리, 주장관님께 부탁이 있어. 아주 중요한 부탁이 있어. 그러니까 통과시켜줘."

"25빈트 가져오라고 하잖아!"

"그러니까 나머지 3빈트는——."

"시끄러!"

남자는 몽둥이로 미라족 남자를 떠밀었다. 큰 체격을 비틀대며 뒤로 나자빠졌다.

"너무 하잖아! 우리 아무 나쁜 짓도 안 했는데!"

다른 미라족들이 몰려들었다. 남자가 공포심에 사로잡혀 마구 미라족을 때렸다. 비명이 울렸다. 미라족이 연달아 땅에 나자빠졌다. 나자빠진 미라족을 다시금 남자가 몽둥이로 때렸다. 가장 큰 미라족 남자가 장로를 몸으로 감쌌다.

"때리지 마! 우리 아무 짓도 안 했어……!"

"그럼 돌아가! 두 번 다시 오지 마!"

큰 소리로 욕을 먹고 미라족들은 흩어졌다. 시문에서 꽤 벗어나 작은 강에 들어갔다. 맞은 자리에 물을 끼얹는다.

"저 남자 너무해. 우리는 부탁했는데. 내일 가져온다고 했는데."

"돈을 제대로 가져오지 않은 우리가 잘못한 거야."

"25빈트는 비싸."

네 명은 입을 다물었다.

어제까진 2빈트로 통과시켜줬는데 오늘은 통과시켜주지 않는다. 그게 이치에 맞지 않아 참을 수 없다.

"왜 이런 꼴을 당해야 하지?"

하나가 투덜댔다.

"우리가 때리려고 손을 든 것도 아닌데. 부탁하러 온 것뿐인데."

"인간들은 우리를 버러지라 생각해. 어떻게 취급하든 상

관없는 유충이라고 말이야."

"다른 동굴로 갈까?"

하나가 말했다.

"하지만 다른 동굴도 꽉 찼어. 민폐야. 한산한 동굴, 어디 있는지 몰라."

"엘프한테 가면 도와주지 않을까?"

하나가 묻자 다른 미라족이 고개를 가로저었다.

"마을에 들어갈 수가 없잖아. 마을에 들어가지 못하면 엘프한테 도움을 청할 수 없어."

"엘프한테 부탁해도 무리야. 노브레시아 사건 때도, 엘프는 처음에는 도와주지 않았어. 이번에도 분명 도와주지 않을 거야."

그 대답에 무심코 하나가 푸념을 했다.

"변경백이 있으면……."

저도 모르게 전원 입을 다물고 말았다.

노브레시아 얘기는 모두 알고 있었다. 미라족에겐 미라족 네트워크가 있다. 네트워크를 통해 다른 주 미라족 정보도 흘러들어온다. 솔무 인근 동굴에 사는 미미아가 성주의 시녀로 발탁됐을 때도 사라브리아 주를 넘어 미라족 네트워크로 전해졌다. 노브레시아 주 일도 그래서 알게 되었다. 엘프는 고소를 받아주지 않았지만 변경백은 리치아의 간청을 받아들여 일부러 사라브리아에서 이웃 주까지 와주었다. 그리고 얄미운 귀족 아들을 체포해, 처형까지 들고 몰아갔다.

"하지만 주를 넘으면 안 된다고……."

"모두 같이 가면 통과시켜주지 않을까?"

"또 오늘처럼 언어맞을 거야."

전원 입을 다물었다.

"유적으로 가자……."

하고 장로가 중얼거렸다.

"유적이라면 인간들한테 발각되지 않아."

3

불고르 백작은 오제르 주에 들렀다 노브레시아 주로 돌아온 참이었다. 오제르 주는 노브레시아 주 바로 동쪽 옆이다.

오제르, 루샤리아, 에큐시아 세 주에서 미라족을 봉쇄하는 주장관령을 준비하고 있다고 가르쳐주었다.

《변경백한테 가면 죄 없는 귀족을 죽일 수 있다고, 돈을 받을 수 있다고 벌레들이 생각하게 되면 큰일이오. 상당히 위험하지요. 특히 미라족 남자는 체격이 커요. 도적을 쫓아낼 수 있는 무리요. 마음만 먹으면 기사도 죽일 수 있을 터요. 녀석들에 대해 아무런 대책도 내놓지 않으면 녀석들은 점점 우쭐대며 우리를 좌지우지할지도 몰라요. 여기서 녀석들을 봉쇄하지 않으면 녀석들은 더 위험한 존재가 되겠지요. 영지에 큰 불안이 생기게 되오. 영지의 불안을 제거하고 혼란을 방지하는 게 영주의 임무, 주장관의 임무요. 유충들이 폭거를 일으키지 못하게 하기 위해선 주 국경을 넘지 못하게 하면 되오. 고등법원에 고소하는 것도 물론 금지요. 고등법원을 녀석들이 좋을 대로 이용하게 하면 안 되오. 녀석들이 집단으로 몰려오는 것도 막아야 하오. 그러기 위해서 10명 이상이 모이는 걸 금지할 거요.》

애기를 듣고 고등법원은 너무 지나친 처사가 아니냐며 불고르는 물었다. 엘프들을 자극하지 않을까?

《우리도 그걸 생각했었소. 처음엔 〈미라족은 고등법원에 고소해선 안 된다〉고 했는데, 엘프가 트집을 잡을지도 모르기에 〈미라족은 주장관 및 그 가족 일로 고등법원에 고소해선 안 된다〉로 한정했소. 그정도라면 엘프도 트집은 잡을 수 없을 터. 거짓말쟁이 유충들 때문에 주장관의 신변이 흔들리다니, 있어선 안 될 일이오. 만약 흔들리면 주장관의 위엄은 떨어지고 영지는 혼란스러워질 거요.》

그렇군, 하고 불고르 백작은 생각했다. 엘프가 끼어들 가능성을 이미 생각했나보다.

개인적으론 통행세 인상에 끌렸다. 미라족에겐 원한이 있다. 아들을 빼앗긴 원한이 있다. 저자들이 거래에 응했다면 아들은 처형대로 가지 않고 끝날 수 있었다. 무자비한 미라족에게 보복을 해주고 싶다는 마음이 있었다.

기거하는 성으로 돌아오자 불고르 백작은 집사에게 상담을 했다. 세 주와 마찬가지로 주장관령을 내리면 어떻겠냐고 물어보았다.

"엘프는 좋은 얼굴을 안 할 겁니다."

그게 집사의 대답이었다.

"엘프의 안색을 살피며 이 주를 관리하라는 게냐? 이 주는 나의 것이다."

백작이 노여운 빛을 띠자,

"이 나라에서 엘프의 안색을 살피지 않고 정치하는 자가 있습니까? 폐하라도 대장로의 얼굴을 무시하고 나라를 움직이는 건 불가능합니다."

집사가 반론하며 거듭 말을 이었다.

"포랄 님 사건으로 고등법원은 각하를 좋게 보고 있지 않습니다. 지금 자극하는 건 상책이 아닙니다."

"나에게 코랄까지 잃으라는 게냐? 또 유충들이 변경백을 만나러 가, 새빨간 거짓말을 늘어놓으면 어쩔 작정이냐?!"

집사에게 달려들자,

"포랄 님에 대해선 새빨간 거짓말은 아닙니다. 포랄 님이 나쁜 놀이를 하신 건 사실입니다. 코랄 님한테도 확인했습니다. 만약 새빨간 거짓말이라면 처형 시 정령의 불이 빛났을 리 없습니다."

"저 변경백만 오지 않았다면 포랄이 죽는 일은 없었어! 저 남자는 우리 집안의 명예를 앗아갔어! 네 녀석은 저 애송이 편을 드는 게냐!"

격앙한 불고르 백작은 호통을 쳤다. 하지만 집사는 냉철했다.

"엘프 앞에서 같은 말씀을 하실 겁니까?"

불고르 백작은 분노에 찬 시선으로 쳐다보았다.

이 남자는 늘 냉정하다. 덕분에 몇 번이고 도움을 받았지만, 그 대신 몇 번이고 분통이 터지게 했다. 그리고 마지막엔 늘 집사가 옳았다.

"흡혈귀 녀석들에게 보석을 건넨 일, 난 잘한 일이라 생각지 않아."

원한을 담아 따끔하게 찌르자,

"오르시아 주장관이 어떤 꼴을 당했는지 잊으셨습니까? 그때 오르시아 주장관은 백의를 걸치고 뱀파이어족들에게 사죄했습니다. 뱀파이어족에게 크게 양보해야 했지요. 그렇게 하지 않았다면 오르시아 주장관은 뱀파이어족한테 죽었을 겁니다. 각하의 기사가 검을 뽑은 상대는 퓨리스 왕국을 두 번에 걸쳐 쫓아낸 장본인과 사라브리아 연합대표의 차녀 큐레레입니다. 그때 제가 보석을 들고 가지 않았다면 수백 명의 뱀파이어족이 이 성에 몰려왔을 겁니다. 그래도 절 비판하실 겁니까?"

불고르 백작은 입을 다물었다.

정말이지 집사가 말한 대로였다. 하지만 저 애송이에게 무릎을 꿇어야 했던 일이 용서되지 않았다. 호랑이의 위세를 빌린 여우에게 머리를 숙여야만 했던 일이——!

"기분은 알겠습니다만 지금은 쓸데없는 짓을 할 때가 아닙니다. 엘프들은 각하가 미라족에게 보복을 하는 건 아닌지 각하의 거동을 주시하고 있습니다. 고등법원에 고소해선 안 된다고 포고하면, 틀림없이 고등법원이 물고 늘어질 겁니다. 엘프가 최고법원에 고소할 가능성도 있습니다. 그렇게 되면 각하의 명예는——."

설득하려는 집사에게,

"하지만 재발은 막아야 한다! 우쭐해져서 폭거로 치닫는 자를 제지해야 한다! 넌 또다시 유충들이 변경백에게 호소해도 좋다고 하는 게냐?!"

불고르 백작은 반론했다.

"좋다고는 생각지 않습니다. 지금은 참을 때라 말씀드리는 겁니다. 미라족에게 뭔가 규제를 하면 엘프는 반드시 보복행위로 간주해 각하를 장로회에 소환할 겁니다. 무슨 일이냐며 설명하라고 반드시 질문 공세를 펼칠 겁니다. 이미 포랄 님 사건으로 각하는 권고를 받으셨습니다. 두 번째 권고는 파면권고가 됩니다. 그런 불명예를 입어도 좋다고 말씀하시는 겁니까?!"

집사의 논리 정연한 반박에,

"그래서 내가 말하는 게 아니냐! 유충들이 변경백에게 호소해도 좋다는 게냐! 그건 무슨 일이 있어도 금지해야 한다!"

하고 성난 목소리로 되받아쳤다. 대포를 냅다 쏜 뒤 같은 침묵이 있었다. 집사는 한숨을 쉬었다.

"그럼 주 국경의 이동에 대해서 조건을 붙여 금지하십시오. 전면금지는 두 번째 권고를 초래합니다. 예외규정을 마련해 미라족을 배려하십시오."

4

다음날 노브레시아 주에선 포고가 내려졌다.

미라족은 주 경계를 넘어선 안 된다. 단 업무상인 경우와 친족의 경조사인 경우는 제외한다.

운송업자로서 운반하는 경우와 경조사로 친족을 방문하는 경우를 제외한 것으로 미라족을 향한 보복이 아니라는 걸, 미라족 사정을 배려하고 있다는 걸 표명했다.

포고는 주 수도 파토리스에서 내려져 당당하게 광장에 내걸렸다. 바로 엘프가 다가와 일언일구 옮겨 적은 뒤 장로회 건물로 돌아갔다.

제11장 혼란

1

노브레시아와 오제르 주 경계지대에선 노성이 난비하고 있었다. 미라족 한 무리를 동반한 운송업자 남자가 관료에게 호통치며 받아치고 있었다.

"갑자기 변경됐다고 하면 곤란해! 《미라족은 이웃 주에 갈 수 없습니다》라니, 그럼 어떻게 짐을 노브레시아로 보내면 돼! 이쪽은 이미 약속했거든?! 짐을 보내지 못하면 내가 돈을 내야 한다고! 네가 대신 낼 거야?!"

하며 서슬이 퍼렇다.

"주장관 명령이야."

"몰라! 왜 이런 엿 같은 명령을 내린 거야!"

"우리도 몰라! 우린 명령하니까 그걸 지킬 뿐이야!"

"성실히 일하는 우리한테 민폐를 끼치는 게 무슨 주장관 일이냐! 웃기고들 있어!"

운송업자의 분노는 수그러들지 않았다.

"우린 명령을 지킬 뿐이라니까!"

"그게 마음에 안 든다고 말하잖아! 그럼, 엘프한테 가서 담판 짓자고! 오늘 네 녀석들이 한 짓도 엘프에게 고소할 거야!"

2

세콘다리아 성 성주 페이에는 성에 출입하는 상인들로부터 흥미로운 얘기를 들은 참이었다.

세콘다리아는 오르시아 주와 노브레시아 주에 인접해 있다. 상인은 오르시아에도 노브레시아에도 가서, 고가의 상품을 다량으로 사들여 엘프나 인간 부유층에 팔아넘긴다. 당연하지만 고가상품은 도적이 노리고 들기에 넉넉히 호위를 붙이든지, 미라족을 고용한다. 그 미라족 통행이 노브레시아 주에서 제한됐다고 한다. 문언을 빠짐없이 읽어본 결과, 당장은 상업에 문제가 없었지만, 왜 갑자기 이러는지 이상하다고 했다. 그래서 적어뒀다 알려준 것이다.

이건 변경백에게 알려야 하는 게 아닌가, 하고 페이에는 생각했다. 가령 토레란에게 상담하자,

"딱히 변경백에게 일일이 보고할 의무는 없지 않습니까. 각하는 변경백의 가신이 아닙니다."

토레란은 응답했다. 페이에는 맥이 풀렸다.

페이에 자신도 변경백의 가신이 될 생각은 없다. 하지만 사라브리아는 변경백을 중심으로 돌아가고 있다. 변경백에게 좋은 인상을 주고 변경백과 좋은 관계를 유지하는 건, 세콘다리아의 발전으로 이어진다.

주장관 선거 일로 자신은 한 번 변경백과의 관계가 나빠

진 적이 있었다. 게젤키아 연합의 습격으로부터 지켜준 빚도 있다. 관계를 좋게 만들 필요가 있었다. 이는 꾸준하고 성실한 연락이 기반이 된다.

페이에는 토레란에게 명했다.

"뱀파이어족에게 말을 전하라고 부탁해."

3

네카 성 성주 달무르의 부인 레스리아는 훤히 목덜미를 열어젖힌 녹색 원피스를 입고 저택 안 호수 주변을 산보하던 참이었다.

남편에게 시집와서 근 20년. 외동딸은 훌륭하게 자라, 이제는 주 수도 프리마리아에서 변경백을 수행하는 고문관 일을 능숙하게 잘 해내고 있다. 히로토와의 관계에 진전은 없어 보이지만 오히려 진전이 없는 편이 좋을지도 모르겠다.

변경백은 결혼할까.

딸과?

모르겠다.

히브리드 왕국의 법률로는 일부다처제가 되어 있다. 변경백이 만약 결혼한다면 제일 먼저 뱀파이어를 상대로 선택할 터이다. 다른 여성을 선택하면 뱀파이어족과의 우호관계는 무너지고 말 테니까. 변경백이 그런 우를 범할 리 없다. 만약 딸이 결혼한다면 두 번째나 세 번째가 되겠지만, 빨라야

세 번째이리라. 두 번째는 분명 에크세리스임에 틀림없다.

레스리아는 물결이 밀려오는 곳으로 걸어갔다. 호수의 파도는 잔잔하다. 햇살을 받아 반짝반짝 하얗게 반사되면서 찰싹찰싹 몰려와선 되돌아간다. 잔잔한 작은 파도의 춤사위. 레스리아는 호수를 좋아했다. 결혼하기 전 이 호수로 따라와 마음을 빼앗겼다. 청혼을 받은 것도 여기다. 거절할 이유 따위는 없었다.

레스리아는 호수 안에 있는 유적으로 눈길을 보냈다. 남편도 잘 모른다고 했다. 미라족 유적이라는 건 들었지만, 안이 어떤 형태인지는 모른다. 금단의 유적이라고 남편은 웃으며 말했지만——.

갑자기 유적에서 촉수를 뻗듯이 사람 형체가 쑥 나왔다.

(아니?)

한순간 자신의 눈이 이상해졌나 싶었다.

사람 형체는 다시금 두 개로 늘었다. 사람 형체는 하얀 붕대를 감고 있었다. 주위를 빙 둘러보며 놀라는 눈치였다.

하지만 놀란 건 레스리아 쪽이었다. 유적에 들어간 인간은 모두 죽었다. 미라족도 유적엔 들어가지 않는다. 그 유적에서 사람 형체가 나타난 것이다.

사람 형체 둘이 이쪽을 보았다.

"누, 누구 없어! 사람을! 사람을!"

레스리아는 외쳤다.

이쪽으로 오려는 걸까?

하지만 배는 없다.

어째서 미라족이 우글우글 나온 걸까. 어디에서 나온 걸까. 어찌할 바를 몰랐다. 답이 나오지 않았는데 시녀가 달려왔다.

"마님, 무슨 일이세요?!"

"유적에서 사람이——!"

시녀가 얼굴을 돌리며 헉 놀랐다.

"바로 사람을!"

"네, 네엣!"

달리기 시작한 시녀에게, 레스리아는 생각이 나,

"미라족도 데려와!"

하고 말을 건넸다. 광장엔 미라족이 있을 것이다. 같은 미라족이라면 뭔가 알지도 모른다.

제12장 불벼락

1

편지 2통이 도착했을 때 소이치로는 집무실 소파에 앉아 큐레레를 안고 있었다. 큐레레는 즐겁게 실뜨기를 하고 있다.

방엔 주요 멤버가 모여 있었다. 절친 히로토에, 부장관 에크세리스, 고문관이자 히로토의 애인 발큐리아, 엘프 검객이자 고문관 엘빈.

미미아가 방에 들어와 일동에게 봉밀주를 돌리고 있었다. 소이치로는 잔을 받아들고 봉밀주를 마셨다. 봉밀주는 고대 로마에서도 양조되었다. 최고의 술이라 들었는데, 이 세계에서도 봉밀주가 있는 모양이다. 그리고 소이치로에겐 포도주보다 봉밀주 쪽이 달고 입에 맞았다. 쓴 술은 소이치로 입엔 안 맞았다. 큐레레는 쓴 술이 좋은 듯하지만——.

어제는 대사제가 보낸 편지가 도착해 잠시 시끄러웠다. 귀족 중진 벨페골 후작이 라스무스 백작과 르메르 백작, 피나스 재무장관을 거느리고 최고법원에서의 심문을 요청했다고 한다. 국왕은 거절한 듯하다. 변함없이 히로토는 귀족들의 미움을 사고 있었다.

"응."

큐레레가 손을 내밀었다. 소이치로가 실을 떠올렸고 큐레레가 손을 뒤집었다. 예쁜 나비가 만들어졌다.

호위병이 방에 들어왔다. 히로토에게 편지를 건넨다. 히로토는 한 번 읽고 나서 잠자코 에크세리스에게 건넸다.

(무슨 사건이 일어났나?)

에크세리스의 안색이 조금 변했다.

"도발이네."

(도발?)

에크세리스는 엘빈에게 편지를 건넸다.

"어리석은."

엘빈이 정무관 퀸티리스에게 건네고, 퀸티리스가 발큐리아에게 편지를 건넸다.

(짓궂은 도발?)

소이치로는 발큐리아에게서 편지 2통을 받아 읽었다. 첫 번째 페이에가 보낸 편지엔 불고르 백작의 주장관령이 적혀 있었다.

미라족은 주 경계를 넘어선 안 된다. 단 업무상인 경우와 친족의 경조사인 경우는 제외한다.

2

소이치로는 말문이 막혔다.

불고르 백작에겐 원한이 있다. 자신을 채찍으로 때리게 한 얄미운 남자다. 저 꼰대 녀석만은 용서할 수 없다. 저 꼰대 녀석은 기사가 큐레레에게 검을 뽑으려고 설쳐도 만류하지 않았다. 세상이 멸망해도 절대로 용서하고 싶지 않은 상대다.

"저 꼰대 녀석, 뭘 할 생각이야? 업무와 경조사인 경우는 제외한다니, 무슨 의미야?"

소이치로가 혼잣말처럼 묻자,

"아마 짓궂은 도발이겠지요. 미라족에게 험한 꼴을 당했다는 생각에 보복할 작정인 거 아닐까요?"

엘빈이 대답했다.

"하지만 불고르 백작은 장로회로부터 권고를 받았잖아? 보복하려 들면 두 번째 권고가 나올 텐데?"

하며 에크세리스의 눈빛이 날카로워진다. 장로회라는 건 노브레시아 주 엘프 장로회를 말한다. 두 번째 권고를 먹으면 주장관은 사임하게 된다.

"하지만 귀족의 파면은 국왕만 행할 수 있다는 명령이 있어요. 귀족 주장관에게 해임 권고를 내려도 법적 효력은 없어요."

엘빈이 반론한다.

"하지만 해임선고는 불명예야. 중앙정계엔 절대로 나올 수 없어. 추밀원 멤버가 되는 건 영원히 불가능해."

다시 에크세리스가 논리를 뒤집으며 말을 이었다.

"요는 미라족 건으로 데여서 이제 두 번 다시 변경백에서 호소하지 못하게 만들겠다는 거잖아?"

소이치로는 발끈했다.

"아직 저 꼰대 녀석, 반성을 안 했구나."

"귀족은 폐하를 향해서만 반성을 하지, 변경백을 향해서 반성하진 않아. 물론 엘프한테도 말이야. 대귀족에겐 우린 눈엣가시 같은 존재니까."

하며 에크세리스가 좀처럼 보이지 않던 대귀족에 대한 불쾌감을 드러냈다. 대귀족에겐 아무래도 안 좋은 감정이 쌓인 게 있는 듯하다. 과거 엘프와 대귀족 사이에 대립이 있었던 걸까?

"히로토, 또 퍽퍽 만신창이로 만들 거야?"

하며 발큐리아가 눈을 빛냈다.

"아니, 아무것도 안 할 거야. 이거 너무 엉성하다고. 업무와 경조사를 제외하곤 주를 넘지 말라고 돼 있지만, 짐을 짊어지고 업무라고 해버리면 나한테 올 수 있잖아. 짐을 짊어지지 않더라도 친족 결혼식이 있다고 하면 사라브리아에 올 수 있고. 아마 전면금지로 하고 싶었는데 집사가 간언한 게 아닐까. 그 집사, 엄청 능력 있어 보였거든."

히로토가 대답했다.

소이치로도 불고르 백작의 집사는 기억하고 있었다. 미녀 둘과 기사를 거느리고 보석을 들고 온 초로의 남자다. 백작은 엄청 싫지만, 집사는 딱히 그렇지 않다. 집사 덕분에 처음으로 여자 가슴에 얼굴을 파묻고 헉헉대는 경험을 했다. 가능하면 다시 한번 헉헉대는 경험을——.

——아니, 그런 건 아무래도 좋다.

"하지만 다른 하나는 만신창이로 만드는 편이 좋겠는데."

히로토가 부언했다.

솔세르의 부친 달무르가 보낸 편지엔 에큐시아 주에서 왔다고 밝힌 미라족 일이 적혀 있었다. 돌연 미라족의 통행세가 25빈트로 껑충 뛰어 주 경계를 넘을 수 없게 됐다고 한다. 노브레시아는 통행 제한이었지만 에큐시아는 전면금지였다.

노브레시아 주 동쪽 옆에 오제르 주가 있고, 다시금 그 동쪽 옆에 에큐시아 주, 그 남쪽에 루샤리아 주가 위치한다. 세 주 모두 귀족 주—— 대귀족이 주장관을 맡은 주다.

"명확히 왕령 위반이오."

정무관 퀸티리스가 말했다.

"이브리드 제도에 의거해 이종족도 인간 일을 할 수 있게 되어 있는데, 전면금지는 그걸 침해하고 있어요. 왜 정무관이 지적하지 않는지."

"귀족과 정무관이 한패인 거야."

에크세리스가 얄밉다는 듯이 대답했다.

"왜 이런 멍청한 주장관령을 내린 거야?"

"귀족들이 과잉대응을 하고 있어. 인간들은 항상 원인을 안 보고 불안한 마음에 섣불리 움직이지. 일전에 도미나스 성 앞에 천 명의 미라족이 감사 인사를 하기 위해 모였잖아?
천 명이나 미라족이 몰려오면 감당할 재간이 없다고 생각한
거야, 분명.”

소이치로의 물음에 에크세리스가 설명했다.

그렇구나…….

놀람과 동시에 소이치로는 질렸다. 결국 히로토와 미라족
에게 쫄았다는 거잖아. 얼마나 그릇이 작은 거야.

“고추가 달려 있긴 한 건지.”

저도 모르게 욕지거리가 튀어나오자 큐레레가 얼굴을 돌
렸다.

“고추?”

“아아, 아무것도 아니야.”

“소이치로, 고추?”

큐레레가 다시 확인했다.

“난 고추가 아니야.”

“……고추, 없어?”

“그게 아니라…….”

큐레레는 완전히 착각하고 있었다. 덕분에 일이 복잡해질
것 같다.

“불똥이 튈까 봐 신경 쓰이는군.”

히로토가 중얼거렸다.

“불똥?”

소이치로는 물었다.

"노브레시아 바로 옆은 오제르잖아? 그 옆이 에큐시아. 에큐시아 주장관이 불고르 백작 일로 쫄아서 주장관령을 내린 거라면 왜 오제르는 같은 주장관령을 내리지 않았나 싶어서. 오제르 주도 주장관은 귀족이 아니었던가?"

그건 분명 그렇다. 소이치로는 히로토를 보았다.

(너, 어쩔 거야? 또 에큐시아로 갈 거야?)

이번 건은 국방에 관련된 게 아니다. 히로토가 가면 변경백에 관한 왕령 위반이 된다.

"유니베스테르 님에게 편지를 보내자. 대장로가 직접 조사해서 불벼락을 내리게 하는 게 빠르겠어."

히로토는 그리 결론을 내렸다.

"분명 오제르, 에큐시아, 루샤리아 세 주의 주장관은 사이가 좋지 않았어?"

히로토는 에크세리스에게 확인했다.

"응, 그렇지만."

"그럼 세 주 모두 얼빠진 주장관령을 내렸을 가능성이 있어. 분명 주장관들은 미라족에게 쫄았어. 불고르 백작의 전철을 밟고 싶지 않다고 생각하고 있겠지. 그래서 미라족이 다른 주로 못 가도록 제한을 걸려는 거야. 에큐시아 주만 제한했다고 생각하는 쪽이 부자연스러워."

"그래, 대장로에게 적어서 보내는 거네."

에크세리스의 확인에 히로토는 고개를 끄덕였다.

"네가 직접 가나 싶었어."

"가길 바라?"

히로토가 웃자,

"그만둬. 네가 직접 앞에 나설 때와 앞에 나서지 않고 뒤에서 조정해야 할 때를 분별해야 해."

"나는 뒤에서 움직이는 건 별로라서."

하며 히로토는 윙크해 보였다.

"뱀파이어족을 보내는구나."

발큐리아가 알아차렸다.

"왕도까지 가줄 사람, 있을까?"

"히로토의 부탁이면 가줄게. 하지만 그 전에 사랑스러운 여자에겐 키스가 필요해."

발큐리아가 눈을 감는다. 히로토가 발큐리아 입술에 자신의 입술을 꾹 눌렀다.

"바로 얘기하고 올게~"

발큐리아는 힘차게 집무실을 뛰어나갔다.

제13장 권고

1

퓨리스 왕국 엘프 대표 루키티우스는 왕도에서 이슈 왕에게 보고를 마친 참이었다. 루키티우스는 라켈 공주의 말을 토씨 하나 생략하지 않고 모두 전했다. 이슈 왕은 만족스럽게 듣고 있었다. 왕 옆에서 대기하던 재상 아브라힘은 줄곧 침묵하고 있었다.

하지만 딱히 이의가 있어 보이진 않았다.

《이슈 왕의 냉정하면서도 한편 자비 넘치는 결단에 깊이 감사드립니다. 훌륭한 군주와 함께 평화의 길을 걸을 수 있게 된 걸 변경백으로서 아주 명예롭게 생각합니다.》

루키티우스가 히로토의 말을 전하자,

"하하, 그가 그리 말하던가!"

이슈 왕은 얼굴이 온통 쪼글쪼글해지며 함박웃음을 지어 보였다. 훌륭한 군주라는 말을 들은 게 기뻤던 것이리라.

"라켈 공주가 보낸 편지에 의하면 요아힘은 폐하에 대해 암살중지를 선언했다고 합니다."

"겨우 중지했구나, 어리석은 녀석."

요아힘에겐 가차 없는 모습을 보였지만 기분은 나쁘지 않았던 모양이다.

"변경백에게 전하라. 짐도 훌륭한 변경백과 함께 평화의 길을 걷는 걸, 기쁘게 생각한다고 말이다."

2

갑작스러운 방문객에 유니베스테르는 놀랐다. 사라브리아에서 뱀파이어족이 중요한 소식을 들고 나타났다고 한다. 편지의 주인은 변경백 히로토였다.

뱀파이어족 처우를 둘러싸고 히로토와는 의견을 크게 달리했다. 하지만 상대는 편지 배달에 뱀파이어족을 이용했다. 상당히 급했던 모양이다.

편지를 펼치고 유니베스테르는 저도 모르게 노여움을 느꼈다.

명확한 이브리드 제도 위반이었다. 무슨 권리로 미라족 통행을 제한하는가. 귀족들은 자신들이 왕이라고 생각하는가. 왜 정무관은 이브리드 제도 위반을 지적하지 않는가?

편지엔 오제르 주와 루샤리아 주에서도 이브리드 제도를 위반한 주장관령이 내려졌을 가능성을 지적하고 있었다.

유니베스테르는 벨을 울렸다. 바로 부하인 젊은 엘프가 방으로 들어왔다.

"뱀파이어족은 아직 있느냐?"

"지금 방에서 쉬고 있습니다. 내일에는 출발한다고 합니다."

"정중히 모셔라. 눈을 뜨면 내일 네 주에 편지를 전하도록 부탁하고 싶구나."

유니베스테르는 명했다.

"어리석은 자를 막기 위해서다."

3

오제르, 에큐시아, 루샤리아—— 세 주의 엘프 장로회는 처음으로 뱀파이어족의 방문을 받았다.

"난 사라브리아 연합의 라달이다. 변경백의 명령으로 왕도까지 다녀온 참이다. 가장 높은 자를 만나고 싶다. 대장로가 보낸 편지를 보관하고 있다."

그 말에 그토록 위세 당당한 엘프 호위병도 깜짝 놀랐다.

"정말로 대장로가 보낸 편지인가?"

"그렇다. 빨리 움직여. 난 볼일이 엄청 많아."

편지엔 대장로가 내린 명령이 적혀 있었다.

에큐시아에서 이브리드 제도에 위반되는 주장관령이 내려진 것, 오제르와 루샤리아에서도 내려졌을 가능성이 있는 것, 이브리드 제도에 대한 위반이 확인되는 대로 주장관 및 정무관에게 권고를 내릴 것.

찍힌 도장은 틀림없이 대장로 유니베스테르의 것이었다.

"안에 들어와 쉬시길."

하며 엘프 호위병은 뱀파이어족 남자를 장로회 회관으로 불러들였다. 바로 봉밀주가 나왔다.

뱀파이어족 남자가 한 잔 들이켜자 카~~~하, 하는 소리
가 절로 나왔다.

"맛있구나."

4

뱀파이어족이 한숨 돌리고 날아오른 무렵, 엘프 장로회에
선 말을 탄 엘프 병사가 내달렸다. 향하는 곳은 미라족 집
락촌이었다.

30분 정도 달려 엘프 병사는 집락촌 입구에 당도했다. 근
처 작은 개천에서 빨래하던 미라족 여자들이 놀라 엘프 병
사를 보았다.

엘프 병사는 보려던 간판으로 다가갔다. 분명 주장관령이
적혀 있다. 전문을 기록하자 엘프 병사는 다시 말에 올라타
달리기 시작했다.

5

다음날 엘프 장로회 에큐시아 지부, 루샤리아 지부, 오제
르 지부의 지부장은 이웃 지부에서 보낸 편지를 받았다. 편
지엔 각 주에 내려진 주장관령에 대해 적혀 있었다.

주장관령 전문은 모두 같았다. 실행 시기도 같았다.

그리고 같은 시간—— 뱀파이어족 남자는 노브레시아 주 엘프 장로회에 모습을 드러냈다. 남자는 대장로가 보낸 편지를 직접 건넸다.

6

에큐시아 주 부장관은 돌연 엘프 장로회로부터 호출을 받았다. 중대한 용건이 있으니 정무관을 데리고 긴급히 와주길 바란다고 통지가 온 것이다.

에큐시아 주에서도 노브레시아 주와 마찬가지로 주장관이 머무는 성은 주 수도에서 조금 떨어진 곳에 위치한다. 주 수도에서 실무를 담당하는 건 부장관이다.

부장관이 정무관과 함께 대리석 열주에 둘러싸인 접견실에 모습을 보이자,

"먼저 말해두지. 우린 상당히 기분이 상해 있네. 중요한 주장관령을 주 수도 광장에 게시하지 않고 미라족 동굴 앞과 주 경계에만 공포한 일에 대해, 우린 크게 기분이 상했네."

하고 서두부터 지부장은 매섭게 따져왔다. 초장부터 갑자기 전투모드였다.

"그 일에 대해선 나중에 주 수도에 고지할 예——."

"오제르, 루샤리아에서도 거의 같은 내용의 주장관령이 마찬가지로 미라족 동굴 앞과 주 경계에서만 공포된 일을 우린 알고 있네."

다시금 엘프는 말을 이었다. 최악의 출발이었다.

(이거 권고할 작정인가? 어떻게든 변명해 권고를 피해야만…….)

부장관이 궁리하고 있는데,

"이브리드 제도에 대해선 알고 계시나?"

지부장이 돌연 질문을 던져왔다.

예전 인간들과 이종족은 거주 구역이 완전히 나뉘어 있었다. 농촌에서도 미라족이나 해골족 등의 이종족과 인간은 다른 집락에 살고 있었다. 마을 안에 사는 건 인간과 엘프뿐이었다. 미라족이나 해골족 등의 이종족은 마을에 살지 않았다. 인간들이 불쾌하게 생각해 거주가 허용되지 않던 것이다.

이종족과 인간들의 연결고리는 같은 말을 하는 것과 같은 정령교회의 신앙을 가지고 있는 것뿐이었다. 이종족이 마을에 오는 건 장날이나 정령의 날 정도로 양 집단의 교류가 밀접했다곤 말하기 어려웠다.

하지만 50년 전 역병이 대유행하면서 마을의 인구가 격감했다. 이종족은 전혀 역병의 영향을 받지 않았지만, 인간들은 픽픽 죽어갔다. 장례식을 집행하려 해도 사제가 죽어서 마을에 없었다. 날붙이를 수리하려 해도 대장장이가 없었다. 성 수비병 병사도 반이 죽어 수비대 형태를 이루지 못했다. 운송업자도 많이 죽어 유통도 위험에 직면했다. 지역사회의 제 기능이 정지된 마을이 속출했다. 그때 이세계에

서 소환된 디페렌테가 국왕에 즉위해 이종족 채용 시스템을
발표했다.

그게 바로 이브리드 제도이다.

공포된 왕령에 의거, 인간이 떠맡아왔던 일을 이종족이
하는 걸 인정하고, 거기다 성주나 주장관의 허가를 받는 조
건으로 이종족의 마을 거주도 인정되었다. 이후 인간의 인
구가 회복된 지금도 이브리드 제도는 나라의 토대가 되어
히브리드 왕국에서 이어지고 있다.

"이브리드 제도는 미라족이나 해골족 등의 이종족이 인간
과 똑같은 일을 수행하는 걸 인정하고 있다. 도시 거주에 대
해선 조건부로 인정하고 있다. 그걸 두 분은 아시는가?"

언짢은 질문방식이었다. 그 다음에 불벼락이 기다리고 있
는 걸 쉽게 상상할 수 있다.

부장관, 정무관이 함께 침묵하자,

"주의 정무를 맡고 있으면서 설마 모르시는가?"

하며 다그쳤다.

알고 있습니다, 하고 부장관이 대답하자,

"그럼 왜 저런 주장관령을 공포하느냐?"

하며 추궁해왔다.

"주의 치안을 유지하기 위해섭니다. 사라브리아에선 미
라족이 천 명 이상 모였다고 합니다. 다행히 폭동은 일어나
지 않은 모양이지만, 저희 주엔 미라족이 많이 있습니다. 언
제 폭동이 일어날지 모릅니다."

"이동을 제한하는 이유가 되진 못한다."

엘프가 일축한다. 부장관은 항변했다.

"노브레시아 주에선 미라족이 변경백에게 호소한 탓에 주장관이 곤경에 처한 사건이 발생했습니다. 편승한 자가 허위고소로 저희 주장관을 흔드는 짓은 저지해야 합니다. 이브리드 제도도 이종족의, 통행의 자유를 제한하는 걸 금하진 않습니다."

"그렇긴 하나 이종족의, 통행의 자유를 제한하라고도 명하진 않았네."

차갑게 엘프는 대답했다.

"더 말하면 미라족이 운송을 위해 월경하는 데 지장을 주라고도 명하지 않았네. 미라족이 인간 일을 맡아 하는 건 이브리드 제도에 의해 허용되고 있네. 일을 위해 미라족이 월경하는 건 이브리드 제도에 의해 보장돼 있어. 그런데도 백작이 발표한 주장관령은 뭔가?! 이브리드 제도가 인정한 권리를 현저히 침해해도 좋다는 생각인가?! 옆에 정무관이 있는데도 어째서 지적하지 않는가?! 그게 주 정무를 맡은 자가 할 짓인가?!"

어조를 빨리하며 엘프가 다그쳐왔다.

"만약 미라족이 허위사실을 날조해 주장관을 위험에 빠뜨리면 그땐 어떻게 하란 말씀입니까? 미라족의 폭동으로 주가 혼란에 빠져도 괜찮으신 겁니까?"

부장관이 반론하자,

"그것 때문에 이브리드 제도가 훼손돼도 좋은 건 아니네! 이브리드 제도는 왕령으로 규정돼 있어! 귀하는 왕령보다도 주장관령이 우선된다는 건가?! 그게 에큐시아 주장관의 생각인가!"

마침내 불벼락이 떨어졌다.

"본래 당연히 교역의 안정을 확보해야 하는 주장관이 교역을 소외하고 이브리드 제도를 위반하다니, 결코 용서될 일이 아니네. 또 동시에 본래 주장관을 감시하고 이런 주장관령이 내려지지 않도록 진언해야 할 정무관이 책무를 다하지 않은 일도 결코 용서될 일이 아니네. 우린 주장관 및 부장관에게 오늘 즉시 주장관령을 취하할 것, 주장관령에 의해 운송업자들이나 미라족이 입은 불이익에 대해 일주일 이내에 적절한 지불을 할 것을 권고하네. 동시에 정무관에 대해선 왕께 파면청원을 할 걸세. 또한 권고는 대장로의 의사이기도 하네. 이상!"

지부장은 등을 돌리고 눈 깜짝할 사이에 안쪽 방으로 사라져버렸다.

부장관은 지부장이 사라진 문을 응시했다.

귀족 주에선 첫 권고는 부장관에게 내려지는 게 통례다. 부장관인 자신이 아니라 주장관과 자신 양방에게 권고가 내려졌다는 건 그만큼 엘프가 격노하고 있다는 반증이다. 게다가 권고엔 대장로도 관계돼 있다——.

권고를 받은 귀족은 중앙정계로 들어갈 수 없다. 추밀원 멤버가 되는 일 따위 환상으로 끝난다. 이렇게 된 이상, 일 각이라도 빨리 권고를 따라야 한다. 부장관에게 남은 임무는 운송업자나 미라족에게 어느 정도의 금액을 지불할지, 주장관과 상담하는 것뿐이었다.

7

노브레시아 주 부장관은 엘프 장로회로부터 호출을 받았다. 부르러 온 건 엘프 병사 둘이었다.

"지금 당장 우리와 같이 와주셨으면 하오."

부장관은 침묵했다.

평범한 호출은 아니다.

역시 저 주장관령이, 하고 부장관은 생각했다. 미라족에게 배려는 했지만 조금 아슬아슬하다고 느꼈었다.

두 번째 권고는 실행될까? 사임을 선고당하는 걸까?

"지금은 좀 바쁜 터라 잠시 기다려주셨으면 하오만."

"지부장으로부터 긴급 명령이오. 따라주시길 바라오."

권고다, 하고 부장관은 깨달았다.

부장관이 안내된 곳은 안쪽 방이었다. 엘프가 한자리에 모여 있었다.

부장관은 탐색하는 눈으로 엘프를 보았다.

"이브리드 제도는 이종족들에게 인간과 같은 일에 종사하는 걸 인정하고 있네. 일에 있어, 인간에겐 허용하면서 이 종족에겐 허용하지 않는 건 인정할 수 없네. 그건 알고 있 겠지?"

지부장이 입을 열었다.

"알고 있습니다."

"백작이 발포한 건 이브리드 제도에 어긋나지 않네. 미라 족 일을 방해하는 건 아니니까. 하지만 왜 지금 미라족 이 동을 일부 제한해야만 하는지 설명이 부족하다네."

온화하게 지부장이 치고 들어왔다.

설명이 부족하다—— 즉 제한하는 이유를 찾을 수 없다고 엘프 장로회는 말하고 있다. 쉽게 말하면 지금 제한하는 건 이상하다는 것이다.

예상대로의 추궁이었다. 이미 집사하곤 충분히 의논했다. 서툰 잔꾀는 엘프에겐 통용되지 않을 터. 되레 반감을 살뿐 이다.

"표면적으론 주의 안전을 위해섭니다."

하고 부장관은 대답했다. '표면적으론'이라고 처음에 미 리 양해를 구한 건 엘프의 추궁을 봉쇄하기 위해서다. '표면 적으론'이라고 말하지 않으면 '그건 표면적인 이유지 않나. 진짜 이유를 듣고 싶네' 하고 추궁당할 게 뻔하다. 엘프의 심증도 좋지는 않을 것이다.

"그럼, 내막은?"

지부장은 물어왔다.

"일전에 포랄 님이 미라족에겐 참혹하고, 불고르 백작에 겐 아주 불명예스러운 사건을 일으켰습니다. 그 건에 대해 선 이견은 없습니다. 다만 포랄 님의 사건을 듣고 변경백에 게 허위로 호소해 편승하려는 자가 있을지도 모릅니다. 그 런 자들로부터 주장관을 지키기 위한 방지책입니다. 주장 관을 위협으로부터 지키는 일은 주 정무의 안정과 관계가 있습니다."

부장관은 대답했다.

"그건 거짓 이유 아닌가? 진짜 목적은 보복인 것 같은데?"

예상대로 지부장은 추궁해왔다.

"미라족에 대한 보복도 변경백에 대한 보복도 아닙니다. 보복이라면 전면금지로 했을 겁니다."

"오제르나 루샤리아나 에큐시아처럼?"

부장관은 침묵했다. 장로회는 세 주의 주장관령에 대해 알고 있다.

"세 주의 일은 알고 있습니다. 세 주는 미라족이 천 명 결 집했다는 말에 위협을 느낀 듯합니다. 저희 주에서도 검토 했습니다만 결과는 '필요 없다'였습니다. 다만 편승죄는 저 지해야 한다는 의견이 나왔습니다."

부장관이 설명하자,

"백작은 세 주와 똑같은 걸 발포하라고 지시한 건?"

지부장이 파고들어왔다.

"지시는 받지 않았습니다."

부정하자,

"우린 이렇게 생각하네. 백작은 당초 전면금지를 호소했다. 하지만 집사가 필사적으로 항변해 부분금지로 막아냈다. 전면금지를 생각했기에《미라족은 주 경계를 넘어선 안 된다》는 내용이 된 거야. 처음부터 부분금지를 생각했다면 다른 내용이 됐을 터. 집사가 막아낸 것에 대해 우린 좋게 평가하고 있네. 하지만 주장관령에 대해선 좋게 평가하지 않아. 사라브리아 주 수도에서 미라족이 천 명 결집했다는 얘기는 우리도 들었네. 하지만 이 노브레시아에선 미라족은 결집하지 않았네. 사건이 일어난 지 한 달이나 지났지만, 미라족이 변경백에게 새로이 호소했다는 얘기도 듣지 못했네. 우린 미라족에게 우려와 경계심을 품고 있지 않네. 당신들은 대귀족에게 어울리지 않는 다소 소인배적인 태도를 보이고 있네. 빗대어 말하면 당신들은 자신의 아들이 사라브리아 마차에 치였다고, 사라브리아 마차의 통행을 금지하려는 것과 매한가지인 짓을 하고 있네. 다만 마차의 전면금지는 단념했을 뿐. 상당히 과민하고 과잉적으로 반응하고 있네. 대귀족 이름에 어울리지 않는 겁쟁이 같은 대응이네."

부장관은 한쪽 눈썹을 씰룩 떨었다.

꽤 호된 장황한 연설이었다. 엘프는 가차 없었다. 내막을 정확히 간파하고 있었다. 게다가 '너희들은 미라족한테 너무 쫄고 있어'라고 지적까지 했다. 굳이 진짜 내막을 추측해 널리 알린 건, 분명 불고르 백작을 강하게 견제하기 위해서리라.

엘프가 말을 이었다.

"강간 사건 이래, 우린 백작의 언동에 주의를 기울여왔네. 보복행위를 안 하면 좋으련만 하고 바라고 있었네. 설마 보복할 줄은……. 상당히 안타깝네. 주장관에게 오늘 당장 주장관령을 철회하도록 권고를 내리네. 그리고 동시에 정무관을 파면하도록 폐하께 신청하겠네."

부장관은 숨을 삼키며—— 고개를 떨구었다.

제14장 분노

1

에큐시아에서 온 미라족 둘은 도미나스 성에 체류하고 있었다. 변경백은 한 번 만났다. 변경백은 상당히 젊은 사람이었다. 바로 옆에 자신과 같은 종족의 소녀가 있었다. 소문이 자자한 미미아이다.

변경백은 지금 대장로에게 부탁하고 있는 참이라고 말했다. 근간 좋은 소식이 전해질 거라 생각해, 하고 말해주었다.

그 후 연락은 없다. 그저 성에서 지내고 있을 뿐이다.

(역시 안 됐구나……)

미라족 둘이 그리 생각하고 있을 때, 변경백으로부터 호출이 왔다.

2

히로토는 뱀파이어족 라달로부터 보고를 받았다. 오제르, 에큐시아, 루샤리아, 노브레시아 네 주에서 모든 주장관에게 권고가 시행됐다고 한다.

히로토는 바로 에큐시아 주에서 온 미라족 둘을 가까이

불렀다.

"지금 뱀파이어족한테서 들었어. 에큐시아 주, 오제르 주, 루샤리아 주, 노브레시아 주에서 미라족에 대한 주장관령에 대해, 철폐권고가 내려졌어. 너희들이 돌아갈 땐 이미 철폐돼 있을 거야."

미라족 둘은 희색을 띠며 머리를 숙였다.

3

오제르 주, 에큐시아 주, 루샤리아 주의 주장관은 부장관으로부터 보고를 듣고 깜짝 놀란 표정을 지었다. 동료 셋이서 검토해 이거면 엘프도 트집을 못 잡을 거라 생각했던 주장관령이 보기 좋게 뒤집혔다. 게다가 뒤엔 대장로가 있었다. 대장로가 권고를 내리도록 직접 명령한 모양이었다. 셋에게 남은 선택지는 고분고분 따르는 것뿐이었다.

하지만 주장관보다도 절망한 건 정무관 쪽이었다. 장로회가 파면 청원을 제출해 거절당한 적은 적다. 세 사람은 정무관으로서의 직업을 잃게 되었다. 만족스런 공직에도 종사하지 못하리라. 앞으로 먹고 살길을 생각해야 하는 꼴이 되었다.

4

집사로부터 보고를 듣고 불고르 백작은 한참 동안 잠자코 있었다. 이만큼 배려했는데도 그런가……라는 기분과 집사의 충고를 들었더라면…… 하는 기분이 뒤섞였다.

"성주의 경우 장로회의 권고가 두 번 거듭되면 거의 파면 권고가 됩니다. 주장관이라도 관례적으론 그렇습니다. 다만 귀족이 주장관인 경우 귀족을 파면할 수 있는 건 국왕뿐입니다. 각하가 사직하실 필요는 없지만 앞으로 주의하셔야 합니다. 세 번째 권고가 있으면 이번엔 장로회가 움직일 겁니다. 이 이상, 불고르 가에 불명예를 입히는 건 피하셔야 합니다."

백작은 얌전히 고개를 끄덕였다.

분노가 다시 불타오른 건, 후에 수비병으로부터 엘프 장로회에 뱀파이어족이 왔었다는 말을 들었기 때문이다.

"아무래도 사라브리아의 뱀파이어족이었던 듯합니다."

사라브리아!

또 그 애송이인가! 또 내 명예를 짓밟으러 온 건가!

"아무래도 변경백이 대장로에게 편지를 보낸 모양입니다. 그래서 오제르도 에큐시아도 루샤리아도 주장관령을 묵살당했다고."

또 저 애송이인가!

어찌 이리도 비열한 남자인가!

자신은 아무것도 하지 않고 그저 대장로에게 고자질한 것만으로 나에게도 그리고 나 이외의 귀족 세 사람에게도 불명예를 안겼구나!

분노한 나머지 불고르 백작은 잔을 집어던졌다. 잔은 산산이 부셔졌다. 그래도 분노는 진정되지 않았다.

자신도 조금은 알고 있다. 이게 그저 화풀이라는 것을. 이번 일은 집사의 충고를 받아들이지 않은 자신이 나빴다.

하지만——.

저 변경백이 관련되면 감정을 억누를 수가 없었다. 저 애송이한테 당하기만 하고 아무것도 못하는 자신이 분했다. 이러면 자신은 불명예의 연속이지 않은가…….

벨페골 후작이 한 말이 문득 뇌리에 되살아났다.

《복수를 잊은 귀족은 귀족이 아니야. 보복하지 않으면 얕잡아봐.》

제15장 서명

1

사라브리아에서 에큐시아로 귀환한 미라족들은 동료들과 기쁨을 함께 나눴다. 히로토 님을 만났다, 히로토 님은 아주 대단한 분이셨다, 하고 미라족들은 말했다.

변경백이 다시 자신들 미라족을 구해주었다── 그 소식은 미라족 네트워크를 통해 다른 주에도 퍼져나갔다.

하지만 기뻐하는 건 미라족뿐이었다. 왕도에선 다른 사태가 생겨났다.

2

오제르, 에큐시아, 루샤리아──.

세 주의 주장관에게 벨페골 후작이 보낸 편지가 도착한 건 시간이 한참 지난 뒤의 일이었다.

《변경백의 횡포는 어떻게든 막아야 하네. 막을 수 있는 건 우리 귀족밖에 없네. 우리는 왕령위반에 대한 심문을 다시 청원할 작정이네. 들어주지 않을 경우엔 변경백에 관한 왕령을 개정시킬 예정이네. 그러므로 우리 생각에 동의한 이후, 서명해주길 바라네. 서명이 많이 모이면 폐하를 움직

일 수 있네. 꼭 힘을 빌려주시길 바라네.》

그땐 주장관 셋도 대장로에게 편지를 보낸 이가 변경백이라는 걸 알았다.

뼈아픈 꼴을 당했다.

그리 생각한 세 사람은 잠시 생각하다 서명하고 편지를 돌려보냈다.

3

벨페골 후작은 집사 로베르로부터 편지를 받아든 참이었다. 잇달아 서명이 모이고 있다.

적어도 30명이라고 생각했지만 50명에 달할 기세다. 이만큼이나 있으면 폐하도 반대할 수 없을 거다.

"파노프티코스는 아직 안 움직이는데."

절친인 라스무스 백작이 포도주잔을 기울이며 말했다.

"지금 왕령 개정안을 짜고 있을 거야."

"시기가 나쁜 거 아닌가. 오제르와 에큐시아와 루샤리아와 노브레시아에서 장로회가 주장관에게 권고를 내렸다고 하네. 미라족의 통행을 제한했다는 이유로 말이야."

하며 라스무스가 눈썹을 찌푸렸다.

"유니베스테르는 격노했다고 하더군. 청원해도 통과 안 되는 거 아닌가? 유니베스테르는 반대할 거야."

"이브리드 제도에 반하기라도 한다던가?"

하며 벨페골은 여유 넘치는 모습으로 웃었다.

"오히려 변경백에게 반감을 가진 자가 늘어서 도움이 됐어. 실은 재미있는 얘기가 하나 있어서 말이야. 변경백은 미라족이 왕이라고 연호하자 손을 흔들어 응답했다고 하네."

"허어."

라스무스가 관심을 표했다.

"그걸로 폐하를 흔들 수 있다고?"

"생각하진 않네. 가장 중요한 건 서명일세. 그걸 들이밀면 폐하께서도 움직이지 않을 수 없으시겠지."

"그래도 움직이지 않으시면?"

라스무스가 묻자,

"걱정 마시게. 움직이실 테니."

자신만만하게 벨페골은 대답했다.

"격노했을 땐 감정적으로 내달리기도 하지만, 폐하는 대체로 균형을 생각하시네. 한쪽에서 격한 대립이나 불만이 있으면 최종적으론 그 불만을 해소하려고 하지. 모셔봤기에 알 수 있는 일이야."

"심문을 열면 정말로 이길 수 있는 거겠지?"

라스무스가 벨페골에게 확인했다.

"모의재판에서 변경백이 유죄가 된 건 아네. 엘프 한 명이 위반 판정을 내렸다고 해. 스케치를 한 자와 색을 입힌 자의 비유에서 변경백은 스케치를 했으니까 주체적으로 움직였다고 보는 게 맞다, 따라서 왕령 위반이다, 라고."

라스무스는 만족스레 고개를 끄덕였다.

"변경백은 왕령 위반으로 끝인가?"

"이번 싸움은 그저 풋내기를 왕령 위반으로 끝내는 게 아니야. 제멋대로 튀어나온 못은 쳐서 뭉개버려야지. 그러기 위해서 명예를 더럽히는 거야. 왕령 위반은 그 마무리 작업에 지나지 않아. 귀족의 명예를 더럽혔으니 그도 똑같이 당해야지."

힘차게 주장하는 벨페골에게 라스무스는 차갑게 추궁했다.

"네 녀석 생각치고는 비열한데."

"엘프처럼 항상 고결하진 않아서 말이야. 변경백은 춤이 서툴다고 하네."

하며 벨페골은 웃었다.

"귀족이 말인가?"

라스무스 백작이 놀란다.

"어차피 벼락출세한 귀족이야. 귀족 거죽을 벗겨 본래대로 돌려놓는 게 우리 귀족의 사명이라 생각지 않나?"

그리 물으며 벨페골은 닳고 닳은 교활한 미소를 지었다.

제16장 변경백에 관한 왕령

1

파노프티코스 입장에선 실로 최악의 시기에 개정안이 제출되었다. 개정안 얘기를 꺼내 들려고 한 그 타이밍에, 유니베스테르가 오제르, 에큐시아, 루샤리아 주 주장관의 왕령 위반 얘기를 피로한 것이다.

일전에 뱀파이어족이 왔다는 얘기는 들었지만 히로토가 편지를 보낸 상태는 유니베스테르였던 듯하다. 에큐시아의 미라족이 히로토에게 도움을 청했고 히로토가 유니베스테르에게 연락. 유니베스테르가 각 장로회에 연락해 권고를 내리게 한 모양이다.

히로토는 노브레시아 사건에서 조금은 배운 듯하다. 이번엔 마찰이 적은 방법을 선택했다.

주장관령은 참으로 어설픈 것이었다. 파노프티코스는 저도 모르게 어리석은, 하고 중얼거렸다. 왜 이런 걸 발표하는지. 정무관은 뭘 했는지.

즉시 유니베스테르가 정무관의 파면을 요청했다.

이건 좋은 타이밍이다, 하고 파노프티코스는 생각했다. 파면을 받아들이게 하는 대신 귀족 회유책의 일환으로 자신의 개정안을 통과시킬 좋은 기회였다.

"세 주의 정무관은 파면, 새로운 엘프 정무관을 취임시켜야 한다고 생각합니다."

유니베스테르가 주장했다.

엘프 정무관인가, 하고 파노프티코스는 생각했다. 예전엔 정무관이 전부 엘프였다. 귀족 중엔 엘프 정무관을 달갑게 여기지 않을 사람이 많다. 위에서 누르는 것처럼 느껴지는 것이리라.

"인간 정무관이면 안 되는가?"

폐하가 물었다.

"인간이면 바로 대귀족과 유착하지 않습니까? 그 결과가 지난번 일입니다."

유니베스테르가 대답했다.

"이번 일은 변경백의 왕령 위반 아닙니까? 오제르도 에큐시아도 루샤리아도 군사적인 조치와는 일절 관계가 없을 터. 다른 주의 일에 변경백이 참견하다니 언어도단입니다."

피나스가 치고 들어왔다.

"이브리드 제도에 대해 변경백이 대장로에게 보고한 건 왕령 위반이 아니오. 페르키나의 폭주. 불고르의 불성실. 그리고 오제르, 에큐시아, 루샤리아의 이브리드 제도 위반. 최근 귀족들은 뭔가 착각을 하고 있으신 건 아니오?"

유니베스테르가 차가운 눈으로 쳐다본다. 파노프티코스는 비로소 입을 열었다.

"폐하. 세 주의 주장관은 모두, 귀족입니다. 이브리드 제도 위반을 고발한 게 변경백이라면 귀족들이 반감을 품을 수도 있습니다. 하지만 정무관의 죄는 간과할 수 있는 게 아닙니다. 당근과 채찍을 같이 흔드시는 게 어떻겠습니까?"

"당근과 채찍이라니?"

모르디아스 1세가 반문했다.

"정무관을 엘프로 임명하는 채찍 대신 당근으로서 변경백에 관한 법령을 개정하는 겁니다."

파노프티코스는 준비해온 개정안을 직접 건넸다. 추밀원 멤버 인원수만큼 배부했다. 개정안은 다음과 같은 것이었다.

하나. 사라브리아, 오르시아, 하갈, 안셀, 4개 주를 넘어 이동할 경우, 유사시를 제외하고 변경백은 왕의 허락을 구해야 한다.

둘. 변경백은 자신이 통치하는 주의 주민이 접수하는 진정(陳情)만을 받도록 한다.

셋. 변경백은 추밀원에 가입할 자격을 가지지 못한다.

주장관이나 변경백 등의 상급 행정관에 대해선 왕령에 의거, 행동제한이 정해져 있다. 파노프티코스는 새 조항을 추가해 변경백에게 족쇄를 채운 것이다.

추가 제1조에서 이동의 자유를 제한한 건 불고르 백작 사건을 염두에 둔 것이었다. 변경백에게 족쇄를 채워 두 번 다시 같은 일을 하지 못하도록 하려는 꿍꿍이다.

추가 제2조에서 진정의 접수를 금지한 것 역시 불고를 백작 사건이 되풀이되는 걸 방지하려는 조치다.

추가 제3조는 변경백의 추밀원 가입을 금하는 것이다. 즉 히로토는 추밀원 멤버론 들어오지 못한다. 이것도 귀족을 향해 어필한 것이다.

피나스는 만족스러운 미소를 지었다. 이거라면 벨페골 후작도 수긍하리라 생각하는 모양이다.

하지만 중요한 결정자인 국왕은 떨떠름한 표정을 짓고 있었다. 귀족에게 너무 배려한다고 생각하는 걸까.

"이런 건 난 인정 못 하오. 애초에 이럴 필요가 없소."

소브리누스 대사제가 정면으로 반대를 표했다. 대사제는 처음부터 히로토의 동조자였다.

"변경백은 노브레시아 사건에서 귀족들로부터 반감을 샀소. 국경방위의 관점에서도, 퓨리스와 개전했을 때의 일을 생각하더라도, 귀족과 변경백 사이에 균열이 생기는 일은 피해야 하오. 그러기 위한 배려는 필요하."

하고 파노프티코스는 반론했다.

"또 우행을 거듭할 작정이신가?! 귀하는 한 번 히로토 님을 주장관에서 해임했소. 그때 무슨 일이 일어났는지 잊었소? 지금 변경백에 관한 왕령을 개정해 뱀파이어족과의 사이에 무슨 이득이 있소이까?! 뱀파이어족의 감정을 일부러 거스르는 것뿐이오!"

소브리누스도 지지 않고 받아쳤다.

"그럼 귀족들의 불만을 그냥 무시합니까?"

묻는 파노프티코스에게,

"또다시 뱀파이어족을 화나게 만들면서, 진심으로 관계가 수복될 수 있다고 생각하시오?! 국경방위를 무엇보다 중시해온 파노프티코스 님의 의견이라 믿을 수가 없구려!"

소브리누스는 격노했다.

"변경백과 뱀파이어족에겐 사자를 파견해 설명할 작정이오."

파노프티코스가 대답했다.

"안 되오! 애초 불고르 백작이 적절하게 대처했다면, 이번 문제는 일어나지 않았을 거 아니오! 그걸 변경백을 향해 멋대로 악감정을 품다니, 부끄러워해야 할 일이오! 게다가 이번엔 세 주의 수장에 선 귀족이 어리석은 주장관령을 내놓은 참이오! 배려할 필요가 있소이까!"

소브리누스도 물러나지 않는다.

"전 전면적으로 찬성이오. 이 개정안은 옳고 그름에 관계없이 통과되어야 합니다. 이게 통과되면 벨페골 일행도 싸움을 그만두겠지요."

하며 피나스는 파노프티코스에게 가담했다.

"귀족의 불만은 진정되겠지만, 그걸로 뱀파이어족과의 사이에 문제가 생기면 어쩔 작정이시오?! 귀족의 불만을 없애는 일과 뱀파이어족과 원만한 협력관계를 유지하는 일 중, 어느 쪽이 중요하오?!"

소브리누스는 노발대발한다.

"일부러 왕령을 변경해 정할 일이 아니오. 변경백을 주도 까지 불러들여 주의만 주면 끝날 일이오."

유니베스테르도 차갑게 딱 잘라 말했다.

"그 정도로는 귀족들의 불만을 해결할 수 없소."

파노프티코스는 짧게 되받아쳤다.

"이런 개정안을 통과시키면 귀하의 입장이 나빠질 거요. 귀하가 설명하러 가더라도 마찬가지요. 뱀파이어족도 이게 귀하의 생각인 걸 알면 협력하지 않으려 할 터. 뱀파이어족 은 변경백이 하는 말 이외엔 귀를 기울이지 않게 될 거요."

유니베스테르가 경고했다.

"짐도 같은 생각이다."

모르디아스 1세는 말하고 나서 파노프티코스에게 다그 쳤다.

"그대는 또 뱀파이어족과의 관계를 악화시켜 짐이 사과 하게 할 작정이냐? 짐을 먼 사라브리아까지 가게 만들고 싶으냐?"

"그리되지 않도록, 배려한 참입니다."

파노프티코스는 대답했다. 즉시 모르디아스 1세는 반론 했다.

"하지만 상황이 그렇지 아니하냐. 개정안은 각하한다. 짐 은 뱀파이어족과 분쟁을 일으킬 생각이 없다. 지금 변경백 에게 제한을 가하면 뱀파이어족은 반드시 심기가 틀어질 테고, 짐과의 관계도 나빠지겠지. 퓨리스에게 뱀파이어족이 강력한 억제력으로 작용하는 건 틀림없다. 뱀파이어족과의 동맹이 있어야만 퓨리스와의 평화를 지킬 수 있다."

곤란하다. 상당히 곤란하다. 여기서 개정안을 통과시키지 않으면 벨페골은 심기가 틀어질 거다. 수십 명의 서명을 준비해 변경백에겐 협력하지 않겠다고 했다간 문제다.

"폐하. 변경백은 이슈 왕에게 멋대로 부장관을 파견했습니다. 이건 명확한 월권행위입니다. 외국으로 대사를 파견하는 건 국왕의 권한이옵니다. 예전 이 나라에도 변경백이면서 왕에게 등을 돌린 자가 있습니다. 재상의 제안은 이치에 합당하다고 확신합니다."

피나스도 가세하러 나섰다. 그 즉시 유니베스테르가 일축했다.

"귀하는 변경백의 월권행위를 문제로 삼는 모양인데, 본인이 퓨리스로 가는 게 아니라, 부장관이 가는 거면 문제는 없소. 애초 에크세리스가 퓨리스를 방문한 건 우리 동포 루키티우스를 만나기 위해서요. 엘프가 엘프를 만나는 게 뭐가 문제요?"

"설마 감싸시는 거요? 미래의 왕권 찬탈자를."

하며 피나스가 도발했다. 하지만 도발에 굴한 유니베스테르가 아니다.

"퓨리스가 일만의 병사를 거느리고 쳐들어왔을 때, 그들을 물리친 게 누구인데 그런 말을 하시오! 보복을 위해 공격해온 퓨리스 병사들을 전멸시키고 하갈을 지킨 건 누구였소? 퓨리스국과의 교섭에서 불리해졌을 때 우리를 구하고 대등한 상태로까지 끌고 간 건 누구였소? 페르키나가 요아힘을 꼬드겨 퓨리스에게 전쟁의 단초를 제공하려 했을 때, 페르키나를 봉쇄하고 평화를 지킨 건 누구였냔 말이오! 말해보시오, 피나스!"

대장로의 다그침에 피나스는 대답하지 않았다.

승산이 있었다.

"오제르, 에큐시아, 루샤리아 세 주의 정무관은 즉시 경질, 엘프 정무관을 배당하는 것으로 한다."

모르디아스 1세가 말했다.

"그럼, 폐하. 추가 제1조와 제3조만이라도 인가해주십시오."

파노프티코스는 끈덕지게 설득에 나섰다.

"대답은 전했다."

모르디아스 1세는 차갑게 돌려줬다.

"귀족의 반감을 억제하기 위해섭니다. 조금이라도 폐하가 변경백 행동에 제한을 가하려고 한 걸 안다면, 귀족들의 반감도 진정되겠지요. 변경백만 있으면 이 나라가 지켜지는 게 아닙니다. 막상 퓨리스와 전쟁이 일어나면 반드시 귀족들의 힘이 필요하옵니다. 지금은 평화를 구가하고 있습니다만, 평화라는 건 부서지기 쉬운 것. 언젠가 평화가 무너졌을 때, 오늘 일이 후환이 될까 두렵습니다."

파노프티코스의 말에 모르디아스 1세는 침묵했다.

폐하가 생각하고 있다.

어떻게 대답할까? 승낙을 얻을 수 있을까?

"둘 다 인정할 수 없다. 이동의 자유가 있기에 변경백의 임무도 가능한 것 아니냐. 뱀파이어족이 변경백이 있는 북쪽에 모여 있다고는 하나, 만일 다른 지역에서 뱀파이어족과 문제가 생겼을 때는 어찌할 생각이냐? 변경백보다 능숙하게 처리할 자가 있느냐? 짐은 변경백의 손발을 묶고 싶지 않다."

파노프티코스는 조용히 숨을 내쉬었다. 개정안은 묻혀버렸다.

2

대장로 유니베스테르는 만족스러웠다. 파노프티코스는 귀족의 불만을 억제하려고 나섰지만, 지금 귀족들에게 배려할 필요는 없다. 정무관을 인간으로 둔 게 실수였다.

과거에는 대귀족 옆에 엘프 정무관이 있어, 항상 감시의 눈을 빛내고 있었다. 덕분에 어리석은 짓을 하는 귀족도 거의 없었다. 하지만——.

요즘 귀족들은 머리가 어떻게 됐다. 한마디로 말해 해이해졌다. 혹은 우쭐해져 있든지. 주장관 자리가 주에서 제 좋을 대로 하는 거라고 착각하고 있는지도 모르겠다.

그런 귀족에게 타협할 필요는 없다. 아니 해선 안 된다.

양보의 시대는 끝났는지도 모르겠다. 인간에게 권한을 맡겨놓았던 시대는 끝났다. 우리 엘프는 너무 많이 양보했던 걸지도 모르겠다. 귀족을 향한 배려와 변경백, 어느 쪽을 선택할 거냐고 물으면 답은 정해져 있다.

물론 히로토를 선택하는 데에 위험이 없는 건 아니다. 국방이라는 중요 사에 외부 인물을 개입시켜선 안 된다. 개입시키면 시킬수록 외부 인물이 존재감과 발언권을 늘여, 나라를 탈취할 가능성이 커지니까. 그만큼 나라는 불안해진다. 뱀파이어족이 이 이상 잘난 체하지 못하도록 막아야 한다.

하지만 귀족을 향한 배려를 선택하면 뱀파이어족과의 관계가 나빠진다. 그걸 되돌리기란 상당히 어려우리라. 그러면 결국 히로토와 뱀파이어족의 존재감이 더욱 강해진다. 게다가 히로토는 국방의 주축인 동시에 평화의 주축이기도 하다. 라켈 공주가 자유를 쟁취한 건 높이 평가해도 좋다. 역시 귀족을 억제하는 것 말곤 선택지는 없다.

장로회 본부로 돌아오자 복도에서 딱 최고법원의 재판관 하나와 맞닥뜨렸다. 예전 자신의 저택에서 일한 적이 있는 남자, 비르니우스였다.

"귀족들이 심문을 청원했다고 들었습니다."

하며 유니베스테르에게 말을 걸었다.

"폐하는 일축하셨네."

"각하께는 잘된 일이군요."

비르니우스의 말에 유니베스테르는 위화감을 느꼈다.

잘된 일이다?

"무슨 소린가?"

묻자 비르니우스는 딱 잘라 말했다.

"그럴 리는 없겠지만, 만약 심문이 열렸다면 변경백에겐 왕령 위반죄를 물었을 겁니다. 저희가 자주적으로 행한 모의재판에선 그렇게 판결이 났습니다. 국경방위하곤 관계없는 사건에 끼어들어 제재하기 위해 움직였다면 그건 왕령 위반이니까요."

제17장 변경백은 진다

1

좁은 목조 감시탑 안에서 온몸이 붕대투성이인 거인 둘과 인간 하나가 긴장한 표정을 짓고 있었다. 느닷없이 생각지도 못한 손님이 방문해온 것이다.

바로 히로토와 발큐리아였다. 옆엔 관료가 필기도구를 들고 대기하고 있었다. 완성한 감시망을 방문하러 온 것이다. 감시탑의 실정을 파악하기 위해 사라브리아 주내의 감시탑을 돌고 있었다.

히로토는 감시창으로 테르미나스 강을 보고 있었다. 전망이 좋았다. 테르미나스 강과 그 너머에 있는 퓨리스 왕국을 한눈에 볼 수 있다.

"꽤 바람이 시원한데."

하며 히로토는 흐뭇하게 웃었다. 상쾌한 바람이 대하 위를 미끄러지듯 날아와 감시탑에 몰아쳤다. 발큐리아가 착 달라붙었다. 히로토처럼 흐뭇하게 웃으며 강을 보았다. 히로토와 같이 있을 수 있는 게 기쁜 모양이다.

"겨울이면 꽤 추울 것 같아."

히로토는 감상을 말했다.

"겨울에 퓨리스 군이 공격해올 가능성은?"

히로토는 관료에게 얼굴을 돌렸다.

"겨울에는 움직이지 않겠지요. 가을은 수확하느라 바쁠 테고요. 일전에 퓨리스군이 공격해온 건 특수한 상황이었다고 보시면 됩니다."

그렇구나……

한순간 그리 생각했지만,

"하지만 그 예외에 대비하기 위해 감시탑이 있는 거 아냐?"

히로토의 말에 관료는 입을 다물었다.

"겨울엔 담요를 준비하라고 적어둬. 인간한텐 모자도."

"모자요?"

"모자가 있는 편이 안 춥잖아?"

관료는 종이에 담요와 모자라고 적었다.

2

모르디아스 1세는 다시 오르피나 안에서 모든 걸 소진한 참이었다. 오르피나는 기분이 좋아 조금만 움직여도 바로 끝에 도달해버릴 것 같았다. 자신만 먼저 절정에 도달해버리면 남자는 남성적 무능함을 절감하고 부끄러움을 느끼기 마련이지만 오르피나는 너무 자극적이었다. 시작하기도 전에 한 번은 끝에 달할 정도로. 그리고 실전은 언제나 같은 타이밍에 끝에 이르렀다.

첫 아내와의 부부생활은 의무적이었다. 왕의 혈통을 남기기 위한 임무였다. 아내가 죽고 나서 몇몇 첩을 품었지만, 그중에서도 오르피나는 최고의 궁합이었다. 그뿐만이 아니다. 오르피타는 심성도 고왔다. 오르피나와 섞일 때마다 자신감을 되찾을 수 있다.

이 나라는 내 나라이면서 내 나라가 아니다. 독재는 허용되지 않는다. 이 나라엔 엘프가 있다. 추밀원 사람들도 있다.

자신은 완전한 왕도 완전한 인간도 아니다. 흔들리는 감정에 몇 번이고 길을 헤매었다. 그럴 때마다 추밀원은 자신을 제지해주지만, 정무는 결코 마음이 편한 게 아니다. 항상 추밀원의 말에 귀를 기울이는 것도 정신적으로 피곤하다.

하지만 오르피나와 있을 땐 그렇지 않다. 내가 나다워진다. 이 침실에선 난 왕인 것이다.

"가슴으로 어루만져드릴까요?"

오르피나의 말에,

"입으로 해줘."

모르디아스 1세는 대답했다. 오르피나가 떨어지더니 그러고 나서 무릎을 꿇었다. 오르피나가 얼굴을 바싹 갖다 대고——모르디아스 1세는 천정을 올려다보며 숨을 토했다.

3

재판관 비르니우스와 헤어지고 개인 집무실에 틀어박힌

후로 유니베스테르는 줄곧 생각에 잠겨 있었다.

밴경백이 패배한다고……?

모의재판에서 유죄가 나와?

바보 같은.

고등법원은 문제없다고 판결하지 않았던가. 정무관 퀸티리스도 왕령 위반을 지적하지 않았다.

그런데 어째서?

의도적이면 왕령 위반이라는 건가?

예상 밖의 일에 머리가 혼란스러웠다.

(설마 벨페골은 이걸 알고 최고법원에서의 심문을 요구했나?)

그럴 리 없다, 하고 저도 모르게 부정했다. 모의재판은 어떤 경우도 발설 금지다. 밖으로 새어나가는 일은 없다.

그리 생각하다 유니베스테르는 모순에 부딪혔다. 지금 자신도 발설 금지의 비밀을 손에 넣지 않았나. 자신과 마찬가지로 벨페골이 손에 넣지 않았다고 어떻게 단언할 수 있나? 벨페골도 알고 있다고 생각해야 하지 않을까?

유니베스테르는 신음했다.

자신은 길을 잘못 들었는지도 모르겠다. 파노프티코스 쪽이 옳았는지도 모르겠다. 분명 벨페골은 다시 공세를 취해 올 것이라. 왕도엔 벨페골의 귀가 있다. 심문이 안 되면 변경백에 관한 왕령 개정을. 개정이 안 되면 역시 심문을. 그리 흔들어 심문을 실현하려는 게 틀림없다.

국왕은 이미 개정안을 거부했다. 뒤늦게 왕도로 돌아가 국왕을 설득하려 한들 국왕은 결심을 바꿀 리 없었다.

4

그 무렵── 피나스로부터 연락을 받은 벨페골 후작은 라스무스 백작과 함께 마차에 올라탄 참이었다. 50명 이상의 서명이 모인 것이다.

목적지는 왕도── 모르디아스 1세.

왕은 파노프티코스의 왕령 개정안을 뿌리쳤다. 그럼 다음 수를 잇달아 투입하면 된다. 이 수를 국왕은 거절할 수 없다. 내 바람대로 국왕은 최고법원에서의 심문을 열게 될 것이다. 그리고 풋내기 변경백은 유죄가 된다.

제18장 청원수리

1

히브리드 왕국의 국왕 모르디아스 1세는 서명을 보고 침묵했다. 수는 50명 이상──.

결코 무시할 수 있는 숫자가 아니었다.

이만큼이나 귀족의 반감이 강했었나. 그만큼이나 히로토가 미운가. 놀라움과 분노가 뒤섞였다.

"다시 폐하께 부탁드립니다. 변경백이 노브레시아에서 한 행동에 대해 최고법원에서 심의를 열 수 있도록 부탁드립니다. 그것이 유일하게 귀족들을 달랠 방법입니다."

모르디아스 1세는 침묵했다.

귀족들의 불만은 크다. 달래야만 하겠지. 하지만 그러면 변경백과 뱀파이어족은 어떻게 되나? 뱀파이어족은 기분이 상하지 않을까? 일껏 무너지려던 관계를 수복했다. 다음에 무너지면 영원히 되돌릴 수 없다.

"추밀원에 자문하겠다."

"그런 다음 또 거절하실 작정이십니까?"

베라페골이 다그쳐왔다.

"이만큼이나 되는 귀족들의 부탁을 무시하실 작정입니까?"

"너희들이 불만을 품은 건 알고 있다. 하지만 뱀파이어족과의 관계를 해칠 순 없다."

모르디아스 1세는 딱 잘라 말했다. 하지만 그걸로 물러날 벨페골이 아니다.

"폐하. 저희는 공정한 장소에서 분명히 하고 싶을 뿐입니다. 그러면 결과와 관계없이 귀족들도 수긍하겠지요. 이대론 유사시에 변경백에게 협력할 수 없습니다."

"무슨 연유로 변경백을 싫어하느냐?"

모르디아스 1세는 물었다.

"폐하. 목적이 옳다고 행동이 옳지 않아도 되는 건 아닙니다. 저희는 변경백의 방식이 옳지 않았다고 생각합니다. 그렇기에 더욱 최고법원에서의 심문을 요청하는 것입니다. 만약 받아들이지 못하신다면 변경백에 관한 왕령을 개정해 주시기 바랍니다."

"왕령?"

라스무스 백작이 문서를 직접 건넸다.

하나. 변경백은 사라브리아, 오르시아, 하갈, 안셀 4개 주에서 밖으로 나올 수 없다.

둘. 변경백은 자신이 통치하는 주의 주민이 접수하는 진정만을 받도록 한다.

셋. 변경백은 추밀원에 가입할 자격을 가지지 못한다.

넷. 변경백 임기는 최장 2년으로 한다.

다섯. 변경백이 왕령 위반을 범했을 경우, 즉시 해임시킨다.

　"인정할 수 없다!"
　모르디아스 1세는 외쳤다.
　"실은 미라족 천명이 변경백을 방문해《왕!》이라고 연호했다고 들었습니다. 그때 변경백은 미소를 지으며 손을 흔들어 응답했다고 합니다. 저희는 걱정하고 있습니다. 이 변경백이 비탈길을 내달리기 시작한 무인마차처럼 폭주하는 게 아닐지, 폭주를 시작하면 누구도 멈추지 못하는 게 아닐지, 폭주의 행선지가 왕위찬탈이지 아닌지, 폭주의 전조가 노브레시아 사건이지 아닌지 하고 말입니다. 변경백에게 물어야 합니다. 만약 폭주를 시작했다면 지금 멈춰야 합니다."
　벨페골은 온화한 어조로 연거푸 쏘아붙였다.
　"변경백은 그런 인물이 아니다. 손을 흔든 것도 뭔가 생각이 있어서 그런 거겠지."
　"그럴지도 모르나, 저희는 만난 적이 없는 터라 모르겠습니다. 귀족들이 모두 불안해하고 있습니다. 그러니 최고법원에서 심문을 열어 그걸 밝혀야 합니다. 그것이 저희 귀족의 바람입니다."
　모르디아스 1세는 벨페골을 매섭게 노려보았다.
　짐의 재상을 맡았던 경험이 있으면서 어째서 짐을 괴롭히느냐? 그 정도로까지 변경백이 싫으냐? 변경백 없이 우리나라의 국경방위가 성립되지 않는 걸 모르느냐?

"폐하. 심의를 여시는 건?"

파노프티코스가 귓속말을 했다.

"그대는——."

저도 모르게 반론에 나서자,

"최고법원의 재판관은 엘프가 넷. 즉 과반수입니다. 고등법원의 판단을 지지할 테지요. 변경백이 왕령 위반이 될 일은 없습니다."

파노프티코스는 속삭였다.

"짐은 뱀파이어족을 신경 쓰고 있다."

"유죄로 만들기 위해 부르는 것이 아니라, 귀족을 달래기 위해 부른다. 너의 무죄는 짐이 알고 있다, 하고 편지로 적으시면 되지 않겠습니까? 편지는 고문관 뱀파이어족 일행도 읽습니다. 폐하와의 관계는 무너지지 않습니다."

모르디아스 1세는 침묵했다. 분명 그러면 뱀파이어족과의 관계는 무너질 리 없다.

"심문엔 불고르는 부르지 않으셔도 되겠지요. 폐하와 추밀원 멤버만으로 충분할 듯싶습니다."

다시금 파노프티코스가 귓속말을 한다. 당연하지, 하고 모르디아스 1세는 생각했다. 불고르 따위 왕도에 올 자격도 없다.

"심의를 열면 그대들은 만족하겠느냐?"

모르디아스 1세는 벨페골에게 얼굴을 돌려 다시 한번 물었다.

"네."

"히로토가 왕령 위반이 아니라고 판명이 나도 만족하는
게지?"

"물론입니다."

벨페골은 대답했다.

"그럼 바로 변경백을 소환하마. 미리 말해두지만 변경백
을 유죄로 만들기 위한 심문이 아니다. 그대들의 부탁을 받
아들여 어디까지나 사실 확인을 하기 위한 것이다. 변경백
은 죄인이 아니라는 걸 알아두거라."

폐하의 판단에 감사드립니다, 하며 벨페골은 몸을 낮춰
머리를 숙였다.

2

라스무스와 마차에 올라타자 벨페골은 마차 안에서 축배
를 들었다.

"내 절친을 위하여."

라스무스가 말하자,

"우리의 승리를 위하여."

대답하며 잔을 마주쳤다.

"이걸로 정의의 철퇴는 내려져. 라스무스여. 심의에선 자
네만 믿겠네."

"상대는 퓨리스 재상 아브라힘의 결심을 바꾼 남자야. 방

심하지 않고 최선을 다할 걸세."

라스무스 백작은 대답했다.

"내 쪽은 환영 준비를 해야겠는데."

하며 벨페골은 웃어 보였다.

"적당히 해두게."

라스무스가 가볍게 응했다.

"적당히는 못 하지. 이 싸움은 우리 귀족과 변경백과의 싸움이야. 어린애한테 예의를 가르치는 것이기도 해. 예의 교육은 엄하게 해야 하는 법. 귀족이라는 게 어떤 것인지, 뼈저리게 알게 해야지. 그렇지 않으면 앞으로 영원히 애송이가 우릴 깔볼 테니."

3

벨페골이 라스무스와 함께 와서 최고법원에서의 심문을 약속받았다──.

그 소식에 유니베스테르는 허둥지둥 왕도로 달려갔다.

"왜 허락하신 겁니까!"

유니베스테르는 모르디아스 1세에게 냅다 큰소리를 쳤다

"벨페골이 50명이나 되는 서명을 들고 왔다. 거절할 수 있다고 생각하느냐?"

"적어도 변경백에 관한 왕령 개정을──."

"그대는 반대였지 않느냐?"

유니베스테르는 침묵했다.

그 말대로다. 자신은 반대했다. 그 후 어처구니없는 일을 알게 되었다.

"파노프티코스는 최고법원에선 히로토는 무죄가 될 거라 했다. 짐도 그리 생각한다."

아닙니다!

변경백은 이기지 못합니다!

유죄가 내려집니다! 왜냐면──.

폐하에게 비밀을 말하려다 유니베스테르는 단념했다.

모의재판 내용은 결코 발설해선 안 된다. 그런데 그걸 대장로가 발설해도 되겠는가. 설령 상대가 국왕이라도 해도 말이다.

국왕에게 말하면 최고법원 심의는 취소할 수 있을지도 모른다. 하지만 말하면 자신은 모의재판 내용을 발설해선 안 된다는 규칙을 어기는 꼴이 된다. 대장로인 자신이 법을 어길 순 없다. 폐하에게 말한 순 없다.

하지만──.

"왜 그러느냐?"

모르디아스 1세의 물음에,

"전…… 변경백이 고전할 것 같습니다."

유니베스테르는 그렇게 대답했다.

"어째서냐?"

"벨페골은 지는 싸움은 안 하는 남자. 왕령 위반을 받아낼 수 없다는 걸 알면서, 심문을 요구할 리가 없습니다."

흐음…… 모르디아스 1세는 생각에 잠겼다.

"벨페골은 무죄가 나와도 받아들일 거라 말했다만."

그건 심문을 열기 위한 연극이다. 그리 생각했지만 유니베스테르는 고하지 않았다.

지금쯤 벨페골은 축배를 들고 있으리라. 심문엔 라스무스가 설 게 틀림없다. 라스무스는 국내에서 으뜸가는 달변가이다.

히로토는 대항할 수 없다?

아니.

히로토는 호적수리라. 문제는 재판관이다. 한 엘프 재판관은 히로토를 왕령 위반이라 생각하고 있다.

지금부터 비르니우스를 찾아가 설득한다?

그 자리에서 유니베스테르는 그 생각을 지웠다. 최고법원의 재판관에게 사전 간섭을 하면 안 된다. 그런 짓을 대장로가 할 순 없다.

설령 지는 걸 알았다손 치더라도 자신은 아무것도 해선안 된다. 아무것도——.

변경백은 소식을 듣고 어떻게 생각할까.

자신이 왕령 위반이 나올 리 없다고 생각할까.

아마 그럴 것이다.

그리고 그리 생각하는 한, 저 남자에게 승리는 없다. 왕령위반을 선고받을 뿐이다.

귀족은 만회를 꾀하고 있다. 변경백을 뭉개버리려 하고 있다. 지금 변경백을 밟아 뭉개면 귀족의 기고만장함은 하늘을 찌르겠지.

이제 자신이 할 수 있는 일은──.

제19장 적지

1

히로토는 발큐리아와 함께 도미나스 성으로 돌아온 참이었다. 감시망 시찰은 상당히 가치가 있었다. 미라족이나 인간 감시원하고도 친목을 도모할 수 있었다. 평소처럼 발큐리아와 계단을 올랐다.

발큐리아는 히로토의 팔을 잡고 달라붙어 있었다. 로켓가슴이 가슴팍에서 뭉실하게 닿아 기분이 좋았다.

호위병이 방 앞에 있었다. 문을 열어준다. 집무실로 들어가자,

"히로토 님!"

방에 있던 솔세르가 달려왔다.

(그렇게나 만나고 싶었……나, 뭔가 다른데?)

히로토는 방 분위기가 평소와 다른 걸 깨달았다.

웃음이 없다.

에크세리스도, 소이치로도, 솔세르도, 미미아도, 웃음이 없다. 게다가 정무관 퀸티리스와 고문관 엘빈도 진지한 얼굴로 모여 있다.

"무슨 일 있어?"

히로토의 물음에 에크세리스가 잠자코 편지를 쑥 내밀었다.

봉해진 편지를 펼치고 히로토는 말문이 막혔다.

　히브리드 왕국 국왕 모르디아스 1세의 이름으로 다음을 명한다.

　변경백은 편지를 받고 14일 안에 왕도로 상경해, 왕령 위반 혐의에 대해 최고법원의 심문을 받을 것.

　덧붙여 수행자는 짐의 나라의 신민으로 한정한다.

　왕령 위반? 최고법원의 심문?

　히로토는 망연자실했다.

　노브레시아 사건이면 불고르 백작 아들 사건 말이지? 고등법원 판결에선 난 왕령엔 저촉하지 않았다고 하지 않았었나? 어째서 최고법원에서 심문을?

　편지에 다시금 다음과 같이 덧붙여 적혀 있었다.

　짐은 그대가 왕령 위반을 범했다곤 생각지 않는다. 귀족들을 수긍시키기 위해 편의상 그대를 부르게 되었다.

　발큐리아가 히로토 옆에서 왕령을 목을 길게 빼고 들여다보았다.

　"뭐야? 히로토한테 오라는 거야?"

　"어리석은 귀족들을 배려한 거겠지요."

　가시 돋친 목소리로 엘빈이 말한다.

"저 왕은 마음에 안 들어. 전에도 히로토를 그만두게 하더니만, 또 이번에도 그럴 작정인 것 같아."

하며 소이치로도 심기가 언짢다. 사정을 모르는 큐레레는 소이치로 바지를 잡고 두리번거리고 있다.

국왕의 변덕은 아닌 듯했다.

"설마 벨페골 후작이 또 억지로 밀어붙인 건가?"

히로토가 물었다.

"그런 모양입니다. 이번엔 약 50명의 서명을 모아 들이밀었다더군요. 폐하도 승낙할 수밖에 없었던 모양입니다."

역시 불고르 백작 건은 지나쳤나…… 하고 히로토는 생각했다. 소이치로를 파견했어야 했다. 하지만 지금 후회해도 늦었다. 응전할 수밖에 없다.

"걱정 마, 히로토. 내가 딱 붙어 있을게♪"

발큐리아의 말에,

"이번엔 발큐리아 님은 동행할 수 없습니다."

정무관 퀸티리스가 일축했다.

"어째서?"

발큐리아가 입을 삐죽댔다.

"왕령에 동행자는 짐의 나라의 신민으로 한정한다고 적혀 있습니다. 뱀파이어족은 히브리드 왕국의 신민이 아닙니다."

"고문관인데? 히로토와 함께 살고 있는데?"

"신민이면 왕의 명령을 따라야만 합니다. 당신은 왕을 섬

191

기는 게 됩니다."

발큐리아는 침묵했다. 퀸티리스를 매섭게 노려보았다.

(그냥 모른 체하면 되는 거 아닌가.)

번쩍 생각이 떠오른 히로토에게,

"미리 말씀드리는데, 왕령을 거부할 순 없습니다. 그랬다 간 모반죄가 날아들 겁니다."

퀸티리스가 못을 박았다.

"히로토가 모반 같은 거 잘도 일으키겠다."

하며 소이치로가 화낸다.

"히로토 님은 그럴 마음이 없어도 저쪽은 그렇게 생각한 다는 겁니다. 이번 심문은 히로토 님의 움직임을 봉쇄하려 는 목적이겠지요. 그걸 노리는 자들에게 절호의 구실을 주 는 게 됩니다."

즉 무슨 일이 있어도 왕령에 따라 왕도로 갈 수밖에 없다 는 거다.

심문은 히로토도 퀸티리스로부터 들은 적이 있다. 심문을 요구한 측과 심문에 소환된 측이 최고법원에서 만나 각자의 대표가 한 명씩 연단에 서서 주장한다. 심문 시간은 길지 않 다. 7명의 재판관이 변론을 듣고 각자 질문한 뒤, 최종판결 을 내린다.

"상대는 누가 나와?"

히로토는 퀸티리스에게 물었다.

"아마 라스무스 백작이겠지요. 히로토 님이 오시기 전까지 언변으론 국내 제일이라고 일컬어졌습니다. 퓨리스와의 외교교섭에 벨페골 후작은 라스무스 백작을 추천했다고 들었습니다."

"라스무스 백작은 후작과 사이가 좋아?"

"절친이지요."

히로토는 고개를 끄덕였다.

"그럼, 어쨌든 준비를 하자. 냉큼 갔다가 냉큼 돌아올게. 미미아와 솔세르도 준비해."

둘이 확 눈을 빛내더니 그러고 나서 방을 나갔다.

2

히로토는 숨을 들이켰다. 미미아와 솔세르는 동행할 수 있는 걸 알고 기뻐하는 듯했지만, 발큐리아는 흥미가 없어 보였다.

"모처럼 히로토와 함께라고 생각했는데……."

히로토는 말없이 발큐리아를 꽉 껴안았다.

"변장해서 따라올래?"

농담으로 말하자, 발큐리아는 고개를 가로저었다.

"노브레시아 주 경계까지 배웅해줄래?"

묻자,

"가도 돼?"

"안 오면 쓸쓸할 거야."

"그럼, 갈게♪"

발큐리아는 조금 기운을 차리고 히로토를 껴안았다. 로켓 가슴이 힘껏 찌부러졌다.

(사라브리아를 나가면 이 가슴도 안녕인가⋯⋯.)

쓸쓸하다.

노브레시아에선 분명 카시우스와 합류하게 되겠지만, 그 앞은 완전 적지다. 그리고 왕도에선 심문이 기다리고 있다.

어차피 왕령 위반이 나올 리도 없는데, 어째서 벨페골 후작은 자신을 심문에 끌어들인 걸까.

(멍청이⋯⋯일 리는 없나?)

뭔가 마음에 걸렸다. 벨페골은 재상 경험자라 들었다.

(일부러 자신이 지기 위해 날 끌어들일까?)

예스라는 대답은 돌아오지 않았다. 불길한 예감이 들었다.

(설마, 나⋯⋯ 위기?)

하하.

그럴 리——.

"잠시 얘기할 게 있는데."

에크세리스가 얼굴을 바싹 갖다 댔다.

"비밀 얘기?"

"와봐."

에크세리스가 침실로 걸어가기 시작한다. 히로토는 잠시 기다려, 하며 발큐리아에게 양해를 구하고 뒤를 쫓아갔다.

(설마 갑자기 가슴을 밀어붙인다⋯⋯ 같은 일은 없겠지.)

바보 같은 일을 상상하며 침실로 들어가자,

"너, 질 거야."

돌연 이상한 말을 에크세리스가 꺼냈다.

"대장로한테서 편지가 도착했어. 이길 거라는 생각으로 오지 말게. 질 걸세, 하고."

히로토는 말을 잃었다.

이길 거라는 생각으로 오지 말게. 질 걸세.

엄청 불길한 예감이 들었다.

"그게 무슨 말인데?"

"모르겠어. 그것밖에 적혀 있지 않아."

히로토는 북북 머리를 긁적였다.

진다니, 설마, 심문에서 진다는 건가?

"내가 왕령 위반을 선고받는다고 얘기인가?"

"모르겠어. 하지만 이번엔 재상은 아군이 아니야. 변경백에 관한 법령을 개정해 너에게 족쇄를 채우려 했던 모양이니까."

"족쇄?"

"이동의 자유라든지, 추밀원 멤버가 못되게 한다든지."

히로토는 말문이 막혔다. 생각지도 못한 변절이다.

(한층 더 적지군…….)

머릿속엔 조금 전의 자문(自問)이 떠올랐다. 어째서 질 것 알면서 벨페골 후작은 자신을 심문에 끌어들였나?

대답은 딱 하나였다.

진다고 생각지 않기 때문이다. 이긴다고 생각하기 때문이다. 그걸 대장로는 알고 있는 게 아닌가. 알고선 자신에게 충고해준 게 아닌가.

(그럼 나는 지러 가는 꼴이네?)

일부로 왕도까지?

잘 생각하면—— 아니 생각할 것도 없이 이번 여행엔 발큐리아가 동반하지 않는다. 뱀파이어족이라는 강한 후원자가 없는 상태로 싸워야 하는 거다.

왕도라는 귀족의 소굴에서. 완전한 적지에서.

자신의 편을 들어주는 건 아마 국왕과 대사제뿐. 대장로는 모르겠다. 나머진 아마 모두 적. 페르키나도 날 때려눕히러 올지도?

사면초가.

고립무원.

하지만 히로토는,

(재밌는데.)

하며 조금 고양감을 느꼈다.

(이런 어웨이는 좀처럼 없거든. 재미있게 됐어……)

제20장 파급

1

드디어 히로토가 최고법원에서 심문을 받게 되었다——.
그것도 왕령 위반 혐의로——.

불고르 백작은 평소처럼 당구를 즐기고 있었지만, 집사의 보고에 저도 모르게 큐대를 던져 기쁨을 노골적으로 드러냈다.

"비로소 저 건방진 애송이가 뒈질 때가 왔구나!"

하며 신명이 났다.

"나도 심문에 나갈 거다! 유죄가 내려지는 그 순간을 봐야지!"

2

히로토가 소환당했다는 소식을 들은 라켈 공주는 경악과 곤혹스러움을 느꼈다. 히로토는 퓨리스를 격파하고, 불리해진 외교교섭을 뒤집어 퓨리스와의 사이에 평화를 확립한 최대 공로자이다. 자신에게 걸려 있던 암살령도 해소해주었다. 라켈에겐 생명의 은인이었다.

그런데 그 히로토를 심문에 넘기겠다니?

대체 뭘 생각하는 걸까. 나라의 보물을 일부러 심판한다는 건가?

최고법원에서의 심문을 주장한 건 대귀족이라고 한다. 그 정도까지 히로토가 마음에 들지 않았던 걸까. 히로토를 몰아내고 싶었던 걸까. 히로토를 실각시키고 싶은 걸까.

분명 히로토가 페르키나 백작을 체포했기 때문이야, 하고 라켈은 생각했다. 불고르 백작 아들 건도 있다.

하지만 지금 히로토를 최고법원으로 억지로 끌고 온들 무슨 이득이 있단 말인가. 이슈 왕이면 분명 이렇게 생각할 게 틀림없다. 히브리드 귀족은 어리석은 자들뿐이군, 하고.

이 나라의 귀족들은 히로토를 안 좋게 생각한다. 왕도에선 분명 히로토에게 험한 꼴을 당하게 하겠지.

그렇게 하게 놔둘 순 없지, 하고 라켈은 생각했다. 히로토 님이 왕도에 계신다면 나도 가자. 그리고——.

지금까지라면 외출은 모두 잠행이라 갈 수 있는 장소는 한정돼 있었다. 하지만 지금은 자유의 몸. 자유롭게 히로토를 만나러 갈 수 있다.

제21장 간계

1

노브레시아와 사라브리아 주 경계지역 다리 옆에서 히로
토는 발큐리아를 껴안고 있었다. 이별의 포옹이다.

(그야, 괴롭겠지…….)

하며 소이치로는 큐레레와 손을 잡고 둘의 이별을 보고
있었다.

발큐리아는 히로토를 꽉 껴안은 채 말이 없었다. 히로토
도 말이 없었다. 조금 떨어진 곳에 호위병들이 서 있었다.

"바로 돌아올 테니까."

히로토가 겨우 말했다.

"죽지 마."

발큐리아가 히로토를 본다. 눈물은 흘리지 않았지만 눈동
자는 젖어 있었다.

"여친을 놔두고 먼저 죽는 취미는 없어."

"절대로야. 이번엔 옆에 있질 못하니까……."

히로토는 다시 한번 발큐리아를 꽉 껴안았다. 정말로 발
큐리아는 히로토를 좋아하는구나, 하고 소이치로는 생각했
다. 히로토도 분명 발큐리아를 좋아하는 것이리라.

오늘이 이번 생의 마지막 만남이라고?

설마.

하지만 이번에 히로토는 평소와 다른 느낌이 든다. 평소라면 자신감 가득한 표정으로 '괜찮아'나 '이길 수 있어' 같은 말을 하는데, 이번엔 '이길 수 있어'라는 말은 하지 않았다. 표정만 보면 생기가 넘치지만…….

"돌아오면 같이 물놀이 하자. 긴 미끄럼틀이 있는 모양이야."

"응…….'

발큐리아가 고개를 끄덕였다.

엘프 고문관 엘빈과 세콘다리아 성 성주 페이에가 다가왔다. 슬슬 출발해야 한다. 히로토 일행은 해가 지기 전까지는 큰 마을에 도착할 예정이다.

"그럼, 다녀올게. 내가 없는 사이, 잘 부탁해."

그리 말하자 히로토는 소이치로한테도 얼굴을 돌렸다.

"뒷일은 잘 부탁해."

"지면 확 죽여버릴 거야."

히로토는 손을 흔들며 마차에 올라탔다. 바로 미미아와 에크세리스와 솔세르가 올라탄다.

발큐리아는 날개를 접고 히로토를 보고 있었다. 마차가 달리기 시작했다. 히로토는 손을 흔들었다. 점점 히로토의 모습이, 마차가, 멀어져간다. 발큐리아는 금방이라도 울 듯한 얼굴로 히로토를 눈으로 좇고 있었다.

　왕도 인근의 벨페골 저택에선 라스무스 백작이 줄곧 서재에 틀어박혀 문서와 눈싸움을 하고 있었다. 노브레시아에서 서류를 가져와 어떻게 변경백을 설복시킬지 골똘히 생각 중이었다.

　오늘은 르메르 백작과 피나스도 와 있는 듯했다. 분명 '환대'에 대해 밀담을 하는 중이리라. 자신에겐 아무래도 좋은 일이었다. '환대' 따위는 아이들 장난에 지나지 않았다.

　절친 벨페골은 모의재판에서 히로토가 유죄결정을 받았다고 했다. 아마 심문에서도 변경백은 왕령 위반을 선고를 받을 거다.

　하지만 승리는 안주하는 자가 얻을 수 있는 게 아니다. 자신이 이길 수 있다고 자만한 순간, 승리는 손에서 빠져나간다. 승리의 여신은 자만을 가장 싫어한다.

　(상대는 퓨리스 재상을 설득한 남자다. 조심해야 해.)

　비록 상대가 나이가 어리더라도, 하며 라스무스 백작은 마음을 다잡았다. 나이는 아직 15살이지만 상대는 적장과도 교류를 다지고 있다. 별 볼 일 없는 애송이가 적장, 그것도 지장이라 명성이 자자한 메티스와 돈독한 관계가 될 수 있을 리 없다. 대담한 건 틀림없다.

　불고르 백작의 집사가 보내준 자료에 의하면, 불고르 백작 아들 포랄의 범행엔 오류가 없는 듯했다. 쌍둥이 코랄도 포랄의 범행에 대해선 알고 있었던 듯하다. 포랄은 무죄라 주장하며 변경백을 설복시키는 건 불가능하다.

히로토의 행위가 과연 왕령 위반인지 어떤지는 미묘했다. 히로토는 체포를 진두지휘하지는 않았다. 그걸 근거로 하면 왕령 위반은 아닐지도 모른다. 하지만 체포할 의도로 노브레시아에 갔다면——?

체포할 의도가 있었다면 왕도 위반에 해당하는가?

변경백에 관한 왕령엔,

변경백은 국방에 강하게 관계되는 경우에만 다른 주에 명령을 할 수 있다. 그 이외의 일에 대해선 명령하거나 간섭할 수 없다.

라고 적혀 있다. 의도에 대해선 적혀 있지 않다. 왕령 위반이 되는 건 명령한 경우나 간섭한 경우다.

명령만으로 압축하면 변경백의 행위는 왕령 위반이 아니다. 변경백은 명령하지 않았기 때문이다. 하지만 간섭이면 어떻게 되나.

예전에 왕령 위반이라 판결 났던 예를 살펴볼 때, 간섭이란 자기 생각을 밀어붙이거나 어느 정도 강제하는 걸 가리킨다고 해석했다. 그러나 이것 역시 변경백을 왕령 위반이라 할 수 없다.

하지만 직접 말로, 즉 적극적으로 관련됐다고 한다면 왕령 위반이다.

만약 간섭을 유도한 경우는 어떻게 되지? 기록에는 변경백이 미라족을 데려와 붕대를 감게 했다고 나와 있다. 그 미라족에게 욕정을 느낀 포랄이 덮치려 들다가 잡힌 것이다. 즉 범인을 잡기 위해 밑 작업을 빈틈없이 준비해온 거다. 이건 유도라 할 수 있는 게 아닌가? 이게 만약 의도된 것이었다면 간섭했다고 봐야 하는 게 아닐까?

그래도 변경백은 유도는 간섭이 아니라고 주장할지도 모른다. 그땐 도의적 책임으로 몰아붙여야 한다. 변경백은 미라족 강간 사건의 해결을 원했다. 뜻은 옳았다. 하지만 그 행동은 어땠나? 변경백은 함정을 팠다. 그건 옳다고 할 수 없지 않은가. 그릇된 게 아닌가. 설령 뜻이나 목적이 옳았다손 치더라도 행동이 나쁘면 문제가 있는 게 아닌가.

라스무스는 변경백을 논파하기 위한 초고를 적기 시작했다. 서두엔 이렇게 적었다.

절대 상대를 얕봐선 안 된다. 얼마나 강적인지 정확히 보고 확인한 뒤 처부술 것——.

3

벨페골 후작은 피나스 재무장관과 르메르와 함께 '환대'에 대해 의논하던 참이었다.

이미 연회 장소는 피나스의 저택으로 정했다. 내빈 초대도 시작했다.

"법정에 흡혈귀도 오는가?"

벨페골이 말했다.

"국민이 아닌 자는 데려올 수 없게끔 되어있습니다. 흡혈귀는 못 오겠죠. 기껏해야 부관을 데려오는 정도가 아닐지요."

피나스 재무장관의 대답에 벨페골은 만족스럽게 고개를 끄덕였다.

"그러면 됐네. 결국 저 남자는 흡혈귀라는 갑옷을 걸치고 있을 뿐. 벌거벗으면 필경 벌거벗은 소년에 지나지 않아."

"벌거벗다니 좋지 않아요. 노리개로 삼아야지."

하며 르메르가 빙긋이 웃는다. 벨페골이 진지한 표정으로 변했다.

"잘 듣게. 이건 우리 귀족과 변경백의 싸움이야. 풋내기에게 좌지우지 당할 순 없어. 모난 돌은 정을 맞아야지. 어떤 수단을 쓰더라도 말이야. 풋내기는 우리 귀족의 명예를 더럽혔어. 그렇다면 풋내기 명예도 더럽혀줘야지. 최고법원의 심문은 그 마무리야. 그 전에 풋내기를 꺾어 명예를 실추시켜야 해."

"춤이 서툴다는 건 진짜요?"

르메르가 웃으며 쳐다봤다.

"그렇다는군."

"귀족이면서 한심하군."

르메르가 내뱉듯이 말한다.

"하지만 정작 중요한 변경백이 초대를 받아들일까요? 기꺼이 오진 않을 것 같은데."

피나스가 말했다.

"그러니까 거절 못 하게 해야지. 귀를 빌려주게."

둘이 벨페골에게 얼굴을 바싹 갖다 댔다. 벨페골이 뭐라고 속삭이자 둘의 표정에 마치 악의 꽃이 피듯이 수긍하는 듯한 미소가 퍼졌다.

"그거라면 거절 못 하겠군요."

피나스가 고개를 끄덕였다.

"저쪽 준비는 어때?"

벨페골이 르메르에게 물었다.

"이미 손은 써놨소. 오제르와 에큐시아는 피했소. 문제가 막 터진 참이라 말이오. 할 거면 크리엔티아요."

벨페골은 고개를 끄덕였다.

"예의 교육은 때론 엄하고 무서운 거야. 변경백은 좀 배울 필요가 있어."

제22장 기다리는 것

1

노브레시아 주 주 수도 파토리스에선 기쁜 재회가 히로토를 기다리고 있었다. 장로회 회관에 막 도착한 히로토 일행 앞에 나타난 건, 하얀 차이나 드레스로 몸을 감싼 금발미녀 둘이었다. 히로토 뒤에서 미미아가 놀라 입을 벌렸다.

프레브 동굴의 무녀(舞女) 리치아와 그녀의 절친 세세라였다. 히로토가 처음 동굴에서 만났을 때, 세세라는 살 의욕을 잃고 잠만 자고 있었다. 하지만 그게 꿈처럼 여겨질 정도로 세세라는 밝은 표정으로 변해 있었다.

"줄곧 히로토 님을 만나 인사드리고 싶었어요. 히로토 님은 저에게 살 희망을, 미래를 주셨어요. 히로토 님이 와주시지 않았다면 전 죽었을 거예요."

세세라의 눈이 촉촉해졌다.

"못 알아볼 정도로 건강해졌네."

하며 히로토는 웃었다.

"인간 옷을 입고 거리를 누비고 다녔어? 모처럼 왔으니까 뇌쇄적인 매력을 뽐내며 마구 홀리고 다녀야지 ♪"

히로토가 농담을 하자,

"그게 일전에 말을 건 사람이 있었어요. 어디 사냐며. 프

레브 동굴이라고 대답했더니 떡 일을 벌리고——."

리치아가 대답하고는 세세라와 얼굴을 마주보며 방울처럼 맑은소리를 울리며 웃었다. 이렇게 웃게 됐구나, 하고 히로토는 생각했다. 자신이 방문했을 땐 절망 속에 누워 있는 산 송장 같았는데.

그녀의 미소를 보고 웃음소리를 들으며, 이 아이를 위해 가길 잘했다고 히로토는 생각했다. 한 종족에게 행복을 가져다줄 수 있어서 정말로 다행이었다.

2

하지만 여행이 시작되고 히로토와 에크세리스와 카시우스만의 밀담이 되자, 얘기는 어두워졌다.

"이번 일은 부당한 심문입니다. 귀족을 배려한 정치적인 거지요. 우리 노브레시아 고등법원에선 왕령 위반을 문제시하지 않았어요. 그런데도 폐하는 오직 귀족을 달래기 위해 최고법원에서의 심문을 결정하셨지요. 재판에 종사하는 자로서 아주 불쾌해요."

카시우스가 말했다.

히로토가 대장로로부터 질 거라는 말을 들었다고 전하자, 카시우스는 한참을 생각에 잠겨 있었다. 카시우스는 고등법원의 서기관이다. 최고법원이라고 모르진 않을 터.

"혹 《간섭》이 마음에 걸리는 건지도……."

카시우스가 중얼거렸다.

"간섭?"

에크세리스가 되묻는다.

"변경백에 관한 왕령엔 이렇게 적혀 있습니다.《변경백은 국방에 강하게 관계되는 경우에만 다른 주에 명령을 할 수 있다. 그 이외의 일에 대해선 명령하거나 간섭할 수 없다》. 히로토 님은 명령은 하지 않았습니다. 전 간섭도 하지 않았다고 생각합니다만, 간섭에 대한 인식이 다를지도 모르겠어요."

"어떤 식으로?"

다시 에스세리스가 묻는다.

"간섭이란 자신의 의지에 따르게 하려는 목적으로 방해하는 일이라 해석하고 있습니다. 이를 강하게 내정에 끼어들거나, 말로 건드리는 행위라 해석하면 왕령 위반이 성립하고 말죠."

카시우스가 대답한다.

"그렇게 대장로가 생각한다는 거야? 하지만 대장로가 판가름하는 게 아니잖아? 거기다 최고법원 재판관은 네 명이 엘프잖아? 설령 인간이 그리 해석한다고 해도 엘프가——."

"어쩌면 엘프 중 한 명이……."

카시우스가 중얼거렸다.

"뭐?"

에크세리스가 묻는다.

"아니, 그저 추측입니다."

"추측이라도 말해."

에크세리스의 재촉에 카시우스는 심호흡을 했다.

"최고법원 재판관은 가끔 화제가 된 사건에 대해 자발적으로 모의재판을 시행합니다. 히로토 님이 왕령 위반에 해당하는지, 모의재판을 시행했을지도 모릅니다. 그리고 그 모의재판에서 히로토 님이 왕령 위반 판결을 받은 거죠."

에크세리스가 탄식하며 입을 벌렸다.

(모의재판에서 왕령 위반 판결이 났다고……?)

"그, 그럴 리가! 인간 재판관이 히로토를 왕령 위반이라고 하면 이해하겠지만, 엘프 재판관이 그렇게 말했다니? 고등법원은 문제없다는 결론을 내놓았잖아? 엘프라면 고등법원의 결정을——."

"보통은 지지할 테지요. 하지만 그렇지 않은 엘프가 재판관 속에 최소 하나 이상 있다는 이야기 아니겠습니까?"

카시우스가 냉정하게 대답했다.

"만약 그렇다면 어째서 그걸 대장로가 알고 있지? 모의재판 내용을 말하는 건 금지돼 있을 텐데?"

에크세리스가 되받아치자, 카시우스도 온화하게 되받아쳤다.

"네, 그러니까 추측입니다. 하지만 폐하는 처음 심문을 뿌리쳤다고 들었습니다. 그때 이미 심문 얘기는 흐지부지됐다고 여기고 재판관이 대장로에게 모의재판 건을 말했다면……."

"설마……."

"모의재판 내용은 발설해선 안 됩니다. 그래서 대장로도 공공연하게는 말을 할 수가 없지요. 하지만 그 상황에서 히로토 님이 위기에 처했다는 것만은 전하고 싶었던 모양입니다. 그래서 대장로가 에크세리스 님에게 편지를 보낸 거라면……."

에크세리스는 침묵했다. 대신 히로토가 입을 열었다.

"만약 대장로가 모의재판 결과를 알고 있었다면, 벨페골도 결과를 알고 있었을 가능성도 있겠네?"

"아니, 그건——."

"그가 알고 있었다면, 왜 끈질기게 심문을 물고 늘어졌는지 확실해 지지. 처음부터 알고선 최고법원에서의 심문을 신청한 거니까."

카시우스가 침묵했다.

3

노브레시아 주 주 수도 파토리스를 나와 처음 묵은 숙박처는 엘프 장로회 회관이었다. 히로토가 미미아와 함께 방으로 사라지자, 엘빈은 솔세르와 에크세리스와 함께 카시우스 방으로 들어갔다. 솔세르가 알아서 모두에게 붉은 포도주를 따라주었다.

"정말 히로토 님이 왕령 위반을 선고받는 건가?"

엘빈이 카시우스에게 확인했다.

"모의재판에서 왕령 위반이라고 판결했다면 아마도."

카시우스가 대답했다.

"모의재판 결과가 뒤집히거나 하진 않나?"

"대개 뒤집히지 않는다고 들었습니다. 간단히 뒤집힌다면 벨페골 후작이 그리 자신 있게 심문을 요구하지 않았겠지요."

카시우스는 왕도에 있었던 경험도 있다. 대귀족의 사정에 대해선 엘빈이나 에크세리스보다 밝았다.

"히로토 님의 언변으로도 어려운가?"

다시금 엘빈이 말했다.

"모의재판에서 엘프 재판관이 어떤 이유로 히로토 님을 왕령 위반이라 판단했는지에 따릅니다. 심문이라는 건 이의를 주장하는 측과 이의를 주장하지 않는 측이 각각 논리를 펼치면, 그걸 듣기도 하고 질문하기도 하며, 최종적으로 판단을 내리는 겁니다. 재판관은 기본적으로 법적인 입장으로 판단하지만, 변론 방식에 따라 약간의 심증이 들어갑니다. 이번에 히로토 님의 상대를 맡은 건 라스무스 백작입니다. 라스무스 백작은 아마 히로토 님이 수세에 몰리도록 공격하겠지요. 막으려는 마음에 되받아치면 심증은 나빠집니다. 그만큼 왕령 위반의 판결을 받을 가능성이 커지겠지요."

카시우스의 대답에 엘빈이 침묵했다.

"벨페골 후작은 무슨 일이 있어도 히로토에게 왕령 위반을 먹이고 좌절시킬 작정이야. 반성해야 하는 건 귀족 쪽인데."

에크세리스가 증오를 담아 말했다.

"후작은 상당히 경험 많은 교활한 인물이라 들었습니다. 최고법원에서 히로토 님에게 일격을 먹이고 끝내진 않을 겁니다. 귀족이 누군가를 공격하려 들 땐, 반드시 상대의 명예를 더럽히려 합니다. 주의하시길."

4

중세 유럽의 왕후귀족들은 일반 여관에 머무는 법이 없었다. 그들은 머물 곳이 필요해지면 친분이 있는 귀족의 집으로 향했기 때문이다. 일반 여관은 위생적이지 않고 침대 하나에 남자들이 여럿이 자는 일도 많기 때문에, 신분이 높은 사람들이 숙박하기엔 적합하지 않았다.

히브리드 왕국선 조금 비싼 값을 치르면 독실에 묵을 수 있었지만, 그렇다 해도 변경백이 묵을 만한 여관은 없었다.

히로토가 여관방에서 잘 준비를 하고 있자니 미미아가 등을 돌려 붕대를 감고 있는 모습이 눈에 들어왔다. 자기 전의 의식이다. 인간 옷을 입게 됐어도 미미아는 자기 전엔 붕대를 감았다.

"아무래도 내가 질 것 같아."

히로토는 미미아의 등에 대고 말을 건넸다.

"그런 것 치고는 묘하게 기뻐 보이시는데요?"

"이런 경험은 또 없겠다 싶어서."

그리 대답하며 히죽대고 만다. 내일은 노브레시아를 지나 오제르 주에 들어간다. 히로토에겐 발을 들여놓은 적이 없는 땅이다. 그리고 적지이기도 하다.

나는 지는 걸까?

엘프 재판관이 적어도 한 명, 히로토를 왕령 위반이라 여긴다면 뒤집긴 어려울지도 모른다.

(왕령 위반이라⋯⋯.)

히로토는 생각했다.

(또 해임? 그건 위험한데. 험악해질 거야. 뱀파이어족과의 관계가 엉망진창이 될 테니까. 어떻게든 왕령 위반은 피해야만⋯⋯.)

위험해, 위험해, 히로토는 생각했다. 지고 싶지 않다고 생각하면 승부는 틀림없이 지고 말아.

반대로 생각해야 한다.

져도 된다고 생각해버려.

(아니, 역시 지고 싶지 않⋯⋯.)

그러니까 그만두라니까! 그러면 져. 지고 싶지 않다는 기분을 떨쳐버리고 어떻게 이길까를 생각하는 거야. 변경백에 관한 왕령을 떠올려. 분명 이랬어.

변경백은 국방에 강하게 관계되는 경우에만 다른 주에 명령을 할 수 있다. 그 이외의 일에 대해선 명령하거나 간섭할 수 없다.

카시우스는 간섭이라는 말의 해석이 문제이지 않을까 했다. 간섭이 '남에게 강제했다'는 해석이라면 난 강제하지 않았으니까 왕령 위반이 아니다. 하지만 강하게 '간여(干與)'하는 거라면 난 왕령 위반이다. 내가 왕령 위반 판결을 받았다는 건 최소 엘프 재판관 한 명이 간섭을 강한 간여로 해석했다는 것으로, 즉──.

(나는 여지없이 왕령 위반으로 패배한다!)

망했다.

뒤집을 방법이 떠오르지 않는다.

히로토는 침대에 드러누웠다.

뭐, 됐어. 포기하자. 왕령 위반으로 얌전히 끝내자. 버둥대며 저항해봤자 변할 건 없다. 깨끗하게──.

히로토는 문득 침대 위에서 빙긋이 미소를 지었다.

(가만, 그 방법이 있었구나……)

길은 돌변하는 자세가 개척하는 법.

(좋아, 그걸로 가자.)

미미아가 촛불을 끄고 옆으로 파고들어 왔다. 칠흑 같은 어둠 속에서 아름다운 푸른 눈이 자신을 향했다.

"히로토 님, 조금 전보다 힘이 나 보여요."

"포기했더니 조금 힘이 났어."

하며 히로토는 웃었다.

"저, 행복해요. 또다시 히로토 님과 함께 여행할 수 있고 왕도까지 갈 수 있다니……. 발큐리아 님도 함께였으면 더 좋았을 텐데."

잠자코 히로토는 미미아를 껴안았다.

정말로 발큐리아도 함께였으면 좋았을걸. 하지만 옆엔 날 사랑해주는 흡혈귀 소녀는 없다.

난 뱀파이어족이 내 옆에 없는 곳으로 간다, 하고 히로토는 생각했다.

완전한 적지로──.

즐거운 적의 수도로──.

제23장 미라족

1

도미나스 성에서 눈을 뜨자 발큐리아는 쓸쓸함을 느꼈다. 주인이 사라진 침대는 고독감을 준다. 히로토의 냄새는 아직 남아 있지만, 히로토는 없다. 히로토가 있다면 "히~로토♪" 하며 뒤에서 가슴을 밀어붙여 줄 텐데.

지금부터 쫓아가 볼까?

아니.

뱀파이어족은 따라가면 안 된다고 했으니까.

하지만 정말은 따라가고 싶다. 히로토를 꽉꽉 껴안고 히로토한테 한껏 키스하고 히로토와 함께 떠들고 싶다. 위험해지면 휙 내려가 히로토를 구하고 싶다.

하지만 이곳엔 히로토가 없다.

큐레레의 웃음소리가 들려왔다. 소이치로와 아침부터 공을 차며 놀고 있었다.

좋겠다 큐레레는, 하고 발큐리아는 생각했다. 소이치로가 옆에 있어서……. 자신도 히로토 옆으로 가고 싶다…….

(히로토, 역시 가면 안 되겠지?)

멀리 있는 히로토에게 발큐리아는 물었다.

2

숲속에 있는 오두막에 20명의 거인이 모여 있었다. 오두막 안엔 붕대가 잔뜩 쌓여 있었다.

리더인 남자가 말했다.

"밀정의 말로는 아직 오제르에 있다고 한다. 루딜에 도착한 걸 확인하는 대로 고개에서 작전을 실행한다."

3

히로토의 여행은 순조로웠다. 주도로는 길도 좋아 충분히 4인승 마차가 지나갈 수 있었다. 오제르 주는 봉밀주의 산지인 만큼 자연이 풍요로운 땅이었다. 길 따라 오렌지와 복숭아나무가 늘어서 있다. 저 멀리 비탈길엔 포도가 보였다.

오제르 주를 통과 할 때 짓궂은 텃세를 부리는 게 아닐까 했지만, 아무 일도 없었다. 카시우스의 존재가 분명 컸으리라. 엘프 서기관에게 이상한 짓을 하면 어떤 처분이 기다릴지 모르니까.

(하지만 언젠가는 습격을 받을 거야.)

마차 안에선 서기관 카시우스와 부장관 에크세리스와 셋이서 분위기가 고조되었다. 솔세르는 가끔 아버지로부터 얻어들은 얘기를 늘어놓고 있었다.

대부분 즐거운 얘기였지만 도중에 진지한 얘기가 되기도

했다. 이번 심문청원엔 페르키나는 얽히지 않은 모양이다. 이쪽을 원망하고 있을 테니까 당연히 서명했을 줄 알았는데, 듣자 하니 거절했다는 모양이다.

"벨페골 후작이 서명을 부탁했지만, 근신 중이라면서 거절한 모양입니다."

카시우스가 말해주었다.

"페르키나 백작은 평판이 좋아진 게 아닌가 하더군요. 하지만 요아힘 전하를 만나는 건 아직 금지라랍니다."

히로토는 요아힘과 페르키나의 일을 떠올렸다. 페르키나는 스스로 방패가 되어 퓨리스의 화살로부터 요아힘을 지켰다. 상당히 배짱 있는 여자다. 페르키나에게 요아힘은 아들 같은 존재인지도 모르겠다.

"벨페골을 만만히 보시면 안 됩니다. 그는 파노프티코스 전에 재상을 맡았던 남자입니다. 나랏일도 법도 잘 알고 있습니다. 분명 당신에게 창피를 주어 명예를 더럽힐 작정이지 않을까 싶습니다. 주의하시길."

명예인가……하고 히로토는 생각했다. 명예 따위 난 아무래도 좋은데.

(무슨 짓을 해올까.)

히로토는 생각했다.

(귀족이라 하면 무도회.)

(헉. 설마 날 무도회에 불러서 웃음거리로 만들 생각인가?)

히로토는 고개를 가로저었다.

(무도회, 절대로 싫다. 불러도 안 가.)

4

히로토 일행은 크리엔티아 주로 들어갔다. 왕도로 이어지는 간선도로를 마차가 달렸다. 히로토는 마차 창문을 바라보았다.

마차엔 변경백을 나타내는 깃발이 달려 나부끼고 있을 거다. 양끝에 두 개의 날개가 서로 마주보고 그 정중앙에 검이 그려져 있다. 깃발을 보면 히로토가 이 마차에 타고 있는 걸 알 수 있다. 몰래 움직일 땐 깃발을 세우지 않지만, 변경백이 타고 있는 걸 드러내고 싶을 땐 깃발을 세운다.

30분 정도 마차가 달린 참에 히로토는 미라족 집단이 움직이는 걸 알아차렸다. 다들 짐이 많아 보였다.

운송업자?

문득 한 사람이 히로토의 마차를 손가락으로 가리켰다. 동료에게 뭔가 말한다.

무슨 말을 하는 걸까?

돌연 미라족들이 얼굴을 돌렸다. 기쁜 듯이 깡충 뛴다. 마치 어린아이 같다. 인간 책임자가 얌전히 있으라고 하지만 듣지 않는다.

(깃발을 보고 술렁이는구나.)

하고 히로토는 깨달았다.

"히로토 님을 알아본 걸까요?"

솔세르가 중얼거린다. 미미아는 미라족에겐 미라족의 정보 네크워크가 있어 의외로 먼 곳까지 정보가 전해진다고 말했었다.

"이거, 변경백의 마차?"

미라족이 병사들에게 질문하는 게 들렸다.

"이거, 도망쳐야 하는 건──."

카시우스가 불안해했다.

"마차를 세워!"

히로토는 외쳤다. 마차가 멈췄다. 히로토가 내리자 미라족들이 한층 더 깡충 뛰었다. 덩치는 어처구니없는 큰데 마치 어린아이처럼 히로토 곁으로 달려왔다.

마차 앞뒤로 말을 몰던 호위병이 내려선 곧장 히로토 앞에 섰다. 히로토를 지키겠다는 의사 표시다.

"괜찮아, 앞을 열어줘."

히로토의 말에 호위병이 길을 열었다. 그래도 경계를 위해 히로토 옆 자리는 떠나지 않았다. 미라족들이 쭈뼛쭈뼛 히로토에게 다가오며,

"히로토 님?"

하고 물었다.

"맞아."

"우~와, 진짜야~아!"

하며 미라족들이 흥분한다. 이렇게 사람들이 흥분하는 건

처음이다. 마치 자신이 아이돌이나 유명 배우가 된 것 같은 기분이었다.

뒤쪽 마차에서도 문이 열리고 미미아가 내려왔다.

"아, 쟤, 알아! 분명 미미아야!"

미라족이 다시 환희한다. 미미아는 미라족 사이에선 유명인인 모양이다.

"모두 크리엔티아 미라족이야?"

"네!"

미라족이 대답했다.

"히로토 님, 이제부터 왕도에 가는 거에요?"

"맞아."

히로토가 대답했다.

"이 앞은 위험해요. 도적이 자주 출몰해요. 요전에도 나왔어요."

미라족들이 말했다. 이 앞은 루딜 계곡일 터이다. 깊은 골짜기에 난 길로, 양측은 깎아지른 듯한 절벽으로 돼 있어 위험하다는 얘기를 출발 전에 병사들에게 들었다.

운송업자인 인간 리더가 소리를 질렀다. 그다지 시간을 허비하고 싶지 않은 모양이다.

"고마워. 모두 만나서 아주 반가웠어."

하며 히로토는 미라족 한 사람 한 사람의 손을 잡았다. 거칠고 따뜻한 손이다. 인간의 손과 하나도 다르지 않다.

"우리, 히로토 님 편이에요. 뭐 곤란한 일이 있으면 언제든 말씀하세요."

더듬대는 말투로 미라족은 전했다.

5

미라족에게 이별을 고하자 히로토는 무슨 일인지 미미아
가 있는 마차에 올라탔다.

"히로토 님?"

"가끔은 이쪽에 타볼까 싶어서."

하며 히로토는 웃는다.

"미라족이 날 용케도 날 알아봤네."

"분명 깃발이 알려진 거겠지요. 누가 어디에 왔는지 하는
얘기는 금방 퍼지니까요."

미미아가 대답했다. 줄곧 히로토와 떨어져 있었던 터라
히로토가 같이 있는 게 기쁜 모양이었다.

"실은 좀 부탁할 게 있는데."

히로토가 말을 꺼냈다.

"날 새하얗게 만들 수 있어?"

"새하얗게……요?"

미미아가 되물었다.

"맞아, 새하얗게."

하며 히로토는 윙크해 보였다.

제24장 습격

1

변경백을 태운 마차 일행은 크리엔티아의 난소(難所), 루딜 계곡에 접어들고 있었다. 양쪽으로 깎아지른 듯한 절벽이 나무들에 뒤덮여 있었다. 습격하기엔 안성맞춤인 장소다.

호위하는 병사들은 좌우를 빙 둘러보았다. 엘프 검객 엘빈도 해골족 수비병 카라베라도 계속해서 주위를 살피고 있었다.

갑자기 하얀 붕대를 감은 남자들이 비탈길에 맹렬한 기세로 나타났다. 미라족이다. 한쪽 비탈길에서 10명, 다시금 다른 쪽 비탈길에서 10명이 미끄러지듯 내려온다.

"왔다!"

엘빈이 화살 쏠 자세를 취했다.

한 발, 명중.

다시금 두 발, 명중.

세 발째도 명중했다. 하지만 네 발째를 쏘기 전에 붕대 남자들이 마차에 당도했다. 남자들은 빨랐다. 깃발이 있는 마차를 덮쳤다.

문을 열고── 붕대 남자들은 한순간 얼어붙었다.

마차 안에는 남자 엘프와 여자 엘프가 한 명씩 그리고 하얀 붕대를 감은 미라족 여자가 둘, 앉아 있었던 것이다.

"어, 어째서 미라족이 둘 있는 거야?!"

습격자 중 하나가 외쳤다.

"변경백은!"

"무례한 자가! 감히 엘프의 마차를 습격하느냐!"

에크세리스의 말에 허둥대며 붕대 남자들은 후퇴했다. 다른 한 마차를 들여다본 붕대 남자가 외쳤다.

"이쪽에도 없어!"

"후퇴!"

허둥대며 비탈길을 뛰어오른다. 금세 숲속으로 사라졌다.

엘프 검객 엘빈이 마차를 들여다봤다.

"어디 다치신 곳은 없습니까?"

"저 사람들은 가짜예요. 붕대 감는 법이 서툴기 짝이 없어요."

대답하며 미라족 소녀 하나가 얼굴에 감은 붕대를 풀었다. 나타난 건 금발에 푸른 눈——미미아였다. 다른 한 사람도 붕대를 풀었다. 드러난 건 흑발의 청년——히로토였다.

"역시 왔구나."

하며 히로토는 웃었다.

"아무래도 협박만 할 작정이었던 모양입니다."

"우리 쪽은 감쪽같이 놀래줬을까?"

하며 히로토는 윙크를 해 보였다.

2

보고를 들은 벨페골 후작은 큰소리로 호탕하게 웃었다. 반면 르메르 백작은 화가 잔뜩 올라와 있었다.

"그럼 그 미라족 중 하나가 변경백일 게 뻔하지 않나! 어리석은 녀석…… 냉큼 물러가라!"

르메르 백작이 분노를 간신히 억누르며 말했다.

"과연 퓨리스 군을 세 번에 걸쳐 몰아낸 인물다워. 변경백의 이름은 허세는 아니군."

하며 유쾌한 듯이 벨페골은 감상을 말했다.

"칭찬하는 건가?"

"적이지만 좋은 점은 칭찬해야지. 그렇지 않으면 싸움에 이길 수 없어. 본디 연습 게임이란 지금 이기기 위한 게 아니야. 앞으로 이기기 위해서 지는 거기도 해."

라스무스가 대신 대답했다.

"심문에서도 조심해야 해. 상당히 만만치 않아."

3

히로토가 왕도에 도착하기 전날——.

유니베스테르는 촛불을 여러 개 밝힌 채 문서를 확인하던 참이었다. 지금도 에크세리스에게 편지를 보내는게 맞았나 하고 고민하고 있었다. 역시 잠자코 있어야 했을까? 자신은

대장로로서 적합한 행동을 한 걸까?

하지만 생각할 때마다 최고법원 재판관 비르니우스의 말이 되살아났다.

《심문받을 일이 없어졌으니 말씀드리지만, 심문이 열렸다면 변경백에겐 왕령위반죄를 물었을 겁니다. 저희가 자주적으로 행한 모의재판에선 그렇게 판결이 났습니다. 국경방위하곤 관계없는 사건에 대해 제재를 기도해 다른 주를 방문한 거면 그건 왕령 위반입니다》

국왕은 나쁜 결단을 했다. 어떤 상황에서든 일축했어야 했다. 귀족이란 자는 한 번 버릇없이 구는 걸 허용하면 점점 버릇이 없어진다. 엘프하곤 다르다. 버릇없이 구는 귀족은 나라를 뿔뿔이 갈라놓는다. 나라로서 일체감은 엷어지고 막상 위급한 상황이 생겼을 때, 서로 힘을 합치지 못한다.

유니베스테르는 퓨리스와의 교섭 테이블에서 한 히로토의 웅변을 떠올렸다. 훌륭한 웅변이었다. 하지만 이번만은 그렇게 되지 않을 터이다. 왕령 위반이 되면 귀족들은 변경백 해임을 시끄럽게 떠들어댈 게 뻔하다. 그건 우리 히브리드 왕국에도 엘프에게도 바람직하지 않은 일이었다.

제25장 적지의 수도

1

기분 나쁜 꿈을 꾸고 발큐리아는 눈을 떴다. 히로토가 유죄를 선고받고 지하 감옥에 내팽개쳐지는 꿈이었다.

히로토!

무심코 눈이 떠지고 말았다. 정말로 최악의 꿈이었다.

(히로토한테 무슨 일이 생긴 거 아니겠지?)

걱정이 들었다.

히로토가 도와달라고 하는 게 아닐까. 귀족들에게 괴롭힘을 당하고 어딘가에 갇혀 있는 게 아닐까?

발큐리아는 시트 냄새를 맡아봤다. 이제 히로토의 냄새는 남아 있지 않았다. 히로토가 이곳에 살았다는 흔적은 사라졌다.

(역시 가자.)

발큐리아는 창을 열어 날아올랐다.

왕이 오지 말라고 했다는 건 중요하지 않다.

만약 히로토에게 무슨 일이 생기면? 아무 일도 없으면 돌아오면 그만일 뿐이다. 하지만 무슨 일이 있으면…….

발큐리아는 바로 프리마리아를 벗어나 세콘다리아 상공에 접어들었다. 그 발큐리아 뒤를── 뱀파이어족 넷이 미행하고 있었다.

2

살짝 습한 아침 공기에 둘러싸여 오르피나는 침대에서 눈을 떴다. 바로 옆에서 모르디아스 1세는 자고 있다.

어젯밤에도 폐하는 수차례 자신을 갈구했다. 자신도 응했고 한껏 절정에 이르고 말았다. 폐하와의 관계는 아주 기분이 좋다. 폐하도 기분 좋다고 말해주셨다.

오늘은 변경백이 내방하는 날이다. 오르피나는 심문에 입회하지 않는다. 폐하가 일하실 땐 자신은 그저 침실에서 대기할 뿐. 하지만 저녁부터는 피나스 재무장관 저택의 연회에 참가하기로 돼 있다. 어떤 무도회가 기다리고 있을지, 기대된다.

3

이른 아침, 벨페골 후작은 라스무스 백작과 르메르 백작과 함께 저택을 출발했다. 오늘 변경백이 도착한다는 소식을 받은 것이다.

연회 준비는 이미 갖춰졌다고 들었다. 페르키나는 연회도 참가를 거절했지만, 뭐, 좋다. 주빈이 오면 문제는 없다.

변경백은 초대를 거절할까?

아마도.

그럼 거절할 수 없는 상대를 보내면 된다. 변경백은 연회에 모습을 나타내게 될 것이다. 그리고 명예를 짓밟혀 전락하겠지. 내가 모시는 주군에게 분노를 사거라.

어디서 굴러온 뼈다귀인지도 모르는 풋내기에게 이 나라가 좌지우지 당할 성싶으냐. 디페렌테 따위 어차피 저쪽 세계에선 서민. 주역은 평민이 아니다. 주역은 우리 귀족이다.

4

왕도는 대도시였다. 히브리드의 마을의 주민은 수천 명 수준이지만 수도 엔페리아는 아마도 20만.

히로토는 왕도의 마을 규모에 경탄했다.

처음 세콘다리아 마을로 들어갔을 때, 4차선 도로에 전율했었다. 대성당의 높이에도 놀랐다. 하지만 그것보다도 큰 경탄이 기다리고 있을 줄은——.

큰 거리 정중앙엔 수로가 흐르고 있었으며 곤돌라 같은 배를 사공이 장대로 젓고 있었다. 그 커다란 수로 양측에 각각 4차선 도로가 뻗어 있었다.

넓다.

호화스러울 정도로 넓다.

도로 양측엔 6층짜리 건물이 세워져 벽을 이루고 있었다. 마치 왕궁으로 향하는 길을 호위하듯이 혹은 왕도를 방문한 여행객을 위협하듯이──. 그리고 도로가 끝나는 1킬로 앞엔 거대한 파란 벽이 펼쳐져 있었다.

히브리드 왕국의 엔페리아 왕궁이다.

히로토는 마차 안에서 왕도 거리를 빙 둘러보았다. 왕도에 산 적이 있는 카시우스는 그리운 듯 보였다.

"저게 최고법원입니다."

카시우스가 손가락으로 가리켰다. 도로에서 완만한 돌계단을 지나자 그리스 건축물 같은 둥근 기둥이 늘어서 있다. 20개의 둥근 기둥 안쪽에 높이 4미터 정도 되는 높다란 문이 있다.

여기가 내일 싸울 장소인가, 하고 히로토는 생각했다. 내일 자신은 여기서 벨페골 후작과 라스무스 백작과 싸우게 된다.

점점 파란 벽이 다가왔다. 멀리서도 확실히 알 수 있는 파란 벽은 5미터 이상의 높이를 자랑하고 있다. 바로 권력의 상징이다. 저곳에 이 나라의 중심이 있는 것이다.

벽엔 문이 세 개 설치돼 있었다. 중앙의 넓은 문은 굳게 닫혀 있다. 양측 문은 중앙의 문보다 작고 좁다. 진홍색 제복을 입은 왕궁 호위병이 경비를 서 있다. 마차는 왼쪽 문으로 향했다. 입구를 통과하기 전에 일제히 마차가 멈췄다.

"히로토 님, 내리십시오."

카시우스가 알렸다.

"마차를 탄 채 통과할 수 있는 건 국왕과 추밀원 멤버뿐이야."

에크세리스가 설명해주었다.

히로토 일행은 일단 마차에서 내렸다. 뒤따라 오던 마차에서도 미미아와 시녀들이 내렸다.

파란 문이 열리고 히로토는 걸어서 문을 통과했다. 통과한 후 다시 마차에 올라탔다.

정문 너머엔 광대한 정원이 기다리고 있었다. 중정엔 길이 세 갈래 나 있다. 한가운데 길은 큰 마차 대기소로 이어져 있다.

마차는 왼쪽 길을 택했다. 곧장 향한 곳은 작은 마차 대기소였다. 분명 정면에 있는 것이 왕 전용이고, 이쪽이 왕 이외의 사람이 말을 대는 곳이리라.

붉은 제복의 호위병이 다가와 문을 열었다. 상당히 서슴없는 세련된 태도다.

"변경백 각하시지요?"

호위병이 확인했다.

"맞아."

"가시지요. 폐하께서 기다리고 계십니다."

히로토는 마차에서 내렸다. 이어 에크세리스가, 카시우스가, 그리고 솔세르가 내렸다.

계단을 올라 왕궁으로 들어갔다. 하얀 벽에 둘러싸인 통로가 수 미터 이어졌고, 양측에 유리창이 늘어서 있었다.

히로토는 뒤를 돌아보았다. 바로 뒤에 카시우스, 그리고 에크세리스, 고문관 엘빈, 솔세르가 있다. 그 한층 더 뒤엔 미미아 일행 시녀와 사라브리아에서 데려온 수비병이 이어졌다.

지나는 도중에 평범한 접견실이 나왔다. 호위병 10명이 서 있었다.

"수행원은 여기서 기다려주시길 바랍니다."

호위병이 알렸다. 이 너머에 왕의 거주 공간이 있다. 히로토는 뒤를 돌아보며, 미미아와 솔세르에게 작별을 고했다. 입실을 허락한 건 히로토와 카시우스와 에크세리스뿐이었다.

"자, 이쪽으로."

5

국왕 집무실엔 이미 추밀원 멤버가 모여 있었다. 법무장관, 서기장관, 피나스 재무장관, 재상 파노프티코스, 대장로 유니베스테르. 그 중심에 위치한 건 국왕 모르디아스 1세였다.

히로토는 에크세리스와 서기관 카시우스와 함께 한쪽 무릎을 꿇고 머리를 숙였다.

"변경백 히로토, 지금 막, 사라브리아에서 찾아뵈러 왔습니다."

히로토와 함께 에크세리스도 머리를 숙인다.

"노브레시아 고등법원 서기관 카시우스, 지금 막 도착했습니다."

카시우스도 이어 인사를 한다.

"긴 여행, 고생했다."

국왕이 말을 건넨다.

"처음인 터라 즐겁기 그지없었습니다."

히로토는 대답했다.

"속 편해서 좋군."

갑자기 비난의 화살이 히로토에게 향했다. 발언한 건 피나스 재무장관이었라.

"왕령을 위반했으면서 용케도 뻔뻔하게 올 수 있었구나. 후안무치라는 건 이런 건가."

왔다, 하며 히로토는 미소를 지었다.

"조금 낯짝이 두껍지 않으면 퓨리스와 교섭은 할 수 없는 터라."

"입만은 달인이군."

피나스가 대답했다.

"그만두지 못하겠느냐, 피나스. 변경백은 죄인으로 온 게 아니다."

모르디아스 1세가 나무랐다.

"후작이 지적하지 않았습니까. 미라족이 왕, 왕, 하며 이 자를 향해 연호했을 때, 이 자는 손을 흔들어 응답했습니다!"

피나스가 히로토에게 눈을 돌렸다.

"모반할 작정이라고 실토하는 게 어떠냐?"

"피나스 님!"

소브리누스 대사제가 소리를 높였다.

"《책》."

돌연 히로토가 한 마디했다. 피나스가 무슨 소리냐는 얼굴을 한다.

"《책》."

히로토는 다시 같은 말을 반복했다.

"퓨리스를 물리친 뱀파이어족 영웅 큐레레는 책을 읽어주길 바랄 때 《책》하고 딱 한 마디만 합니다. 하지만 평범한 사람은 그런 식으로 말하지 않지요. 말은 사람에 따라 다릅니다. 미라족이 《왕》이라 했을 때, 이 나라의 왕은 당신이라고 생각하며 말한 건 아닐 겁니다. 미라족이 말한 《왕》이란 자신들의 기분을 대변해준 사람이라는 의미였다고 생각합니다. 하지만 모두 언변이 좋은 건 아니지요. 특히 미라족은 그렇습니다. 좀처럼 《당신은 대변자야!》라든지 《우리 기분을 대변해줬어!》 따위의 말론 표현하지 못합니다. 만약 국왕엔 당신이 어울린다는 의미로 《왕》이라 미라족이 외쳤다면, 전 그 자리에서 즉시 부정했을 겁니다. 피나스 님은 제가 모반을 꾀한다고 생각하는 듯하지만, 자신이 왕위를 노린다고 노골적으로 선언하면 저에게 이득이 있습니까? 애당초 장로회가 잠자코 있겠습니까?"

히로토가 장황하게 말을 늘어놓자,

"어떤 이유이든 손을 흔들어 응답한 게 문제야. 변경백으로서 경솔했다곤 생각지 않나?"

피나스가 공격에 나선다.

"현재 사라브리아에서 안셀 주까지 국경을 따라 거대한 감시망이 만들어졌습니다. 일정한 간격을 두고 감시탑이 세워졌고 감시원이 대기하고 있지요. 사라브리아의 경우 그 감시망 중 30%는 미라족이 맡고 있습니다. 그런 상황에서 감사 인사를 하러 와준 미라족에게 설령 미라족의 말투가 틀렸다손 치더라도, 손을 흔들지 않는 게 변경백으로서 적절하겠습니까? 제가 손을 흔들지 않았다면 미라족은 어떻게 생각했을까요? 손을 흔드는걸 보면 일을 더 잘해야지 하고 생각해주지 않을까요?"

"하지만 《왕》은 옳지 않네. 변경백이라는 지위에 있으면서 오해를 낳는 듯한 행동을 하다니, 용서하지 못할 일이야. 사임해야 하는 거 아닌가?"

피나스는 끈덕지다.

"변경백이면서 미라족의 감사 인사에 응하지 않았다가 감시망이 약해지는 쪽이 더 문제라 생각합니다만."

"난 귀하의 행동이 경솔하다고 말하는 걸세!"

피나스가 결국 고함을 쳤다. 말싸움은 먼저 소리 지른 쪽이 지는 거다. 히로토는 태연하게 전가했다.

"융통성 없이 움직이는 일 자체가 경솔하다고 말씀드리는 겁니다."

소브리누스 대사제가 소리죽여 웃었다. 대장로 유니베스

테르는 뚱하니 입을 다물고 있다. 시시한 일로 물어뜯고 있군, 하는 얼굴이다.

"이제 되었다. 변경백은 왕령 위반을 범할 남자가 아니다."

모르디아스 1세가 종료를 선언했다. 피나스는 잠자코 머리를 숙였다. 숙이고 나서도 히로토을 노려보았다. 상당히 기분 나쁜 남자다.

"오늘은 천천히 쉬고 내일을 대비하거라. 짐도 출석할 작정이니라."

국왕의 말에 히로토는 고개를 한 번 숙여 인사하고는 방을 떠났다.

6

상상 이상으로 만만찮은 애송이다, 하고 피나스는 혀를 내둘렀다. 왕이라는 연호에 손을 흔든 일을 책망해봤지만 태연한 표정으로 답했다. 확실히 퓨리스 재상 아브라힘을 설득할 만했다. 우수한 건 틀림없다. 처음 히로토를 뭉개러 나섰던 파노프티코스가 태도를 바꾼 것도 이해가 갔다.

하지만 우린 태도를 바꿀 순 없다. 이 애송이는 위험하다. 귀족을 존경한다는 행위 자체를 하지 않았다. 엘프도 귀족과 적대적인 관계에 있는데, 변경백까지 끼어들면 대세가 바뀔 수도 있다. 애송이를 방치하면 점점 애송이는 위세를 더해 반드시 추밀원에 들어올 것이다. 이 나라의 정치를 좌지우지할지도 모른다. 어디서 굴러온 뼈다귀인지도 모르는 자에게 좌지우지 당할 순 없다. 우선 후작에게 긴급히 연락해야 한다.

7

히로토의 알현이 끝났을 무렵, 검은빛 호화로운 마차 한 대가 호위 기병을 거느리고 왕도의 큰 거리를 달리고 있었다. 창문은 유리로 되어있었으나, 커튼은 내려져 있지 않았다.

좌석엔 갈색 피부의 공주가 앉아 있었다.

공주는 재회를 기대하고 있었다. 조금 전 피나스의 저택을 나온 마차가 귀빈을 태우고 왕궁에 도착한 걸 공주는 알지 못했다.

8

히로토는 방으로 안내된 참이었다. 침대도 있고, 테이블도 의자도 있고, 필기를 할 수 있는 책상도 있었다. 세간은 모두 갖춰져 있다.

미미아와 시녀들이 재빨리 봉밀주를 따라주었다. 솔세르도 돕고 있었다. 미미아가 맨 먼저 히로토에게 봉밀주가 든 잔을 내밀었다.

"고마워."

히로토가 잔을 받아들며 말했다. 솔세르도 서기관 카시우스에게 잔을 내밀었다.

"역시 처음부터 강하게 나오는군."

에크세리스가 말했다. 눈빛은 여전히 날카롭다.

"사전연습 같은 거겠지요. 피나스는 벨페골 후작하고도 관계가 깊어요. 찔러보고 어떤 상대인지 보고 오라는 말을 들었을지도 모릅니다."

카시우스가 설명했다. 상당히 있을 법한 얘기라고 히로토는 생각했다.

벨페골 후작 일행은 내 정보를 조금이라도 얻어 심문에 임할 것이다. 하지만 이쪽은 전해 들은 정보 이외에는 아무것도 없었다.

(궁전 안에서 슬쩍 모습을 보기만 해도 좋은데 말이지. 안나오려나.)

히로토가 생각하고 있는데 노크소리가 울리고 호위병이 들어왔다.

"라스무스 백작이 오셨습니다만."

라스무스 백작?

허걱. 저명한 책을 펴냈다는 백작이 아닌가?

히로토는 백작이 하인을 보냈다고 생각했다. 사람을 보내 뭔가 권유하려고 온 걸 거라고.

"안내해."

대답하자 문 너머로 고령의 남자가 들어왔다. 네모진 바위 같은 얼굴에, 부리부리한 눈을 이리저리 굴리는 남자다. 카시우스가 입을 크게 벌렸다.

아는 사이?

히로토는 아직 깨닫지 못하고 있었다.

"라스무스 백작이오. 그쪽의 젊은 분이 변경백인가."

거기서 겨우 깨닫고── 히로토는 어안이 벙벙해졌다.

하인이 아니었다. 본인이 직접 히로토 방에 들어온 것이다. 내일 싸우게 될 적이──.

(저쪽에서 와주었다……!)

히로토는 미소를 지었다.

적지에 당당하게 쳐들어오는 대담함. 이만저만한 상대가 아니다. 자신들이 승리할 수 있다는 자신감이 있기 때문인가. 아니면 그런 인물인가. 이건 만만치 않겠는데.

"변경백 히로토입니다."

하며 히로토는 머리를 숙였다.

"오늘 밤 연회에 꼭 와주셨으면 해서 찾아뵈었소. 변경백이 왕도에 오는 건 처음이니 말이오. 만나고 싶어 하는 자도 많소. 내일부터 앞으로 1주일간은 이쪽이 시간이 안 되는지라, 갑작스럽지만 꼭 와주셨으면 하는 바요. 모두 피나스의 저택에서 기다리고 있소."

라스무스 백작이 갑자기 그런 권유를 내놓았다.

저 음험한 남자의 저택인가, 하고 히로토는 생각했다. 귀족의 연회라 하면 댄스는 필수다. 즉 볼 것도 없이 함정이었다. 연회엔 무도회가 반드시 따라온다. 댄스는 히로토에겐 금지된 덕목이다.

"불러주셔서 영광입니다. 동시에 초대에 응하지 못하는 점, 상당히 아쉽게 생각합니다."

하며 머리를 숙이자,

"벨페골 후작의 초대를 거절하는 거요?!"

라스무스 백작은 놀라워했다.

"이 라스무스 백작이 직접 왔거늘, 거절하시겠다니요? 이 나에게 수치를 주실 셈이오?"

하며 도발하며,

"그건 바람직하지 않소. 변경백의 명예에 관계되오. 페르키나 백작 건에서도 불고르 백작 건에서도 변경백은 무례한 자라는 소리가 높아지고 있소. 거기다 후작 초대까지 거절하면 오늘 연회에 모이는 백 명은 모두, 변경백은 무례한 자라고 깔보게 될 거요. 그러면 귀족하곤 좋은 관계를 유지할 수 없소. 변경백이 하는 그런 대답은 못 받아들이오."

하며 마구 말을 늘어놓았다.

그렇게 치고 들어오는구나…… 하며 히로토는 생각에 잠겼다. 카시우스가 국내에서 나와 입으로 맞설 수 있는 상대는 라스무스 정도라 말했는데, 그런 생각이 드는 부분이 있다.

"내가 함께 가도 되는 거면."

에크세리스가 제의했다.

"죄송하지만 오늘 연회엔 엘프는 한 사람도 부르지 않았소. 인간이란 협소하고 답답한 생물이라서 말이오, 때론 인간만 모여 기탄없이 말하고 싶어지오. 미인은 대환영이지만 부디 사양해주시길 바라오."

라스무스는 대답했다.

자신을 혼자만 떼놓으려는 거다.

거절할까.

아니면 굳이 뛰어들까.

가면 분명 댄스가 기다리고 있다. 그리고 창피를 당한다. 그 대신 상대 얼굴을 볼 수 있겠지.

(어쩌지? 위험하니까 역시 그만둘까? 군자는 쓸데없이 위험한 짓을 하지 않는다──.)

히로토는 막판에 생각을 뒤집었다.

"오래는 못 있는데 그래도 괜찮으시다면?"

히로토는 대답했다.

"물론, 괜찮소. 마차를 대기시켜뒀소. 지금 같이 갑시다."

"수행원은?"

"병사는 연회장 밖에서 대기해야 하오."

즉 연회장엔 히로토 혼자라는 것이다. 완전히 사면초가. 완벽한 적지.

(재밌겠네.)

"그럼 가지요."

히로토는 대답했다.

"과연 퓨리스를 물리친 사라브리아의 영웅이오. 연회 따위에 겁먹어선 영웅의 이름이 손상되지요. 자자, 같이 갑시다."

하며 라스무스는 걸어가기 시작했다.

"히로토."

걱정과 책망을 담은 어조로 에크세리스가 말을 건넨다. 미미아도 솔세르도 걱정하는 듯하다.

"괜찮아. 잠시 서툰 스텝을 밟고 돌아오는 것뿐이니까."

하며 히로토는 윙크해 보였다.

제26장 연회장의 모략

1

히로토가 방밖으로 사라지자 에크세리스는 서기관 카시우스와 얼굴을 마주 보았다. 엘빈도 진지한 표정이었다.

"이거, 곤란한 거 아닙니까?"

엘빈이 말했다.

"곤란하지."

에크세리스가 대답했다.

"왜 히로토 님은 거절하지 않으신 겁니까?"

"거절할 분위기가 아니었잖아."

에크세리스가 엘빈의 힐책에 답한다.

"적에게 당했어요. 하인이라면 거절할 수 있지만 라스무스 백작 같은 거물이 직접 오면 어쩌지 못해요. 벨페골 후작은 절대로 거절할 수 없는 상대를 보냈겠지요."

하며 카시우스가 숨을 내쉬었다.

"설마 히로토 님을 매장할 작정은 아니겠지."

엘빈의 한 마디에 에크세리스가 표정을 바꿨다.

"설마…… 그런 짓을 했다간 뱀파이어족이——."

"나도 설마라 생각해요. 하지만 설마 싶은 일이기에 더 대비해야지요. 엘프는 사양해달라고 했지만, 저택 밖에서 대

245

기하는 거면 트집은 못 잡을 터. 수비병을 거느리고 밖에서 기다리지요."

엘빈이 문에 손을 댄다. 동시에 노크소리가 들리고 호위병이 얼굴을 보였다.

"변경백은 계십니까?"

"지금 막 나간 참이다. 무슨 일이냐."

엘빈이 묻자 호위병 뒤에서,

"히로토 님은?"

하고 젊은 여자 목소리가 났다. 가슴팍이 노출된 하얀 드레스를 갈색 피부 위에 걸친 폭발할 듯한 가슴의 공주가 들여다보고 있었다.

"라켈 공주……."

엘빈의 목소리에 카시우스와 에크세리스도 얼굴을 돌렸다. 라켈 공주는 히로토를 만날 수 있을 거라 여기고 표정이 상기돼 있었다.

"히로토 님은 외출 중이신가요?"

에크세리스는 표정이 어두워졌다.

"그게, 보기 좋게 꾀어내갔습니다. 지금쯤은 아마——."

2

라스무스 백작은 지적 호기심이 왕성한 남자였다. 마차 안에서 저쪽 세계에선 모두 어떤 책을 읽는지 알고 싶어했다.

히로토도 한 가지 물었다.

"귀족에게 가장 중요한 건 무엇입니까?"

잠시 생각하다,

"명예요."

하고 라스무스 백작은 대답했다.

"내가 다른 사람보다 뛰어나다는 긍지, 그리고 명예요. 전투엔 전혀 가담하지 않는 귀족도 전투가 서툰 귀족도 있지만, 귀족은 모두 예전엔 전투에서 공훈을 세운 자들이요. 그게 명예의 초석이 됐소."

"페르키나 백작에게도 가장 중요한 건 명예일까요?"

히로토는 물었다.

"저 가슴 큰 여우는 잘 모르겠소. 저 여자에겐 명예보다 요아힘 전하가 더 중요할 테지요."

모의재판 일은 묻지 않았다. 묻더라도 대답은 해주지 않을 테니, 긁어 부스럼만 만들 거다. 당나라 시인이자 명문장가 한유가 이런 말을 했다. 얼마나 아는 게 중요한 게 아니다. 알고 있는 걸 어떻게 하는가가 중요하다고.

피나스 재무장관의 저택은 호화로웠다. 마차 대기소에 도착한 마차에서 내려 대리석으로 된 복도를 걷는다. 참으로 더덕더덕 화려하게 장식된 복도다.

연회장은 대접견실이었다. 안 길이가 수십 미터에 달하고 방 양측에 이층좌석이 마련돼 있었으며, 그곳부터 나선계단이 네 개 쭉 나 있다. 천정엔 마치 포도알처럼, 이래도 안 놀랠 테냐는 기세로 샹들리에가 달려 있었다.

히로토는 기겁했다. 터무니없는 재력이었다.

"여러분, 변경백을 모셔왔소!"

라스무스 백작이 우렁찬 목소리로 외쳤다. 주위 사람들이 돌아보았다. 남자들은 모두, 타이츠를 신고 있었다. 여자들은 바닥까지 닿는 몇 겹이나 되는 레이어드 스커트를 입고 있었다.

"아니, 이런. 아직 애잖아."

한 귀부인이 마치 먹잇감을 발견한 것처럼 웃었다.

"너, 어디서 왔니?"

하며 놀렸다.

"아버지는? 아버지와 어머니는 같이 안 왔어?"

하며 다시 놀렸다.

"어이어이. 너무 놀리면 안 되지. 어쨌든 퓨리스를 격퇴한 영웅이오. 다만 격퇴한 건 뱀파이어족으로 본인은 무릎 꿇고 빈 것뿐인 모양이지만."

얼굴이 갸름한 인기남이 모습을 드러냈다. 상당히 거침없는 공격이었다.

"왜 그래? 무서워서 아무 말도 나오지 않니? 아니면 아빠랑 같이 오지 않으면 말도 못 하는 거야?"

하며 잘생긴 귀족이 놀렸다.

"그만하게, 르메르."

온화하게 라스무스가 나무랐다. 하지만 진심이 아니다. 히로토가 오면 모두 같이 놀리기로 약속이 돼 있었을 테니까.

(이 사람이 르메르 백작이구나.)

"어이, 인사하는 게 어때."

갑자기 르메르 백작이 검을 뽑아 히로토 얼굴에 겨누었다.

진심인가?

설마.

이 귀족도 알고 있을 터이다.

"만족하셨습니까?"

하고 히로토는 말을 건넸다.

"자네도 변경백이라면 검에 대한 소양 정도는 있을 터. 어서 검을 뽑아."

히로토는 가만히 상대를 보았다.

자신에게 뭘 시키려는 걸까?

"빨리 뽑아! 겁쟁이! 그래도 네가 남자냐!"

"뽑으면 기겁할 텐데."

"까불지 말고 어서 뽑아라! 나와 결투하란 말이다!"

"그랬다간 터무니없는 일이 생길 것 같은데. 당신은 아마 나보다 강할 테지. 나는 틀림 없이 다칠 테고, 자칫하면 죽을 수도 있지. 그 소식이 만약 사라브리아에 전해지면 어떻게 될까? 내가 가만히 있으라고 해도 아마 뱀파이어족은 보복하러 올걸? 당신이 그들과 싸워도 살아남을 수 있을까? 그뿐이 아냐, 뱀파이어족과 이 나라의 관계는 영원히 수복할 수 없게 되겠지. 그런 일을 변경백이 해서야 쓰겠나?"

그러자 라스무스가 눈을 가늘게 뜨는 게 보였다.

"그즈음에서 끝내게. 어차피 풋내기야."

가시밭처럼 머리가 난 남자가 르메르의 어깨를 두드렸다. 하얀 실크 상의 위로 붉은 코트를 걸치고 있었다. 르메르가 검을 거두었다. 이 자리의 주인이군, 하고 히로토는 직감했다. 아마 이 노인이 벨페골 후작——.

"난 검보다 춤이 좋거든. 춤을 추시게."

후작의 말에 악단이 곡을 연주하기 시작했다. 바로 남자와 여자가 손을 잡고 댄스를 시작했다.

(결국 시작됐다.)

히로토는 벽 쪽으로 향했다. 위험한 건 피하는 게 상책이다.

갑자기 와아, 하고 감탄소리가 흘러나왔다. 거물이라도 등장한 걸까.

"이게 누구십니까, 오르피나 님."

(오르피나?)

히로토는 엷은 핑크색 드레스에 몸을 감싸고 오른쪽으로 왼쪽으로 인사를 하면서 천천히 다가오는 둥근 코에 사랑스런 생김새의 여성을 보았다.

그녀가 카시우스가 말한 왕의 애첩?

"잘 왔다, 오르피나여."

하고 노인이 웃자,

"초대해주셔서 영광입니다, 각하."

하며 오르피나가 가볍게 무릎을 굽히며 노인의 손을 잡고 손등에 입을 맞췄다.

"오늘은 좀처럼 볼 수 없는 손님도 왔구나. 오르피나도 들은 적이 있을 거야. 사라브리아 변경백 님이다. 아쉽게도 흡혈귀는 데려오지 않았구나."

오르피나가 히로토에게 얼굴을 돌렸다. 정면에서 봐도 얼굴은 사랑스럽다. 가슴도 꽤 볼륨이 있다. F컵 정도인가.

(발큐리아 쪽이 단연코 크다.)

히로토는 생각했다. 동시에,

(발큐리아 쪽이 얼굴도 몸도 내 취향이야.)

히로토는 한쪽 무릎을 꿇고 오르피나 손을 잡았다. 손등에 입맞춤을 했다.

"변경백 히로토입니다."

"이름은 들었습니다. 폐하께서 많이 의지하신다고 들었어요. 앞으로도 부디 폐하를 도와주세요."

히로토는 고개를 끄덕였다.

"오르피나여, 모처럼의 자리다. 변경백과 춤을 추면 어떻겠느냐?"

(뭐?!)

생각지도 못한 제안에 히로토는 허둥댔다. 댄스는 히로토가 제일 서툰 종목이다.

"아니, 몸 상태가 좋지 못한 터라……."

"폐하께 충성을 맹세한 자가 폐하가 가장 총애하는 여자와 춤을 못 추겠다고 하는가?"

벨페골이 다그친다.

"몸 상태가……."

히로토가 거절하려고 하자,

"오르피나여, 춤을 추거라. 변경백은 상당히 댄스도 달인이라고 들었다."

(뭐? 누구야, 그런 거짓말을 한 녀석은!!)

"전혀 잘하지 못합니다."

히로토는 고개를 가로저었다.

"귀족식이나 되는 자가 춤을 못 춘다고 하는가? 폐하의 애첩께 실례이지 않은가? 아무리 댄스가 서툴다고 해도 젊은 부인하곤 춤을 춰주는 게 귀족의 예의라는 것이다."

히로토는 침묵했다.

순수한 논전이라면 지지는 않는다. 하지만 사교장에서의 행동거지가 되면……. 게다가 여긴 귀족들의 모임. 히로토는 혼자이고 아군은 없다.

"……그럼, 오르피나 님하고만."

하며 히로토는 회장 정중앙으로 향했다.

이미 음악은 울리기 시작했다. 오르피나는 히로토가 절망적으로 댄스가 서툴 거라고는 상상도 못 하겠지. 왕도 사람들도 변경백과 춤출 좋은 기회에 얼굴을 빛내고 있었다.

"먼저 말씀드리지만, 정말 춤을 못 춥니다. 발도 잘못해서 몇 번이나 밟을지도 모릅니다."

그러나.

"겸손하시군요."

오르피나는 웃으며 넘겨버렸다.

(겸손이 아니야!)

드디어 음악이 시작됐다. 히로토는 오르피나와 양손을 맞잡았다. 솔세르와 몇 번이고 연습했던 댄스다.

처음은 오른쪽 스텝.

(다행이다. 안 틀렸다.)

다음도 오른쪽 스텝.

(아, 다행이다.)

다음도 오른쪽 스텝.

팔이 확 당겨졌다. 오르피나가 앗 소리를 지른다.

(왼쪽 스텝이었어!)

히로토는 다시금 왼쪽 스텝을 밟았다. 또다시 오르피나가 소리를 지른다.

(허걱! 이번엔 오른쪽 스텝이었어! 오른쪽, 오른쪽, 왼쪽 왼쪽이잖아!)

오르피나가 눈썹을 찌푸렸다.

"죄송합니다……정말로 댄스는 서툴러서……."

설명할 사이도 없이 다음 스텝이 찾아왔다. 이번엔 오른발을 축으로 시계 반대 방향으로 돌아 90도 턴이었다. 왼쪽 스텝과 착각한 히로토는 보기 좋게 오르피나와 부딪혔다.

오르피나가 불쾌한 듯한 비명소리를 냈다.

"미안해요."

오르피나가 아름다운 눈썹을 찡그리며 항의하는 표정을 보인다. 화내도 미인은 아름답다. 하지만 감상할 여유는 히로토에겐 없었다.

(다음은 왼쪽 스텝이었던가……?)

왼쪽으로 발을 내디디려던 그 순간, 오르피나가 회전했다. 다시 한번 턴이었던 것이다.

두 사람의 몸은 다시 서로 부딪혔다. 히로토는 엉겁결에 발로 드레스를 꽉 밟았다.

"으엉엉!"

오르피나가 마침내 히로토 손을 놓았다. 명백히 불만이 가득한 시선이었다.

"미안해요……."

휙 오르피나가 발길을 돌렸다. 춤추던 남녀 사이를 누비듯이 빠져나갔다.

여기저기서 실소가 들려왔다.

히로토는 댄스 파트너로서 버려진 것이다. 댄서로선 굴욕적이었다.

"용서하게. 춤을 못 추는 귀족이 있을 줄은 추호도 생각지 못해서 말이야."

하며 벨페골 후작이 웃으며 말했다.

"멋지군. 저렇게 몇 번이나 여성과 부딪히다니, 보통 사람은 할 수 없는 일이지. 과연 퓨리스 입을 다물게 한 영웅이야. 여자 입을 다물게 하는 것도 뛰어나더군."

르메르가 야유를 날린다. 그 야유에 춤을 추던 남녀 귀족이 크게 실소했다.

"누구, 불쌍한 변경백과 춤을 춰줄 기특한 여성은 없는가?!"

벨페골 후작이 소리를 높였다.

"사양할게요."

르메르와 춤을 추던 여성이 대답했다.

"저도 사양합니다."

다른 여성도 대답했다.

"스커트를 밟혀 옷이 벗겨지면 그때야말로 살아서 돌아가지 못해요."

"그대는 어떤가?"

춤을 추며 벨페골 후작이 자신의 상대에게 묻는다.

"그거, 놀리는 건가요?"

고상한 폭소가 울려 퍼졌다. 귀족들이 모두 히로토를 웃음거리로 삼고 있다. 모두가 춤추는 가운데 막대기처럼 우두커니 서 있는 히로토를 귀족들이 웃음거리로 삼고 있었다.

"누구 애한테 춤을 가르쳐줄 기특한 분은 안 계시는가? 걸음마는 뗐으니까, 가르쳐줄 자비로운 분은 안 계시는가?"

벨페골이 한층 더 소리를 높였다.

히로토는 벨페골를 보았다. 후작은 승리에 우쭐대는 미소를 지으며, 히로토를 보고 있었다. 수치의 맛은 어떠냐? 하고 조소하면서 묻는 듯하다.

"상당한 인기구려. 변경백이여. 나쁘게 생각진 말게. 귀하와 춤추고 싶어하는 분은 이 연회엔 한 명도 없는 듯하군."

"있습니다!"

낯익은 심지가 굳은 여자의 목소리가 들려왔다. 얼굴에 조소가 넘쳐흐르던 귀족들이 일제히 얼굴을 돌렸다.

낯익은 흑발과 갈색 피부, 풍만하게 나온 가슴——. 라켈 공주였다.

3

"초대한 적이 없는데."

벨페골 후작이 가볍게 견제했다.

"후작이나 되는 분이시면 설령 불시에 참가하더라도 흔쾌히 받아주시겠지요. ——민폐였을까요?"

라켈 공주가 상냥하게 대답했다.

벨페골은 고개를 가로저었다.

굉장한 공주님이었다. 한 걸음도 물러서지 않는다.

라켈 공주는 히로토 앞으로 왔다.

분명 왕궁에 갔다 그 후 달려와 준 것이리라. 히로토에겐 마치 위기 중에 구하러 온 백마의 왕자같았다.

"제가 말하는 대로 해주세요."

속삭이며 라켈 공주는 오른쪽, 오른쪽, 왼쪽, 왼쪽하며 스텝을 지시하기 시작했다. 턴 동작이 늦어지는 히로토를 기다리다 90도 턴을 성공시킨다. 또 턴을 하고 오른쪽, 오른쪽, 왼쪽, 왼쪽하며 스텝을 밟는다.

춤추며 가까이서 보니 라켈 공주의 가슴은 실로 탐스럽게 열려 있었다. 가슴골이 참으로 깊었다.

"스텝에 집중하세요. 오른쪽, 오른쪽."

라켈 공주가 작은 소리로 말했다.

이상한 기분이었다.

이런 완전한 적지에서 자신이 두 번 구해준 상대에게 구원받았다. 게다가—— 왜일까. 라켈 공주가 상대면 자연스럽게 스텝이 밟아진다.

히로토가 스텝을 터득한 걸 알아차렸는지, 라켈 공주가 얼굴을 바싹 갖다 댔다.

"곡이 끝나면 나갈 겁니다. 여긴 히로토 님이 계실 곳이 아니에요."

"그야말로 사면초가 상황이라."

하며 히로토는 대답했다. 라켈 공주는 반응하지 않았다. 사면초가라는 걸 모르는 모양이다.

"저들이 얌전히 돌려보내 줄까요?"

그러자 라켈이 말했다.

"아무것도 마시지 마세요. 음료는 위험해요."

취하게 해서 뭔가 할 생각인가?

히로토는 생각해보았다.

(나라면 취하게 해서 뭘 할까? 가장 날 만신창이로 만들려면…… 알몸으로 내팽개친다든지, 얼굴에 낙서를 한다든지, 배에 낙서를 한다든지…….)

아.

히로토는 생각이 났다.

그거일지도.

우와. 더러워.

"음, 그런 거군요."

히로토는 라켈 공주에게 속삭였다. "네?" 하고 라켈 공주가 되묻는다.

음악이 끝났다. 히로토는 바로 라켈 공주와 함께 출구로 향했다. 문 근처에서 접객하던 하인이 작은 잔을 내밀었다.

"아니, 됐어."

"나가시는 분은 반드시 마시는 게 규정입니다."

히로토가 모르는 연배의 귀족이 잔을 받아들고 대접견실을 나갔다. 히로토도 잔을 받아들었다.

단숨에 들이키고는 심하게 기침을 했다.

대접견실을 나가 열댓 걸음 걸어간 참에 히로토는 발을 비틀거렸다.

"히로토 님?"

"무슨 일이십니까?"

하인이 달려왔다.

"기분이 안 좋아."

"술이 셌던 게지요. 이쪽으로."

하인이 안내한다. 라켈 공주가 따라가려고 하자,

"이쪽은 남성 전용 방입니다."

하며 라켈 공주를 막았다.

방문을 연다.

안으로 들어갔다.

또 하나 안쪽에 문이 있었다.

"자, 어서."

하인이 말했다.

"안에 들어가면 오르피나가 옷을 갈아입고 있겠지?"

하며 히로토는 윙크해 보였다. 하인이 흠칫하는 표정을 지었다. 적중한 모양이다.

"누구의 수작이지? 후작인가? 아니면 피나스 재무장관?"

"전, 전 아무것도——."

갑자기 히로토는 들어왔던 문으로 복도로 나가,

"이 사람이 날 탈의 중인 오르피나의 방으로 데려가려 했다! 음모다!"

하고 외쳤다. 하인은 허둥지둥 달려가 버렸다. 바로 라켈 공주가 달려왔다.

"안에 문이 있어요. 열면 분명 묘령의 여자가 있을 거예요. 아마 내가 강제로 덮쳤다고 입을 맞춰 놨겠죠."

라켈 공주가 꼭 입을 다물었다.

"여기서 기다려주세요."

말하자 라켈 공주는 히로토가 안내됐던 문으로 들어갔다.

4

대기실에서 이제 대접견실론 돌아가고 싶지 않아, 하고 오르피나는 생각했다. 모처럼 불러서 왔는데 저리 형편없는 춤 상대라니……

변경백?

그저 그런 문외한이지 않은가. 춤을 못 추면서 연회에 오다니…….

돌연 문이 열렸다.

"으악! 공, 공주님……?!"

시녀의 곤혹스러운 목소리가 들려왔다. 돌아본 오르피나의 눈에 확 들어온 건 라켈 공주였다.

"당신은 어리석은 자입니다!"

갑자기 라켈 공주가 공언했다.

(뭐, 뭐야, 이 사람──.)

"그래도 당신이 폐하의 애첩입니까?! 당신은 변경백에게 수치를 주기 위한 적당한 상대로 불려온 겁니다! 그걸 왜 모르십니까?! 폐하는 변경백을 아주 높이 평가하고 있습니다. 그런데도 그 변경백을 욕보이려는 자들을 돕는 겁니까?! 폐하를 지키겠다는 자가, 폐하가 의지하는 가신을 웃음거리로 만들려는 자들에게 협력하는 겁니까?!"

단숨에 엄청난 기세로 계속 말을 해대는 바람에 오르피나는 할 말을 잃었다.

동성에게 질타당한 경험이 없었던 건 아니다. 분노에 찬 눈으로 쳐다본 건 몇 번이나 있다. 하지만 지금까지 자신을 분노에 찬 눈으로 쳐다본 여성하곤 전혀 달랐다. 화내는 여성의 두 눈동자는 의연하고 기품이 넘쳐흘렀다. 화내고 있는데도 아름다웠다. 고귀함이 넘쳤다. 그리고 말하는 건 전적으로 옳았다. 히스테릭하지 않았다.

"폐하의 위안이 되는 자가 폐하에게 고민거리를 만들면 어쩐단 말입니까?! 염치도 없이 벨페골의 수하로 이용당하다니, 그야말로 나라를 망하게 하는 애첩입니다! 부끄러운 줄 아세요!"

마지막으로 가차 없는 한 마디를 내던지자, 라켈 공주는 발길을 돌려 방을 나갔다. 오르피나는 입을 반쯤 벌리고 뒷모습을 눈으로 좇았다.

"저 분은——."

"라켈 공주이십니다. 북 퓨리스 왕국의 제2 왕위 계승자이십니다."

시녀가 대답했다.

(저분이……)

망국의 공주.

하지만 그 위엄과 자긍심은 망국의 공주가 아니었다. 히브리드 귀족들보다도 훨씬 청아하고 용감했다.

제27장 최고법원

1

발큐리아가 미행을 알아차린 건 노브레시아 상공으로 들어선 뒤였다.

"뭐 하러 왔어."

발큐리아는 같은 씨족의 남자 넷에게 덤볐다.

"발큐리아 님이야말로 어디를 가시는 겁니까?"

"산책."

"왕도까지?"

제대로 들켰다.

"말려도 소용없으니까."

"말리는 건 무리라 따라가라고 씨족장이 말씀하셨습니다."

발큐리아는 힘이 빠졌다. 완전히 아버지에게 간파 당했다.

"그럼, 따라와."

발큐리아는 동쪽으로 비행을 재개했다.

2

그날 소이치로는 안 좋은 꿈을 꿨다. 히로토가 헤이안 시대의 관을 쓰고 있다. 관 위로 쑥 나온 부분을 건자(巾子)라

하는데, 그 건자가 비뚤어진 것이다. 너, 비뚤어졌어, 하고 말하려던 참에 꿈에서 깼다.

바로 옆에선 큐레레가 엎드려 자고 있었다. 멋진 날개를 접고 사랑스러운 얼굴을 내보이고 있다.

귀엽다.

하지만 꿈이 신경 쓰인다.

히로토는 이제 왕도에 도착했을까. 평소처럼 달변으로 밉 살스러운 귀족들을 논파한 참일까?

히로토라면——하고 생각하지만, 오늘 아침 꿈은 대체…….

(설마 지지는…… 않겠지……?)

3

에크세리스는 어떻게든 침대에서 일어난 참이었다. 어젯 밤은 걱정으로 잠을 이루지 못했다.

어젯밤 히로토는 활기차게 돌아왔다. 라켈 공주가 도와줬 다고 한다. 하지만 역시 댄스로 창피를 당했다. 오르피나 방 에 억지로 넣어져 누명을 쓰는 건 피한 것 같지만…….

히로토는 비교적 밝은 표정을 하고 있었다. 적어도 엘프 재판관 한 명이 히로토를 왕령 위반이라 판결했는데도 태연 한 얼굴이었다.

재판관을 이길 작정인가?

모르겠다.

아니, 모르겠다는 건 거짓말이다. 정말은 지는 게 아닌가, 엄청나게 걱정하고 있다. 히로토가 이길 요소를 찾을 수가 없었다.

방을 나가자 엘빈과 딱 마주쳤다. 엘빈도 졸리는 듯한 얼굴을 하고 있었다.

"당신, 못 잔 거야?"

묻자 엘빈는 쓴웃음을 지었다.

"에크세리스도 그래 보이는데."

"왜냐면……."

하며 에크세리스는 고개를 숙였다.

모의재판에선 히로토는 왕령 위반으로 판결이 났다. 게다가 논쟁을 벌일 상대는 라스무스 백작이다.

4

얼굴을 씻으며 '오늘 자신이 할 수 있는 일은 온 힘을 다해 답하는 거다' 하고 카시우스는 마음을 다잡았다. 그 이외 할 수 있는 일은 없다.

히로토 님이 과연 왕령 위반을 받을 것인가.

모르겠다.

히로토 님의 달변으로 뒤집었으면 좋겠지만, 간섭의 해석이 다르면 뒤집는 건…….

5

라켈 공주는 침대에서 히로토를 생각하던 참이었다.

어젯밤은 히로토를 만날 수 있어 기뻤다. 히로토를 돕기도 했고, 같이 춤도 췄다. 정말로 행복했다.

오늘은 최고법원에서 국왕과 함께 히로토의 심문을 보기로 돼 있다. 어제 폐하께 부탁했더니 흔쾌히 승낙해주셨다.

히로토 님은 어떻게 될까. 심문에 끌려 나오다니 뭔가 이상하다. 부디 정령님의 인도가, 가호가, 있기를——.

6

모두가 걱정하는 가운데 히로토는 침대에서 괴로워하고 있었다. 하지만 괴로워하는 것치곤 얼굴이 즐거워 보였다.

괴로운 건 숨이 막혔기 때문이었다. 숨이 막힌 건 솔세르가 가슴을 밀어붙이고 있었기 때문이었다.

"우웅……우웅……!"

히로토가 신음을 흘렸다.

"히로토 님, 아직?"

"우웅."

솔세르가 얼굴을 상기시키며, 한층 더 뾰족한 가슴을 밀어붙인다. 솔세르의 가슴은 뾰족하게 착 올라가 탄력이 좋다. 최고였다.

"미미아, 할래?"

솔세르가 돌아보자 미미아는 고개를 끄덕였다. 이번엔 미미아가 히로토에게 가슴을 밀어붙였다. 빈틈없이 덮인 탱탱하고 풍만한 반구체가 히로토의 얼굴을 틀어막았다.

(우웅웅웅웅!)

히로토는 신음했다.

(기분 좋다아아~~~아!)

7

벨페골 후작은 라스무스 백작과 르메르 백작, 피나스를 거느리고 최고법원에 들어선 참이었다. 높다란 기둥이 쭉 늘어선 복도를 걸었다.

어제 연회 덕분에 직접 히로토를 볼 수 있었다. 의외로 히로토는 쩔쩔맸다. 댄스는 한심할 정도로 형편없었다. 도저히 귀족이라고 할 수 없다. 평민이나 다를 바 없었다.

하지만—— 오르피나의 함정은 간파했던 모양이다. 서툰 춤을 추게 만들어, 명예를 더럽혔음에도 불구하고 자신의 계략을 간파했다.

과연.

역시 퓨리스 군을 격파할 만하다. 변경백을 맡은 건 흡혈귀 여자를 꼬드겼기 때문만은 아닌 듯하다.

점점 더 이 남자를 놔둬선 안 된다는 생각이 들었다. 지금 뭉개지 않으면 이 남자가 국가의 중추까지 들어올 것이다.

심문이 시작되면 라스무스가 잘해줄 것이다. 변경백은 오늘 왕령 위반을 선고받을 것이다. 해임까지 되면 더 좋겠지만, 아마 근신 처분 정도가 나올 것이다. 그거야말로 변경백에겐 가장 불명예스러운 일이겠지만. 명예를 더럽힌 자는 똑같이 돌려줘야 한다.

8

벨페골 후작 옆에서 라스무스 백작은 고양감을 느꼈다. 어제저녁 마차 안에서도 얘기했지만, 히로토는 재미있는 남자였다. 연회 참가를 승낙한 건 우리 얼굴을 보고 싶다는 기분이 있었던 듯하다. 저 나이에 상당한 배짱이다. 벨페골의 계략이 실패한 건 나중에 들었다.

후작은 절친이지만 때때로 멍청한 짓을 한다. 쓸데없는 짓은 안 해도 되는데. 후작은 철저하게 밟고 싶은 모양이지만, 나는 그저 히로토를 완전히 꺾어보고 싶을 뿐이었다. 어떤 입심을 보여줄지. 아브라힘을 설득한 그 입심은 어떤 것인지. 그걸 꼭 보고 싶다. 물론 승리하는 건 이쪽이겠지만——.

9

불고르 백작은 최고법원 앞에서 마차에서 내린 참이었다.

어떻게든 오늘 딱 맞춰 올 수 있었다.

계단을 올라 문에 당도했다.

"실례지만 용건은?"

엘프 병사가 물었다.

"심문이 있는 걸 들었다. 들여보내 주게."

엘프에게 명했다.

"오늘 들어갈 수 있는 건 추밀원 멤버뿐입니다."

"난 불고르 백작이다. 심문을 들을 권리가 있다!"

"실례지만 안 됩니다. 오늘은 폐하가 오시는 터라 누구도 안엔 들이지 말라는 명령이십니다."

엘프의 말에,

"난 불고르다! 오늘 심문은 노브레시아 사건에 대한 심문이거늘! 당사자인 내가 왜 방청할 수 없는 게냐!"

불고르 백작은 고함을 질렀다.

"폐하께서 백작께 화가 나셨기 때문입니다. 아드님이 유죄임에도 불구하고 무죄라 말씀하신 건, 자신에게 거짓말을 한 거라고 분노하셨습니다. 아직 화가 풀리지 않으셨으니 안에 들어갈 생각은 하지 마십시오."

불고르 백작은 멍하니 입을 벌렸다. 입을 벌린 채 잠시 말을 잃고 있다. 그리고 나서 갑자기 정신을 차리고는,

"멀고 먼 노브레시아에서 왔거늘!"

하며 다시 외쳤다.

"폐하께 초대는 받으셨습니까?"

불고르는 침묵했다. 초대는 없었다. 멋대로 집사와 함께 왔을 뿐이다.

"각하."

집사가 옆에 와 있었다.

"방청할 수 없어도 여기에 있으면 결과는 알 수 있습니다. 심문은 그리 시간이 걸리지 않을 터. 같이 기다리시지요. 억지로 들어가려다 폐하께 더 큰 분노를 사면 큰일입니다."

집사의 말에 불고르 백작은 마지못해 동의했다.

10

최고법원엔 평소보다 긴장감이 넘쳐흘렀다. 맨 앞에 한 단 높은 재판관 자리가 쭉 놓여 있고, 그 앞에 서기관 자리가 있었다. 거대한 정령의 빛이 있고, 거기다 두 개의 연단이 준비돼 있었다. 여기서 라스무스와 히로토가 각자의 연단에 서서 입심을 다투게 된다.

국왕이 먼저 2층 귀빈석에 착석했고 그다음으로 재상 파노프티코스가, 대장로 유니베스테르가 자리했다. 라켈 공주도 자리에 앉았다.

귀빈석에선 최고법원 안을 한눈에 볼 수 있었다. 왼쪽에서 마침 라스무스와 벨페골, 그리고 르메르와 피나스가 들어온 참이었다. 모두 자신만만한 표정을 짓고 있다.

(이 녀석들은 모두 알고 있다.)

유니베스테르는 직감했다. 모의재판 결과를 공유하고 있었다. 자신들은 이긴다. 그리 믿어 의심치 않는 표정이었다.

조금 늦게 오른쪽 문으로 히로토가 들어왔다. 서기관 카시우스와 사라브리아 주 부장관 에크세리스의 모습도 보였다.

이윽고 7명의 재판관이 입장했다. 세 명은 인간, 네 명은 엘프다. 엘프 가운데 비르니우스가 있었다. 비르니우스는 히로토를 왕령 위반이라 판결할 생각일까.

"지금부터 변경백 히로토의 왕령 위반에 대해 심문을 시작한다. 충분한 의견이 모여지는 대로 최고법원으로서의 판단을 내린다. 정령님 앞에서 전원 진실을 말할 것을 맹세할 것."

비르니우스가 선언했다.

11

히로토는 두근두근했다. 이렇게 사람들 앞에서 의견을 말하는 건 주장관 선거 이래 처음이었다.

유죄가 나올까?

아마도. 실로 절체절명의 적지에 놓인 상황이다. 그래서 더 두근두근하기도 했지만.

인간 재판관이 간결한 설명을 시작했다.

"노브레시아 주장관 불고르 백작의 아들이 강간죄로 체

포, 처형당했다. 그 체포에 대해 변경백 히로토가 변경백에 관한 왕령 위반을 한 건 아닌지 하는 의혹이 드러났다. 오늘은 쌍방의 주장을 듣고 과연 왕령 위반이 있었는지 어떤지, 재결(裁決)을 내릴 것이다."

히로토는 설명을 들으며 관계자석으로 시선을 던졌다. 젊은 르메르 백작과 피나스 재무장관이 있다. 벨페골 후작은 눈을 감고 듣고 있다. 라스무스 백작에게 모든 걸 맡겼다는 것이리라.

"심문 형식에 따라 번갈아 발언한다. 우선 라스무스 백작."

엘프 재판관의 재촉에 라스무스 백작이 기립했다. 연단에 선다.

(드디어 시작이다. 쇼 진행자 알현)

"난 대단히 걱정하고 대단히 우려하고 있소. 여러분도 아시는 대로 변경백은 군사적인 목적 이외의 이유로 다른 주에 간섭하는 걸 금지하고 있소. 이 금지조항이 없다면 다른 주를 향해 명령하는 자가 왕 이외에도 있는 셈이니, 나라의 근간을 크게 흔들게 될 것이오. 그렇기에 법으로 금하고 있는 거요. 특히 변경백은 큰 군사력을 가지고 있소. 변경백이 다른 주에 간섭할 수 있는 건 군사적 이유로 한정한다는 이 대원칙은 우리가 왕을, 그리고 나라를 지키기 위한, 결코 밟고 넘어서면 안 되는 규제요."

우선 기초적인 부분부터—— 왜 변경백의 행동이 제한되는가부터 설명하려는 꿍꿍이인 듯하다.

"그건 그렇고 확인해두고 싶은데, 변경백이 군사적 이유를 근거로 간섭할 수 있는 건 안셀, 하갈, 오르시아 세 주뿐이오. 노브레시아 주에 대해 변경백이 군사적인 이유로 명령을 내려야 하는 일은 전혀 없소."

라스무스 백작은 말을 이었다. 백작의 지적대로다.

"그런데도 변경백은 불고르 백작에게 창피를 주려는 목적으로 노브레시아로 들어와, 악랄한 함정을 만들어 백작 아들을 체포하게 했소. 군사적 이유가 없으면서 다른 주에 몰려가 장래가 촉망한 귀족의 자제를 유죄로 만든 거요. 이걸 모른척 한다면 우리는 위험한 전례, 즉 변경백은 군사적 이유가 없어도 자의적으로 다른 주에 간섭할 수 있다는 전례를 만드는 게 되오. 이건 변경백의 다른 간섭을 또다시 불러올 것이며, 국가 근간을 흔들고, 스스로 왕이라 칭하는 군주의 탄생을 야기할 것이오. 국가의 중대한 위기로 이어지는 이 사태를 과연 간과해도 되겠소? 지금이야말로 최고법원의 존재 이유를 보여줄 때가 아니겠소?"

이상이오, 하고 말하며 라스무스 백작이 내려왔다. 예상대로의 공격적인 발언이었다. 처음에 변경백 행동이 제한된 이유를 늘어놓고, 다음에 변경백이 군사적 이유에 의해 간섭할 수 있는 범위를 내보이고, 노브레시아가 그 범위 외에 있는 걸 명확히 한 뒤, 히로토를 단죄하고 더 나아가 왕위찬탈로 연결한다. 히로토의 행위는 장래적으로 왕위찬탈로 이어지는 것이니, 엄벌에 처해야 한다는 것이다. 상당히

273

조리 있는 공격이다. 하지만 충분히 반론할 수 있다.

"변경백 히로토. 왕령 위반 지적에 대해 답변을."

엘프 재판관의 촉구에 히로토는 연단에 섰다.

"변경백이 군사적인 이유로 간섭할 수 있는 범위는 라스무스 백작이 말한 대로입니다. 변경백이 다른 주에 간섭할 수 있는 건 군사적 이유에 한정한다는 대원칙은 왕을 위해 국가를 위해 지켜야만 합니다. 이것 역시 라스무스 백작이 주장하는 대로입니다."

히로토는 일단 상대의 논리를 받아들였다.

"하지만 간섭이란 무엇인지. 어디까지가 간섭이고 어디까지가 간섭이 아닌지. 검을 들이대며 자신의 명령에 복종하라고 말한다. 이건 명백히 간섭입니다. 자신의 명령을 따르지 않으면 어떻게 되는지 아는 거지요. 그렇게 협박해서 복종시키는 것 역시 간섭입니다. 직접적인 협박이든 간접적인 협박이든 다른 주에 공적인 위치에 있는 자를 복종시키는 경우는 모두 간섭이라 해도 좋을 듯싶습니다."

일단 히로토는 간섭을 정의했다. 간섭이란 어떤 것인지 정하지 않고 논쟁하면, 논쟁은 서로 자기주장만 하다 끝나고 말 것이다.

"한데 제 경우는 누구를 복종시킨 걸까요? 노브레시아 고등법원의 서기관 카시우스 님일까요? 제가 행한 건 제안이며 조언입니다. 제가 어떻게 제안했는지, 상세한 내용에 대해선 카시우스 님께 들어주시기 바랍니다.

이상입니다, 하며 히로토는 물러났다.

"카시우스 님, 상세한 내용을."

재판관이 촉구한다. 카시우스가 히로토 측 연단에 섰다.

"변경백으로부터 제안을 받은 건, 불고르 백작의 저택에 동행했을 때입니다. 전 포랄을 만나 그가 범인이라고 생각했습니다. 하지만 체포할 순 없었습니다. 분한 마음으로 저택을 나온 후 변경백으로부터《범인을 잡고 싶지 않으세요?》하는 이야기를 들었습니다.《잡는 건 간단해요. 내가 꽁무니를 빼고 사라브리아로 도망치는 거예요》라고 했지요."

일동은 쥐 죽은 듯 조용해졌다.

"무슨 소리냐고 전 물었습니다. 변경백은 이런 유형의 범죄는 반드시 반복된다고 설명했습니다. 그래서 분명 다시 미라족 소녀를 덮칠 게 틀림없다. 지금은 내가 있으니까 미라족을 덮치지 않겠지만 내가 나간 걸 알면, 반드시 미라족 소녀를 강간하러 올 것이다. 지금은 미라족 소녀는 조심한다고 샘에 혼자 가지 않겠지만, 자기 시녀를 미끼로 놔두면 반드시 냄새를 맡고 찾아내 덮칠 것이다. 거기서 현장을 잡으면 현행범으로 체포할 수 있다고, 그리 설명했습니다. 설명한 뒤에 자신의 제안을 받아들일지 말지는 서기관의 판단이라고 말했습니다. 제가 받아들이지 않으면 어떻게 할 거냐고 묻자, 그땐 포기하고 돌아간다고 대답했습니다. 전 고등법원으로 돌아와, 상관과 협의해 변경백의 제안을 받아들이기로 했습니다. 그때 체포의 지휘는 모두 제가 한다고 알렸습니다. 그리고 변경백은 그대로 받아들였지요. 하지만 미끼가 된 소녀가 신경 쓰이니까 가능하면 동행하고 싶다고 했습니다. 불가능하면 고등법원에서 기다린다고도 했지요. 전 동행을 허락했습니다. 우리 노브레시아 고등법원은 변경백이 왕령 위반이라곤 생각지 않습니다. 포랄의 처형 후, 파토리스 정령교회에선 정령의 불이 크게 빛났습니다. 그것도 위반이 아니라는 걸 가리킨다고 생각합니다."

이상입니다, 하며 카시우스가 내려왔다. 벨페골 후작은 침묵했다. 평범하게 생각하면 이 시점에서 승산이 있었다. 히로토가 자신이 왕령 위반을 추궁당하지 않으리라 생각한 것도 정무관 퀸티리스와 고등법원이 왕령 위반을 지적하지 않은 이유도, 여기에 있다.

하지만 라스무스 백작은 자신만만한 표정을 짓고 있었다.

"라스무스 백작, 다른 의견 및 질문은?"

재판관의 물음에, 라스무스 백작이 일어섰다.

"상대에게 강압적으로 나왔는지를 따지면 변경백은 문제가 없지요. 하지만 교묘하게 유도하고 있소. 내가 조사한 바에 의하면 변경백은 일부러 고등법원에 들려 카시우스 님의 동행을 요구했소. 평소엔 미라족 시녀에게 인간과 같은 옷을 입게 하면서도 그날만은 왜인지 미라족 의상을 입고 있었지요. 그리고 일부러 카시우스 님과 미라족 시녀를 불고르 백작의 사과자리에 동행시켰소. 즉 노브레시아 주의 누구한테도 부탁받지 않았는데, 멋대로 변경백이 작전을 짜고 준비를 해서 카시우스 님이 불고르 백작 아들을 의심하게 만들고 계획을 제안해, 그 계획에 넘어오도록 유도한 거요. '강제'라는 건 알면서도 억지로 따르는 걸 의미하지만, 유도라는 건 상대도 모르게 복종시키는 것이오. 말하자면 변경백은 무조건 상대를 복종시켜 자신이 뜻에 따르게 한 게 아니라, 마음속으로 깨닫지 못하는 사이에 상대를 복종시켜 뜻에 따르게 한 거요. 즉 고등법원 서기관을 능숙하게 조종한 것이지요. 이걸 간섭이라 하지 않고 뭐라 말할 거요. 형식상 강제가 아니면 간섭이 없었다고 말할 수 있소? 난 왕령 위반이라고 판결해도 좋다고 생각하오."

히로토는 저도 모르게 북북 머리를 긁적였다.

(유도로 공격해왔구나……. 무의식적인 복종 말이지…….)

이거 한 방 먹었는데, 하고 히로토는 생각했다.

반론에 애먹을지도 모르겠지만, 점점 재밌어지고 있다.

12

비르니우스는 가슴속으로 고개를 끄덕였다. 자신의 생각과 같다. 동료 인간 재판관 세 사람이 고개를 끄덕끄덕했다. 동의의 표시다. 모의재판에서 히로토가 왕령 위반이 된 건 바로 라스무스가 지적한 이유 때문이다.

벨페골 후작은 만족스럽게 웃고 있었다. 이걸로 변경백을 왕령 위반으로 만들 수 있다──그리 생각하는 모양이다.

자신들 재판관의 판단이 어떻게 정치적으로 영향을 미치는지는 잘 알고 있다. 하지만 자신들은 정치가가 아니다. 법의 이름으로 답을 내릴 뿐이다. 변경백은 어떻게 반론할 생각인 걸까. 유효한 반론을 하지 못하면 왕령 위반이 기다리고 있을 뿐이었다.

13

　유니베스테르는 험악한 표정을 지으며 팔짱을 끼고 있었다. 비르니우스가 모의재판에서 유죄결정이 났다고 말한 건 이거였나. 어쩌면 비르니우스 자신이 깨달았는지도 모른다. 이걸로 히로토는 궁지에 몰렸다. 자신은 상대를 유도할 마음은 없었다. 다만 순수하게 제안한 것뿐이라고 말해도 재판관들은 수긍하지 않을 터. 히로토가 너무 용의주도했다. 일부러 카시우스를 동행시키고 일부러 미라족 시녀에게 붕대 차림을 하게 했다. 그 작위적인 행동을 간섭으로 파악한들 어쩔 도리가 없다. 히로토는 분명 왕령 위반으로 몰리게 된다.

　카시우스가 손을 들었다.

　"전 제가 유도당했다고도 능숙하게 조정 당했다고도 생각지 않습니다. 전 상관에게 상담했습니다. 변경 백도 저에게 판단을 일임해주었습니다. 왕령 위반이라곤 생각지 않습니다."

카시우스가 반론했다.

(소용없다.)

가슴속으로 유니베스테르는 중얼거렸다. 라스무스에게 그 반론은 통하지 않는다. 라스무스는 이조차 막을 방법이 있다——.

라스무스가 연단에 섰다.

"잘 생각해주셨으면 하오. 변경백은 범인 체포를 위해 두 가지 복선을 배치했소. 첫 번째 복선은 미라족 시녀에게 붕대차림을 하게 한 것. 두 번째 복선은 고등법원의 동행자를 요구한 것. 동행자가 엘프가 아니라 고등법원의 동행자였다는 부분이 상당히 중요하오. 엘프와 함께 갔다면 체포당하는 일은 없었겠지. 이만큼이나 준비해서 갔는데 간섭을 안했다고 할 작정이오? 우연히 미라족 시녀가 붕대차림이었고, 우연히 엘프 동행자를 부탁했더니 고등법원 사람밖에 없었고, 불고르 백작 저택을 방문한 후에 우연히 체포하기 위한 안이 생각나 제안한 거면 모를까, 이 치밀한 준비가 우연이 아니라는 걸 증명하고 있소. 이건 작위적인 행위이며 곧 법을 위반한 것이오. 우연이었다면 아무쪼록 변경백에게 물어보시면 어떻겠소?"

라스무스 백작은 가볍게 도발했다. 재판관 몇몇이 펜을 움직였다. 설득력 있는 논리라고 판단한 모양이다. 라스무스에게 승산이 있다는 것이다. 이걸로 히로토는 한층 더 몰렸다. 이 복선을 찔린 건 대응하기 어렵다. 잘 답변하지 않으면 단숨에 왕령 위반으로 몰리리라.

"변경백. 두 가지 복선의 설명을."

엘프 재판관이 히로토를 불렀다. 설명하라는 말투로 보아 이미 호의적이지 않다는 걸 알 수 있었다. 형세는 확실히 변하고 있다.

히로토가 연단에 섰다.

"두 가지 복선에 대해선 대체로 백작이 지적한 대로입니다. 하지만 또한 확실성이 없는 주장입니다. 미라족 시녀를 데려갔다고 해도 며칠 후에 포랄이 올지는 상당히 불확실합니다. 카시우스 님을 동행했다고 해도 그걸로 카시우스 님이 제 제안에 응해줄지 어떨지는 불확실합니다. 확실한 상황이라면 무의식적 복종, 즉 유도할 수 있었겠지요. 하지만 이만큼 불확실한 상황에 유도가 능숙히 통하기는 어렵죠. 그런 상황에선 제언밖에 할 수 없습니다."

그런 반론을 하면 곤란해, 하며 유니베스테르는 고개를 가로저었다. 두 가지 복선에 대해 인정해버리면 왕령 위반의 길이 열리고 만다. 설령 불확실한 상황을 호소한다고 해봐야 통하지 않는다. 그저 반론을 당할 뿐이다.

예상했던 대로 바로 라스무스가 손을 들었다.

"따르게 한다는 건 스스로 주체성을 가진다는 거요. 불고르 백작 건에 대해선 변경백 쪽이 주체성을 가지고 있었소. 그림을 예로 들지요. 그림이라는 건 먼저 스케치를 하고 그다음에 색을 칠하는 것이지요. 이번 경우, 변경백이 스케치를 하고, 노브레시아 고등법원이 색을 입혀 완성한 꼴이오. 주체성은 색칠한 사람과 스케치를 한 사람 중 어느 쪽에 있겠소? 스케치를 한 자가 노브레시아 주장관이라면 문제는 없소. 하지만 사라브리아라면——?"

재판관들이 고개를 끄덕였다. 라스무스에게 설득당하고 있었다. 라스무스가 우위에 있다고 생각하기 시작한 것이다. 심문은 충분한 의견이 나왔다고 재판관이 판단한 시점에서 중단된다. 상황을 완전히 뒤집을만한 무언가를 꺼내지 못하는 이상 히로토의 왕령 위반은 확실했다.

(어떻게 되받아칠까……? 받아칠 수 있을까? 네 녀석은 여기서, 라스무스 앞에서 패배하는 거냐?)

14

벨페골 후작은 귀빈석에서 심문을 지켜보고 있었다. 심문은 늘 비교적 짧게 끝난다. 재판관들은 슬슬 충분하다는 표정을 하고 있었다. 아마 앞으로 두세 번 더 주고 받으면 끝나리라.

역시 라스무스에게 맡겨서 다행이군, 하고 벨페골은 만족감을 느꼈다. 유도와 주체성의 문제로 변경백은 궁지에 몰렸다. 자신이 왕령 위반이 아니라고 소리 높여 반론하면 재판관의 심증은 나빠지고 도리어 불리해진다. 그렇다고 반론하지 않으면 왕령 위반을 인정하는 꼴이 된다. 이제 도망칠 길은 없다. 나머진 우리가 폐하께 해임을 요구하기만 하면 될 뿐.

15

라켈 공주는 불안한 얼굴로 연단을 내려다보고 있었다. 형세는 히로토에게 압도적으로 나빴다. 재판관들은 라스무스의 의견으로 기울고 있는 듯이 보였다. 이대론 히로토가 왕령 위반을 선고받을 텐데…….

16

라스무스 백작은 히로토가 머리를 긁적이는 걸 바라보고 있었다. 능숙하게 되받아쳐서 낭패를 당한 모양이다. 승리가 다가오고 있었다. 비르니우스의 표정만 봐도 재판관들이 판단을 내릴 때가 임박했다는 걸 알 수 있었다. 그에겐 이제 기회가 얼마 남아 있지 않았다. 이제 여기서 어떻게 버틸 작정일까. 설령 버티더라도 행동이 바르지 못했다고 선악을 운운하며 그저 냉정하게 내치면 될 뿐이다.

히로토가 머리를 들었다. 의외로 후련한 표정을 짓고 있었다. 오히려 즐거워 보였다.

(자기 상황을 알긴 하는 건가? 아니면 아직 살아날 구멍이 있나?)

히로토가 입으로 웃으며 연단에 섰다.

"정말로 스케치를 한 쪽에 주체성이 있는 걸까요? 이 비유에는 두 가지 의미가 있습니다. 하나는 입안, 나머지 하나는 집행이죠. 제가 입안했다고 쳐도, 그게 반드시 집행될까요? 입안이 확실히 실행될 가능성이 낮은 경우, 즉 불확실성이 높았을 경우, 주체성은 어느 쪽에 있을까요? 스케치를 한 쪽일까요, 아니면 색을 입힌 쪽일까요?"

(아직도 불확실성을 문제로 삼고 있나. 어림없다.)

즉시 라스무스는 연단에 섰다.

"변경백은 제 비유에 구멍이 있다고 말하고 싶은 모양이오. 하지만 구멍이 있는 건 변경백 쪽이오. 확실하든 불확실하든 변경백이 용의주도하게 준비해 체포로 이끈 건 사실이오. 그 사실을 앞에 두고도 주체성이 없다는 소리를 늘어놓을 심산이오? 물론 변경백이 나쁜 지배자라고 말씀드리는 게 아니오. 변경백의 뜻은 올발랐소. 하지만 그 행동, 그 방식은 어땠소? 그게 정당한 방법이었소? 악을 처단하기 위해서라면 뭘 해도 상관없소? 선한 의도였다면 과정은 아무래도 좋은 거요? 난 그렇게는 생각지 않소. 만약 변경백에게 양심이 있다면 책임을 지는 게 옳지 않을까 싶소."

사임해야 한다고 넌지시 비추며 라스무스는 연단을 벗어나 자리에 앉았다. 재판관들은 슬슬 심문을 끝내도 좋지 않겠냐는 표정을 짓고 있었다. 히로토는 변함없이 천연덕스러운 표정을 짓고 있었다. 이 상황을 받아들이지 못하는 건지, 아니면 머리가 못 따라가는 건지.

(겨우 이 정도였나.)

라스무스는 다소 실망했다. 아브라힘을 설득했다고 들었던 만큼 더 기대했는데——. 다만 추한 방어전을 하지 않는 건 칭찬해도 좋으리라. 그저 자신의 적수가 아니었을 뿐이다.

히로토가 천천히 연단에 섰다. 변함없이 표정은 밝고 태연했다.

(자, 어떻게 버틸까? 이제 방법은 남아 있지 않을 터.)

"전 지금 이런 걸 생각하고 있습니다. 만약 제가 《실행하지 않으면 후회할 겁니다》라든지, 《저라면 며칠 기다리더라도 잡을 겁니다》라든지 《지금 잡지 않으면 이제 잡을 기회는 없습니다》라고 말했다면, 제가 주도적으로 움직인 게 되어 간섭했다는 사실이 성립하겠지요. 하지만 전 그런 말은 하지 않았습니다. 전 결정하고 실행하는 건 어디까지나 노브레시아 고등법원에 맡겼으며 고등법원의 판단에 따랐을 뿐입니다. 고등법원이 제 안을 채용하지 않는다고 한다면, 한 번 더 미라족 거주지로 갔다가 돌아갈 생각이었지요. 이것만 가지고 제가 딱 잘라 간섭했다고 말하기는 어려운 상황이죠. 하지만 전 용의주도하게 준비했습니다. 카시우스 서기관에게도 방책을 제안했지요. 그래서 간섭이라고도, 아니라고도 할 수 없는 어중간한 상태에 빠졌습니다."

(허어. 그렇게 나오는구나.)

라스무스 백작은 눈을 살짝 가늘게 떴다. 인간 재판관도 엘프 재판관도 몇몇인가 고개를 끄덕였다. 히로토의 설명에 수긍되는 부분이 있었던 듯하다. 자신이 어떤 행동을 해야 간섭이라 말할 수 있는지, 하는 조건을 찾는 건 예상외의 공격법이었다. 확실히 히로토라는 남자는 그렇게 약하지만은 않은 모양이다. 하지만 본인 말대로 간섭이 아니라고 부정할 수 있는 상황도 아니다.

(이미 어중간한 상태라고 인정한 단계에서 패배한 거나 마찬가지다. 좀 더 버텨서 망신을 당해라.)

히로토가 답변을 계속했다.

"법을 놓고 보아도 어중간한 저는 아슬아슬하게 간섭일 수도, 아닐 수도 있죠. 이걸 어떻게 판단할지는 법정의 일입니다. 어떤 답변을 내놓으실지는 최고법원의 판단을 기다리도록 하지요. 하지만 그 전에 해야 할 일이 있습니다. 뜻이 선해도 수단이나 과정이 올바르지 않으면 사람들에게 공감을 얻을 수 없습니다. 노브레시아까지 가서 고등법원에 체포를 위한 방책을 내놓은 건 선이라곤 할 수 없습니다. 의견을 내고 싶으면 직접 갈 게 아니라 고등법원에 편지를 보냈어야 했지요. 그랬다면 수단이 문제 되지는 않았을 겁니다. 하지만 전 빠른 해결이 필요하다고 생각했습니다. 그러기 위해 노브레시아에 직접 갔고, 그 탓에 문제가 있다는 소리가 나오고 말았죠. 그 일에 대해선 비판을 받아들이고 책임을 져야 한다고 생각합니다. 하여——."

히로토는 일단 말을 끊었다.

"변경백 히로토는 이 자리에서 변경백 사임을 밝히는 바입니다."

17

라스무스는 말을 잃었다. 아니, 그곳에 마침 자리한 사람 중에 말을 잃지 않은 자는 없었으리라. 벨페골 후작도 르메르 백작도 피나스도 어안이 벙벙했다. 카시우스도 에크세리스도 어안이 벙벙했다. 모르디아스 1세도 파노프티코스도 완전히 허를 찔렸다.

"아, 아, 안 된다……!"

겨우 모르디아스 1세가 말을 쥐어짜냈다.

"변경백이여, 멋대로 사임하는 건 용납할 수 없다!"

"폐하, 저는 책임을 져야 합니다. 변경백으로서 선(善)이 아닌 행동을 한 이상, 자리에서 물러나는 것이 마땅하겠지요. 일개 주장관으로 돌아가는 것이 옳습니다."

"안 된다! 그것만은 안 된다! 그대 이외에 누가 변경백을 맡을 수 있다고 하느냐?! 누가 퓨리스와의 국경을 지킬 수 있다고 하느냐?!"

모르디아스 1세가 2층 자리에서 외쳤다. 심의 도중에 멋대로 발언하는 건 문제가 있지만. 국왕의 말을 끊을 사람은 없었다.

"아닙니다, 폐하. 저는 자리에서 물러나야 합니다. 이제

저는 변경백이 아니라 그저 사라브리아의 주장관에 불과합니다.”

“그럼 그대를 다시 변경백으로 임명하겠노라! 명을 받들거라!”

모르디아스 1세가 명한 순간,

(그건가⋯⋯!)

라스무스는 히로토의 의도를 이해했다.

우리가 노리고 있던 최종 결과를 군이 수단으로 사용함으로써, 변경백은 우리를 쓰러뜨리려 하고 있다⋯⋯!

18

피나스는 혼란스러웠다. 마지막까지 물고 버틸 줄 알았던 남자가 사임을 선언한 것이다. 게다가 국왕은 바로 재임명까지 해버렸다.

대체 무슨 생각이란 말인가. 설마 재임명을 그대로 받아 모든 사태를 무마시킬 작정인가? 그렇게는 안 되지!

19

벨페골은 히로토의 예상외의 발언에 깜짝 놀랐다. 설마 사임을 입에 담을 줄은 생각지도 못했다. 폐하는 변경백 취임을 명했다. 하지만──.

"죄송합니다. 받아들일 수 없습니다."

히로토는 거절했다.

(아니?!)

벨페골 후작은 히로토를 매섭게 노려보았다.

(어째서 거절하는 거지?! 이렇게까지 해놓고 순순히 물러서다니, 무슨 꿍꿍이냐!)

"짐이 명령하노라!"

모르디아스 1세가 언성을 높였다.

"폐하. 제가 변경백을 물러나야 하는 이유는 귀족 사이에서 제 신뢰가 떨어져 군사협력에 구멍이 생겼기 때문입니다. 변경백이 해선 안 될 일이지요. 귀족의 협력 없이는 변경백도 있을 수 없습니다."

히로토가 주장한다.

"짐의 명령이다!"

모르디아스 1세가 한층 더 소리를 높였다.

"히로토여!"

변경백—— 아니 사라브리아 주장관은 대답하지 않았다.

아니, 대답했다.

"폐하, 적어도 여기에 계신 네 분의 동의를 얻지 못하면 폐하의 명을 받아들일 수 없습니다."

(넷이라고?)

"벨페골 후작, 라스무스 백작, 르메르 백작, 피나스 재무장관."

후작은 말을 잃었다.

우리에게 승인을 달라니……?

벨페골은 잠시 멍하니 있다가,

(당했다……!)

뒤늦게 사태를 깨달았다.

(말려들었다……! 거절한다는 선택 자체를 빼앗겼어! 여기서 동의를 거절하면 폐하께 대놓고 반항하는 꼴이다. 그런 짓을 대귀족이 할 수 있을 리 없잖나!)

"피나스! 그대는 어떻게 생각하느냐! 설마 반대라고 말할 작정은 아닐 테지!"

모르디아스 1세에게 외통수로 내몰려,

"아, 아닙니다…… 물론 동의합니다."

피나스는 대답했다.

어리석은 자! 같은 소리를 말할 수 있을 리 없었다.

"르메르! 그대는!"

"동, 동의합니다……."

"라스무스!"

"저도…… 동의합니다."

잇달아 동지들이 함락되어갔다.

"벨페골! 그대는 반대인가! 히로토가 변경백으로 돌아오는 게 마음에 안 드는가!"

벨페골 후작은 잠시 대답이 궁해졌다.

자신마저 승낙하면 히로토는 변경백으로 복귀한다. 이 모든 건 그를 변경백에서 끌어 내리려고 준비한 거였거늘!

원하는 대로 히로토는 변경백에서 내려왔다. 하지만 끌어 내린 게 아니라 스스로 사임했다. 그리고 국왕이 바로 재임 명했다.

자신은 고개를 끄덕일 수 있을까?

"이런 자리에서 승인이라는 건……."

벨페골 후작이 불평하자,

"그대는 반대라고 말하는 것이냐! 우리나라의 국경방위 가 취약해져도 좋다고 하는 것이냐!"

"그런 말은 하지 않았습니다! 그저 이 자리에서 정할 일이 아니라고 말하는 겁니다! 그런 건 왕궁에서——."

"이 자리에서 승인을 받을 수 없다면 전 영원히 변경백을 사임하겠습니다."

히로토가 퇴로를 완전히 끊어버렸다.

벨페골은 입을 열더니 입술을 물고 식식거렸다.

당했다.

완전히 당했다. 이걸로 오히려 귀족들이 변경백의 지위를 보증하는 셈이 되었다.

"벨페골! 그대는 반대라 말하는 게로구나! 그대가 반대라 말하면 짐한테도 생각이 있다!"

라스무스가 벨페골의 소매를 잡았다. 진지한 표정으로 노 려보고 있었다.

"큰일 나기 전에 빨리 대답하시오!"

라스무스가 강한 어조로 벨페골에게 속삭였다.

"반대는 아닙니다! 찬성합니다!"

저도 모르게 벨페골 후작은 외쳤다.

결판은 이미 났다. 동의 이외의 답은 없었다.

"히로토여, 이 네 명이 승낙했느니라!"

"그럼, 명을 받들겠습니다."

히로토는 대답했다. 그 후 재판관에게 돌아섰다.

"저의 대답은 이상입니다."

최고법원이 소란에 휩싸였다.

"정숙하도록!"

재판관이 외친다. 그래도 좀처럼 소란은 진정되지 않았다. 몹시 술렁이고 있었다.

"라스무스 백작. 다른 의견은?"

"다른 의견은……."

라스무스 백작이 한순간 할 말을 찾는다. 하지만 말은 나오지 않는다.

"다른 의견이 없으면 이걸로 판결로 들어간다."

"저기 잠시만."

"다른 의견이 있는가?"

"다른 의견은……."

다시 할 말을 찾는다. 라스무스가 혼란스러워했다.

"변경백은 자신의 행위는 간섭이 아니라 간섭인지 간섭이 아닌지 상당히 애매한 영역, 어중간한 상태라 표현했다. 그

건에 대해 다른 의견은 있는가."

라스무스가 입을 열어——.

"없습니다."

하고 대답했다. 7명의 재판관이 일어나 법정을 나갔다.

20

그가 이기려고 했다면, 즉 자신의 행위는 간섭이 아니라
고 주장했다면, 히로토는 영영 패배했을 것이다. 하지만 히
로토는 승리를 포기했다. 대신 패배를 선택했다. 가장 승리
에 가까운 패배를 선택했다. 자신의 행위가 어중간한 상태
에 있다는 걸 재판관에게 인식시킨 뒤, 사임을 자청한 것이
다. 히로토가 밝은 표정을 지은 건 패배를 결의했기 때문이
리라. 패배함으로써 자신이 승리할 수 있다는 걸 히로토는
알고 있었다.

7명의 재판관은 분명 이리 결론지을 것이다.

21

(변함없이 방심할 수 없는 남자군.)

유니베스테르는 미소를 짓고 있었다. 사임을 꺼냈을 땐
정말로 놀랐다. 무슨 생각인가 싶었는데 자신을 내던지는
방법을 써서, 설마 귀족들에게 승인 동의를 구하려 할 줄은.

설마 히로토의 목적이 대귀족들에게 자신의 취임을 인정하게끔 만드는 거라곤 생각도 못 했다. 대귀족들은 히로토에게 승리를 안겨준 것이다. 상당히 억지스러운 승리였다 하더라도——.

7명의 재판관이 다시 모습을 보였다.

(자, 어떻게 판단을 내릴까? 히로토를 왕령 위반이라 인정할까?)

"최고법원으로서 판단을 아뢴다."

하며 엘프 재판관이 말을 시작했다. 법정에 긴장이 흘렀다.

"변경백 히로토의 노브레시아 사건은 분명 의문스러운 부분이 많다. 하지만 변경백에 관한 왕령에서 금하는 간섭이라고 명백히 단언할 수도 없다. 다만 윤리적으론 본인이 책임을 지고 있으므로, 왕령 위반이라 판결할 필요는 없다고 판결한다. 이상."

에크세리스가 히로토에게 와락 안겼다. 이어 히로토가 카시우스와 포옹한다. 반대 측 연단에선 라스무스가 어깨를 떨구었다. 히로토는 멋지게 모의재판 결과를 뒤집었다.

라켈 공주가 귀빈석에서 연단으로 내려왔다. 히로토를 축복할 작정인 것이다.

유니베스테르 바로 옆에서 모르디아스 1세가 숨을 내쉬었다.

"짐을 상당히 피곤하게 하는구나. 히로토 녀석."

"폐하. 두 번 다시 사임을 입에 담지 못하도록 벌이 필요하겠습니다."

파노프티코스가 미소를 지으며 말했다.

"그 말대로다."

모르디아스 1세는 안도의 미소를 남기며 일어섰다.

제28장 복수

1

불고르 백작은 마차 안에서 이제나저제나 결과를 기다렸다. 심문은 오래 걸리는 게 아니라고 들었는데, 벌써 심문이 시작하고 1시간이 흘러 있었다.

그때, 갑자기 최고법정의 문을 열고 벨페골 후작의 집사 로베르가 나왔다. 불고르 백작은 허둥지둥 마차에서 내렸다.

"어떻게 됐나?!"

초조한 마음을 억누르며 물었다.

"아쉽게 됐습니다. 결론부터 말씀드리자면 변경백은 왕령 위반에 해당하지 않는다고 판결했습니다. 다만 변경백 본인이 변경백을 사임했습니다."

뭐라고!

그럼——.

"그런데 이를 보고 계시던 폐하께서 노하시어 그를 다시 변경백으로 임명하셨고, 변경백은 자신을 고소한 네 분의 동의를 얻지 못하면 받아들일 수 없다고 답했습니다."

"네 분이라니?"

"저희 후작님, 라스무스 백작, 르메르 백작, 피나스 재무장관입니다."

불고르는 불길한 예감이 들었다.

"결국, 네 분 모두 동의하셨습니다."

한순간 불고르는 머릿속이 새하얘졌다. 뇌 신호가 돌아오지 않았다.

동의라니?!

어째서?!

"배신했구나!"

저도 모르게 욕지거리가 입에서 튀어나왔다.

"말이 지나치십니다!"

"배신한 게 아니냐! 날 위해서 변경백에게 한 방 먹여주시는 게 아니었더냐!"

볼고르는 화가 나 소리를 질렀다.

"아쉽게 됐습니다. 적은 상당히 만만치 않았습니다. 폐하가 눈앞에 계시는데 어떻게 동의를 거절할 수 있겠습니까?"

불고르 백작은 큰소리로 으르렁댔다. 문을 향해 달려가기 시작한다. 엘프 병사가 가는 길을 막아섰다.

"비키거라! 폐하를 만나야겠다!"

"안에는 함부로 들어가실 수 없습니다!"

"됐으니까 비키란 말이다! 난 불고르 백작이다! 어째서 막아서느냐! 폐하께 드릴 말씀이 있다!"

"안 됩니다! 이 이상 큰소리를 내시면 명예를 걸 각오를 하셔야 할 겁니다!"

엘프의 한 마디에 불고르 백작은 딱 멈췄다. 그리고 나서 천천히 무릎을 꿇었다. 어깨는 떨리고 있었다.

멀고 먼 노브레시아에서 왔건만 자신을 기다리는 건 패배 소식이었다.

2

시간이 지나자 망연함 위에 비탄과 낙담이 덧쓰여졌고, 다시금 시간이 경과하자 맹렬한 분노가 비탄과 낙담 위에 덧칠해졌다.

후작은 날 놀릴 작정이었나. 처음부터 날 바보 취급할 생각이었나. 처음부터 변경백과 손을 잡을 작정이었나.

붉은 불길과 검은 연기가 지붕을 감싸 흔들듯이 붉은 분노와 검은 증오가 백작의 마음을 유린했다. 격한 감정의 파동이 타오르는 성안에서 마구 날뛰는 드래곤처럼 맹위를 떨쳤다. 넘쳐대는 감정의 기세는 흡사 사람 마음을 베어 쓰러뜨리는 폭풍우 같았다. 폭풍우가 감정을 모두 쓸고 가버리자, 뒤에 남은 건 냉랭해진 결의 같은 체념이었다.

원통했다. 변경백에게 더럽혀진 자신의 명예. 언젠가 상대에게 똑같이 불명예를 안겨줄 수 있지 않을까, 복수를 할 수 있지 않을까 생각했다. 하지만 할 수 없었다.

그렇구나.

결국 그런 거구나.

복수란 타인에게 맡기는 게 아니야. 스스로 할 수밖에 없는 건가.

그런 체념의 경지가 불고르 백작을 찾아왔다.

정면으로 정정당당하게 결투를 신청해?

아니.

저 비열한 남자는 수락할 리 없다.

(난 뭘 하려는 걸까? 도의에 벗어나고 있는 건 아닐까?)

한순간 이성의 빛이 자신의 마음을 비췄지만,

(지금밖에 복수의 기회는 없다.)

기회라는 생각이 간단하게 이성을 날려버렸다.

"각하. 부디 진정하시길."

집사 그륀델이 와인을 데워 내왔지만, 그날 밤은 잠이 오지 않았다. 눈도 마음도 깨어 있었다.

변경백은 아마 바로 돌아갈 터이다. 녀석에겐 뱀파이어족 애인이 있다. 왕도에서 장기체류 같은 걸 할 리 없다. 자신의 영지까지 가버리면 영원히 기회를 잃는다. 영지에서 벗어나 있을 때를 노려야 한다. 예를 들면 크리엔티아? 계곡에서 덮칠까? 오히려 잘 때를 노려야 하는 게 아닌가? 녀석은 어디에 묵지?

다음 날 아침. 집사가 이상한 전갈을 들고 왔다. 낯선 남자가 백작께 전하라며 건네고는 사라졌다고 한다. 편지엔 《물을 구하라》라고 적혀 있었다. 집사가 물러나고 불고르 백작은 한손으로 이마를 지그시 눌렀다. 그때, 팔꿈치가 잔에 닿아 쓰러졌다. 물이 편지에 번졌고── 문자가 떠올랐다.

편지에는 어딘가의 주소와 '변경백'이라고만 적혀 있었다.

(혹 변경백이 지금 묵는 곳인가?)

레르반 마을엔 자신도 묵기로 돼 있었다. 백작은 바로 심복 기사를 불러들였다. 기사는 명령을 받고 바로 방을 나갔다.

(난 옳은 일을 한 건가?)

갑자기 망설임이 스쳤다. 자신은 그릇된 짓을 한 게 아닌가?

하지만 지금밖에 기회가 없다는 생각이 망설임을 밀쳐냈다. 벨페골 후작은 도움이 되지 못했다. 그럼, 스스로 할 수밖에 없다.

레르반으로 향하던 중에 기사가 돌아왔다. 주소는 사라브리아 출신의 상인 저택으로 오늘 밤 히로토가 묵는다고 한다. 고향 영웅을 위해서라며 숙소 제공을 자청한 것이다.

정령님의 가호다, 하고 불고르는 생각했다. 정령님은 자신에게 복수를 달성하라고 명하고 계신다. 변경백을 보복으로 죽여야 한다고 알리고 계신 것이다.

(정말로 그런가?)

다시 한순간 망설임이 스쳤지만 부정했다. 그렇지 않다면 어째서 기회가 내 곁으로 찾아왔나?

백작은 심복 기사 둘에게 전했다.

"내 소원을 이뤄주길 바라네. 이건 포랄의 소원이기도 하네."

기사는 고개를 가로젓지 않았다.

"저희 마음은 항상 각하와 함께 있습니다. 그리고 포랄 님과 함께 있습니다."

3

라켈 공주와 재회를 약속하고 왕도로 출발한 히로토는 레르반 마을로 들어간 참에, 미라족에게 둘러싸였다. 미라족 중엔 오다 계곡에서 우연히 만난 자들도 있다. 모두 히로토를 한 번 보려고 모여든 것이다. 히로토가 손을 잡자,

"변경백과 손잡았다~!"

하나가 소리를 높였다.

"저도 히로토 님!"

"저도!"

히로토는 마차에서 내려 한 사람 한 사람 악수했다. 다가온 아이들과도 악수했다.

숙박 장소는 사라브리아 출신의 상인 저택이었다. 히로토는 맛있는 술과 음식을 대접받고 미미아와 침실로 향했다. 침실은 저택에서 튀어나온 한 모퉁이에 있었다. 주인이 자랑삼아 하던 말에 따르면 옛날에는 이 저택 아래에 미라족 유적이 있었던 모양이다. 그 위에 저택을 지었다고 했다. 미미아는 평소처럼 붕대 차림이 되었고, 히로토는 시트에 파고들어 눈을 감았다.

(이제 며칠 정도 지나면 발큐리아를 만날 수 있다…….)

4

미라족 남자는 저택에서 좀 떨어진 곳에서 자고 있었다. 혹 여기에 있으면 다시 변경백을 만날 수 있을까 해서 기다렸지만, 결국 나오지 않았다. 집으로 돌아가려 했는데, 귀찮다 싶어 미라족 남자는 그대로 자고 말았다.

눈을 뜨자 저택 한 모퉁이에 남자들이 있었다. 기사인 듯한 사람들이 뭔가를 쌓아 올리고 있다.

(저거, 장작 아냐……?)

5

히로토는 이상한 꿈을 꿨다. 웬 호랑이가 머리맡에 있었다.

이거 물려 죽는 거 아닌가 하고 도망치려고 일어났지만, 목 뒤로 달려들어 물었다. 결국 히로토는 비명을 지르기 전에 눈을 떴다.

꿈인가.

안도의 순간은 오지 않았다. 창문이 붉었다.

(왜? 밤인데, 왜 붉지?)

대답은 문 아래로 스며들어온 연기가 가르쳐주었다.

(화재!)

"미미아!"

히로토는 미미아를 흔들어 깨웠다.

"미미아, 불이야! 도망치자!"

히로토는 문을 열려다 이상한 기운을 느꼈다. 연기는 문
아래에서 들어오고 있었다. 셔츠로 손을 감아 문을 누르자,
뜨거웠다. 문 너머는 이미 붉게 타고 있다……!

사람 소리가 들렸다. 모두 화재를 인지한 것이다.

히로토는 창으로 달려갔다. 도중에 유리가 깨치고 불똥이
날아들었다. 방 온도가 단숨에 올라갔다.

(저쪽 창문은……!)

다른 한 창문 역시 깨졌다.

(누가 이런 짓을……?!)

생각하고 있을 상황이 아니었다. 도망 쳐야한다.

(난로는?!)

급히 난로 안에 들어가 봤다. 저 멀리 머리 위로 사각 구
멍이 보인다. 하지만 너무 좁아 아래에선 올라갈 수 없었다.

어쩌면 좋지? 최고법정에서도 살아 돌아왔는데, 이런 곳
에서 죽는 건가? 이세계에서 타 죽는 건가?

미미아가 침대를 움직이려 했다. 침대를 방패삼아 불을
피하려는 것이다. 하지만 탈출할 수단은 되지 않는다..

발큐리아가 떠올랐다.

나와 다시 만나길 기대하고 있을 텐데, 난 발큐리아 곁에

살아서 돌아갈 수 없는 건가?

6

엘빈도 에크세리스도 화재는 인지했다. 불은 히로토 방 쪽에서 솟고 있었다.

"불을 꺼라!"

엘빈은 외치며 방으로 다가갔다. 방으로 통하는 통로까지 오자 절망이 엄습했다. 복도는 완전히 불바다였다. 뛰어가도 가까이 다가가지 못했다. 문을 연다손 치더라도 히로토 방으로 불길이 번지고 만다.

"히로토!"

에크세리스가 외쳤다.

"밖이다!"

엘빈은 밖으로 달렸다. 도중에 저택 주인을 만났다.

"죄송합니다! 지금 긴급히——."

"왜 이런 일이 생긴 거야!"

"모르겠습니다……."

밖에서 방으로 접근한 엘빈과 에크세리스는 다시 절망의 습격을 받았다. 불길이 마치 악마처럼 건물을 감싸고 있었다. 불길은 유리창으로 들어가 죽음의 손길을 뻗치고 있다.

카라베라가 달렸다. 쌓아놓은 장작을 잇달아 제거했다.

(누가, 저렇게 장작을……!)

"히로토~~~오!"

에크세리스가 외쳤다.

"거기 누구, 히로토를 구해! 히로토~~~오!"

발소리가 다가왔다. 혈색이 변한 솔세르가 에크세리스 옆에 나란히 선다.

"히로토 님은——."

"안에 있어."

솔세르가 그 자리에서 털썩 주저앉았다. 건물이 기울었다.

"히로토 님은? 근처에 히로토 님은 안 계시는가!"

어떻게든 희망을 부여잡으려고 엘빈은 외쳤다. 저택 사람들은 고개를 가로저었다.

(안 돼…….)

엘빈은 완전히 타격을 입었다.

7

발큐리아는 동료들과 함께 밤하늘을 날고 있었다. 뒤엔 동료 넷이 따라오고 있다.

오제르 주를 지나 에큐시아 주도 넘어 크리엔티아 주까지 오고 말았다. 그 너머는 왕도다.

(역시 왕도까지 가면, 히로토, 화낼까. 하지만 만나고 싶었다며 꼭 안아주려나.)

히로토를 생각하고 있는데 칠흑 같은 어두운 밤에 빛이

보였다.

붉다.

"화재 같은데요."

동료 하나가 다가왔다.

(잠시 들러볼까.)

발큐리아 일행은 천천히 하강했다. 넓은 저택 한쪽이 불타고 있는 듯했다. 수많은 구경꾼이 둘러싸고 있다.

정원에선 땅에 몸을 던져 울고 있는 여자가 둘 보였다. 발큐리아는 숨을 삼켰다.

(에크세리스다!)

왜 에크세리스가?

왜 울고 있는 거야?

싫은 예감이 들었다. 허둥지둥 급하강했다.

"에크세리스!"

퉁퉁 부은 빨간 눈으로 에크세리스가 돌아보았다. 솔세르도 얼굴을 들었다. 둘 다 울고 있다.

에크세리스가 입술을 떨었다.

"도와줘, 발큐리아······히로토가······."

소름이 돋았다.

히로토가?

그 뒤는 묻고 싶지 않았다.

"히, 히로토가 어쨌다고?!"

"불길 속에——."

핏기가 가셨다. 발큐리아는 불타 무너지는 건물을 보았다. 저 안에 히로토가——?!

"히로토~~!"

저도 모르게 뛰어들려고 하는 발큐리아를 뱀파이어족 넷이 붙잡았다.

"놔!"

"안에 들어갔다간 죽어요!"

"히로토가 있단 말이야!"

"이미 늦었어요!"

발큐리아는 눈을 크게 떴다. 절망이 눈물이 되어 흘러내리기기 시작했다.

《나, 여친 놔두고 먼저 죽는 취미는 없어》

그리 말했는데. 그리 약속했는데. 돌아오면 같이 물놀이하자고 약속해줬는데…….

"히로토~~~~~~~~~~!"

발큐리아의 절규가 온 밤하늘에 울려 퍼졌다.

8

남자는 멀리서 불을 바라보고 있었다. 이미 히로토가 자던 방은 무너졌다. 여자들은 절망적으로 소리를 지르며 정신없이 울고 있었다. 하지만 뜻밖에도 뱀파이어족이 내려왔다. 흡혈귀는 위험하다. 남자는 허둥지둥 그 자리를 벗어나 사당 앞을 지나갔다.

그런데 그때, 사당에서 퉁 소리가 났다. 큰 구멍이 뚫려 있다. 맨 먼저 나온 건 하얀 붕대의 거인—— 미라족 남자였다.

"도착했어 도착, 이쪽, 이쪽."

미라족 남자가 안에 있는 사람을 끌어올렸다. 나타난 건 자그마한 미라족 여자였다. 미라족치곤 드물게 가슴이 빈약했다. 이어 가슴이 엄청 큰 미라족 소녀가 모습을 드러냈다. 사당 구멍이 자동적으로 닫혔다.

가슴이 빈약한 미라족은 사라지는 남자에게 얼굴을 돌렸다. 깜짝 놀랐다.

미라족 남자의 어깨를 쳤다. 뭔가 속삭였다.

거인은 고개를 끄덕이며 도망친 남자를 쫓기 시작했다. 가슴이 빈약한 미라족 소녀는 가슴이 엄청 큰 미라족 소녀와 함께 걸어 구경꾼 사이를 빠져나갔다.

변경백이 있던 건물은 결국 완전히 무너졌다. 불길은 약해졌지만 건물은 새까맣다. 해골족이 망연자실해서 꼼짝 않고 서 있었다. 변경백의 호위 병사들 또한 마찬가지였다. 엘빈도 빈 껍질만 남은 사람처럼 그 자리에 서 있었다. 그리고 여자 셋은 한곳에 모여 울고 있었다. 옆엔 뱀파이어족 넷이 서 있었다.

가슴이 빈약한 미라족 소녀가 다가가자, 남자 뱀파이어족들이 돌아보았다.

뭐야, 미라족이네.

처음엔 그리 생각하고 시선을 돌렸지만, 다시 한번 얼굴을 돌렸다. 입이 반쯤 벌어졌다. 가슴이 빈약한 미라족 소녀는 우는 미녀 셋에게 다가갔다.

"발큐리아."

9

그 소리가 들렸을 때 발큐리아는 죽은 사람이 말을 건 것 같은 기분이 들었다. 자기를 부른 것도 아닌데, 에크세리스도, 솔세르도, 소리 나는 쪽으로 얼굴을 돌렸다.

발큐리아를 보고 있는 건 자그마한 미라족이었다. 가슴에 볼륨은 없다. 바로 옆엔 가슴이 엄청 큰 미라족이 있었다.

(아니⋯⋯.)

발큐리아는 저도 모르게 입을 열었다.

(설마⋯⋯.)

"아니? 모르겠어⋯⋯ 아, 맞다."

혼잣말을 하며 가슴이 빈약한 미라족이 뒤통수에 손을 댔다. 스르르 붕대가 풀린다. 붕대 아래로 나타난 건 짧은 흑발과 밝은 눈동자――.

그 순간 발큐리아는 가슴이 빈약한 미라족에게 와락 안겼다.

"히로토!"

뒤늦게 에크세리스도, 솔세르도, 미라족에게 안겼다. 미

라족은 뒤로 넘어졌다. 붕대를 감고 나타난 가슴이 빈약한 미라족은 히로토였다.

가슴이 엄청 큰 미라족이 붕대를 풀고 얼굴을 드러냈다.

미미아였다.

엘빈이 돌아보며 어리둥절해했다. 카라베라도 뒤늦게 돌아보며 놀라 어안이 벙벙해 입을 벌렸다. 모두 어안이 벙벙해 말을 잃었다.

"히로토…… 히로토…… 죽었다고 생각했어……."

울면서 발큐리아가 뺨을 비빈다.

"말했잖아. 여친 놔두고 먼저 죽는 취미는 없다고."

"하지만——."

"히로토 님!"

솔세르가 울면서 매달려왔다. 히로토는 이번엔 솔세르를 꼭 껴안았다.

"히로토……!"

에크세리스도 울면서 매달린다. 히로토는 에크세리스도 꼭 껴안았다. 놀랍게도 에크세리스는 울고 있었다. 엘프 에크세리스가—— 울고 있었다.

"미라족이 도와줬어. 내가 자던 방의 난로 아래가 마침 유적 통로와 연결돼 있더라고. 그래서 붕대를 감고 도망쳐 나온 거야."

히로토가 설명한다.

"이제 두 번 다시 못 만난다고 생각했어……."

에크세리스가 몸을 밀어붙였다.

"히로토 님……!"

엘빈과 카라베라도 달려왔다. 수비 병사들도 상기된 표정이었다.

"모두 걱정 끼쳐 미안해. 지금 돌아왔으니까 안심해."

"다행입니다……!"

병사들이 안도의 표정을 지었다.

"다른 사람들도 모두 고마워."

히로토는 뱀파이어족에게 얼굴을 돌렸다.

"발큐리아를 지키러 와준 거야?"

"지키는 게 아니야, 멋대로 따라온 거지."

발큐리아가 말한다.

"참 생각났다. 지금 미라족에게 정찰을 부탁해뒀어. 이상한 녀석이 한 명 있었거든. 내가 마침 사당에서 나왔을 때 몰래 도망갔어. 아마 불고르 백작 집에 있던 기사였지 싶어."

발큐리아의 시선이 날카로워졌다. 엘빈도 돌연 표정이 험악해졌다. 히로토에게 귓속말을 했다.

"정말로?"

히로토는 되물었다. 돌연 생각에 잠긴다. 그리고 나서,

"어쨌든 미라족이 돌아오면 맞이해줘. 날 도와준 생명의 은인이니까."

히로토는 일어섰다.

"죄송해요, 히로토 님……저희 부주의로……."

하며 저택 주인이 고개를 숙였다.

"신경 쓰지 마, 상대과실로 생긴 사고 같은 거니까."

하고 히로토는 대답했다.

10

히로토는 방을 바꿔 다시 침대로 파고들었다. 옆엔 이번엔 발큐리아도 같이 있었다.

(이번엔 악몽 없이 잘 수 있겠구나.)

그리 생각하는 사이에 순식간에 졸음이 몰려들고 말았다.

히로토가 잠들고 나서 미라족 남자가 돌아왔다. 구경꾼은 이미 거의 사라졌다.

"히로토 님한테 부탁받고 상황을 보러 다녀왔는데."

하고 말하자 미라족 남자는 상당히 환대를 받았다. 태어나서 처음 오제르 산 봉밀주를 마셨다. 천국에 왔나 싶을 정도로 맛있었다.

미라족 남자는 자신이 보고 온 걸 엘빈과 카라베라와 뱀파이어족 둘에게 말했다. 저택에서 떨어져 잤던 일. 모르는 남자 둘이 와서 장작을 쌓아 올린 일, 뭘 하나 생각하던 참에 갑자기 불길이 치솟은 일. 허둥지둥 달려갔지만 어쩔 도리가 없어 있는데, 유적이 떠올라 사당으로 들어갔고, 히로토 방의 난로에 당도해 히로토를 구해낸 일. 그 후 수상한 남자를 미행했더니 불고르 백작이 묵는 저택에 도착한 일. 그리고 그 남자는 장작을 쌓아 올리던 남자 중 하나였던 일——.

얘기를 다 마치자 뱀파이어족은 방을 나갔고, 하나는 험악한 얼굴로 밤하늘을 날아올라 갔다.

11

심복 기사로부터 보고를 받은 불고르 백작은 쾌재를 불렀다. 가증스러운 변경백이 죽었다! 불길과 함께 사라졌다! 아들의 원수는 갚은 것이다.

하지만 기사는 신경 쓰이는 일도 보고했다. 뱀파이어족이와 있었다고 한다.

왜 뱀파이어족이 그곳에?

혹 눈치를 챘나?

아니.

그랬다면 지금쯤 이 저택을 둘러쌌을 것이다. 하지만 오래 머물 필요는 없다.

다음날 서둘러 저택을 비우고, 불고르 백작은 출발했다. 4인승 마차에 집사 그룬델과 함께 올라탄다.

"어젯밤 헤렌페르트 저택에서 화재가 났다고 합니다. 다행히 변경백은 목숨을 건졌던 모양입니다. 부상도 없었다고 합니다."

집사의 보고에 저도 모르게 말을 잃었다.

그런 바보 같은.

기사에게 명해 장작을 쌓게 하고 불을 내게 했다. 도망칠 구멍은 모두 봉쇄했다. 여자들은 모두 울고 있었다.

그런 보고였을 터이다.

"설마 이상한 짓을 한 건 아니겠지요?"

집사의 물음에,

"날 의심하는가!"

크게 성을 냈다.

"어젯밤 늦게 기르스가 돌아온 것 같더군요."

심복 기사 이름을 말했다.

"화재가 일어난 후가 아닌가요?"

"내가 불을 내게 했다는 게냐!"

다시 성을 냈지만 집사는 기가 꺾이지 않았다.

"히로토 님은 폐하께 간청해 귀족 네 분의 승인을 받고 변경백으로 취임하셨습니다. 만약 그런 분의 목숨을 노렸다면 대역죄가 될 수도 있습니다."

"내가 그런 멍청한 짓을 할 것처럼 보이느냐!"

집사는 대답하지 않았다.

그날 밤은 귀족 저택에 숙박했다. 밤중에 뱀파이어족이 오진 않을까. 그런 생각에 방 밖에도 수비병을 배치했다.

하지만 아침까지 습격자는 없었다. 뱀파이어족은 자신의 짓이라는 걸 알아채지 못한 모양이다.

불고르 백작은 다시 마차에 올라타 출발했다. 계곡을 넘으면 오늘 중에 에큐시아 주로 들어갈 수 있다. 에큐시아에 도착하면 오제르, 다음은 자신의 영지 노브레시아다. 그곳까지 가면 걱정 없다.

마차는 일단 고갯길을 올랐다. 내리막길로 접어들었다. 드디어 루딜 계곡에 들어선 것이다. 선두를 달리던 호위 기사는 지면에 큰 그림자가 비치는 걸 알아차렸다.

(뭐지?!)

올려다본 기사는 신음소리를 내며 말에서 떨어졌다. 말이 소리 높여 울부짖었다.

12

히로토는 겨우 눈을 뜬 참이었다. 아주 곤히 잠들었던 기억이 있다. 옆엔 미미아가 있고 거기다 라켈 공주가 책을 읽고 있었다.

"엥? 라, 라켈 공주?!"

라켈 공주가 얼굴을 돌리며 미소를 지어보였다. 미미아가 일어나 허둥지둥 방을 나갔다.

"왜?"

"연락을 받았어요. 히로토 님이 화재를 만났다고. 그래서 급히 달려왔어요."

다시 재회한 게 기쁜 듯한 표정을 짓고 있다.

"꼬박 하루 반나절이나 자다니, 상당히 피곤하셨나 봐요."

"하루 반?!"

히로토는 기겁하며 소리를 질렀다. 자신은 어젯밤에 잠든 기억밖에 없다.

"히로토~~ ♪"

발큐리아가 방에 들어왔다. 껴안고 한껏 로켓 가슴을 밀어붙이며 히로토의 뺨에 키스했다. 히로토도 키스를 돌려줬다.

"나쁜 놈이 있는 곳, 밝혀냈어."

"나쁜 놈?"

"히로토가 정찰 보냈잖아. 불고르가 묵은 성으로 들어갔대."

맞다.

그러고 보니 아직 그 보고를 받지 않았다. 내가 자고 있어서 그랬구나?

"이미 아버지도 향하고 있으니까."

아버지라니?

히로토는 뭔가 이상하게 흘러가는 걸 느꼈다. 아버지라고 하면 사라브리아 연합대표 젤디스다. 발큐리아의 젤디스 씨가 왜? 날 걱정해서?

(향하고 있다니, 어디로? 여기……?)

아니다, 내가 있는 곳으로 향하고 있는 게 아니다. 히로토는 행선지를 깨달았다.

"설마, 백작——."

"그 녀석들 히로토를 죽이려 했어. 당연한 보복이야."

발큐리아는 딱 잘라 말했다.

"뭐? 안 돼. 죽이면——."

발큐리아는 고개를 가로저었다.

"히로토의 부탁이라도 들어줄 수 없어. 미라족이 오지 않 았다면 히로토는 죽었을 거라고. 뱀파이어족은 동료를 죽 이는 녀석은 용서하지 않아. 국적과 관계없이 누구든——."

13

말 울음소리가 들렸나 싶더니 이어서 기사의 신음과 함께 낙마하는 소리가 들려왔다.

뭐지?!

무슨 일이지?!

"각하는 여기서 기다리세요."

집사가 밖으로 나갔다. 불고르 백작은 겁을 내며 창에서 밖을 보았다.

뱀파이어족이 주위를 둘러싸고 있었다. 10마리? 그런 정 도가 아니었다. 빈틈이 보이지 않을 만큼 한가득 포위하고 있다. 그 가운데 관록 넘치는 털보 뱀파이어족 남자가 훨훨 내려왔다.

"난 사라브리아 연합대표 젤디스다! 불고르라는 자는 네 녀석이냐!"

낮고 우렁찬 목소리로 말을 건넸다.

"무슨 용건입니까?"

"히로토 님을 불태워 죽이려 하지 않았나!"

집사는 대답하지 않았다.

"모른 척 마라! 미라족이 처음부터 끝까지 다 보았다! 너희의 기사가 현장에서 사라지는 말이다! 그 기사는 히로토 님 방 앞에 장작을 쌓아 올려 불을 붙였다. 그 후 불길을 솟는 걸 충분히 확인한 후에 성으로 돌아갔다! 기사에게 명한 건 누구겠나! 불고르밖에 없다!"

(들, 들켰다······!)

불고르 백작은 놀라 두려움에 떨었다.

"아닙니다, 각하 이외에 있습니다."

집사는 대답했다.

"접니다."

젤디스가 번득이는 눈으로 쳐다보았다. 흥, 코웃음을 친다.

"마음은 가상하다만 난 속지 않는다. 넌 주인을 감싸고 있을 뿐이란 걸. 어서 주인을 내놓거라."

"제가 명한 일입니다! 전 주인님의 원통함을 풀어주기 위해 변경백을 죽이라 명하였습니다! 그러니 절 처형하십시오!"

집사가 소리를 질렀다.

그륜델이 날 지키려고 하고 있었다. 목숨을 걸고 날 지키려고. 내 죄이거늘 자신이 했다고 뒤집어쓰려 하고 있었다.

그래도 되는 건가?

그렇게 해서 살아남아도 되는 건가? 내 죄인데 집사를 죽게 하고 난 살아남자는 건가? 그게 귀족으로서의 명예인가? 그렇게 해서 귀족의 자긍심은 지켜질 수 있는가? 그건 그저 쓰레기에 불과하다!

불고르 백작은 문을 열고 밖으로 나왔다.

"그만하라! 그를 죽이라 명한 건 여기 있는 나다! 내가 부하에게 명해 변경백을 죽이라 명령했다!"

"각하!"

집사가 비통하게 소리를 질렀다.

"날 죽여라! 나야말로 변경백을 죽이려 했던 남자다!"

"아닙니다. 제가——."

"집사는 잠자코 있거라."

낮은 목소리로 젤디스가 명했다. 불고르 백작은 새삼 주위를 빙 둘러봤다. 뱀파이어족은 10마리, 20마리 정도가 아니었다. 100마리 이상이 자신을 둘러싸고 있다.

아아.

난 죽는구나, 하고 불고르 백작은 깨달았다.

이렇게 될 운명이었나.

아니.

스스로 선택한 것이다. 몇 번인가 이성이 날 억누르려 했다. 하지만 난 폭주했다. 그리고 이 결과에 도달했다.

"히로토 님은 우리 동포, 우리 형제. 내 딸 발큐리아가 가장 사랑하는 남자. 죽이려 드는 자는 누구든 용서치 못한다."

젤디스가 손을 들었다.

(아아. 난 포랄 곁으로 가는구나.)

그런 생각이 복받쳐왔다.

불고르는 집사에게 얼굴을 돌렸다.

"코랄을 부탁하네."

그리 전한 직후,

"쏴라!"

수십 개의 화살이 일제히 덮쳐왔다. 사격은 정확했다. 불고르는 휙 날아가 마차에 몸을 부딪치고 피를 흘리면서 서서히 아래로 쓰러졌다.

노브레시아 주 대귀족의 최후였다.

종장 워터 슬라이드

1

불고르 백작 일을 들은 국왕 모르디아스 1세는 놀라움을 감추지 못했다. 하지만 재상 파노프티코스가 미라족의 증언을 읽어나가자, 그저 딱 한 마디, 히로토가 시킨 것이냐 물어보기만 하였다.

"아닙니다. 그는 화재 직후 이틀간 잠들어 있었다고 합니다."

모르디아스 1세는 고개를 끄덕이며 히로토가 무사하면 그걸로 됐다고 답했다. 피나스 재무장관은 잠자코 있었다.

대장로 유니베스테르는 주장관이라는 요직에 있으면서 폐하가 선택한 주장관을 살해하려고 한 건 대역죄라며 불고르의 일족은 주장관을 맡을 자격이 없다고 주장했다. 피나스가 반론했지만, 국왕 모르디아스 1세는 아들이 뒤를 잇겠다 하면 주장관 선거를 통해 잇게 하되 엘프 정무관을 붙이라고 명했다. 그걸로 불고르 백작 건은 종결되었다.

2

장로회 회관 본부로 돌아온 유니베스테르는 만족했다. 오제르, 에큐시아, 루샤리아와 노브레시아 네 주의 정무관은 엘프가 취임했다. 이걸로 폭주하는 귀족들에게 제동을 걸 수 있다. 상처의 공훈이라는 녀석이리라.

히로토도 변경백 지위를 유지했다. 평화의 열쇠는 잃지 않고 결말이 났다. 뱀파이어족의 폭주도 국내에서 일어났으니 이 나라의 법으로 심판해야 한다고 생각하지만, 안 될 일이라고 하기도 어렵다. 폐하도 뱀파이어족 상대로 문제를 일으키기보다 묵인을 택한 듯했다.

최고법원에서의 심문 후에 재판관 비르니우스를 만났다. 귀하는 왕령 위반이라 생각한 게 아니었냐고 묻자, 비르니우스는 히로토의 답변으로 생각을 바꿨다고 고백했다.

"변경백이 지적한 대로, 왕령 위반인지 아닌지 어중간한 상태였습니다. 간섭을 어떻게 파악할지로 왕령 위반이 되기도 했다 안 되기도 했지요. 어중간한 상태라고 인정한 건 호감을 불러왔습니다. 우린 답변만이 아니라 변경백의 태도도 보고 있었습니다. 변경백은 자기주장을 하면서도 판단은 최고법원에 맡긴다는 태도를 보였습니다. 우린 카시우스 님에게도 같은 태도를 보였다는 걸 깨달았습니다. 우리는 변경백으로부터 강제성을 느끼지 못했습니다. 카시우스 님도 같았겠지요. 강제성이 없는 한 간섭이라 부를 순 없습니다. 그것도 무죄라고 판결한 이유 중 하나입니다."

유니베스테르는 그날 최상의 적포도주를 열었다. 사슴고기와 함께 맛본 그 포도주는 평판 이상의 맛이었다.

3

벨페골 후작 저택은 마치 장례식장 같았다. 피나스도 르메르도 잠자코 있었다. 라스무스는 적포도주를 들이키고 있었다. 벨페골은 신경질적인 표정을 짓고 있었다.

"다시 폐하께 항의해야 하지 않겠소? 이번 일을 용납하면 뱀파이어족이 또 귀족을 건들지 모르는 일 아니오?"

르메르의 제안에,

"폐하가 듣기나 하시겠나?"

라스무스가 찬물을 끼얹었다. 르메르는 침묵했다. 르메르도 속으론 안 통할 거라 생각하던 모양이었다.

"당최 우리가 이기기는 한 건가?"

벨페골이 중얼거렸다.

"저희가 얻은 게 있습니까?"

피나스가 대답한다.

"얻기는 뭘 말인가? 밴경백 승인을 도왔다는 것? 이걸로 변경백은 우리 공인도 얻어냈지 않나."

"훌륭한 적이었어."

라스무스 백작이 포도주잔을 흔들며 말했다. 내심 감탄한 모양이었다. 얼굴도 살짝 웃고 있었다.

"아니, 졌는데 기쁘십니까?"

르메르의 추궁에,

"조금은 심심풀이나 될까 했는데, 시시하게 끝나는 것보다는 수백 배 즐거웠소. 입으로는 지지 않았으나 승부는 결국 지고 말았지. 확실히 아브라힘이 설득당할 만한 인물이었소. 변호에 급급하게 몰아칠 생각이었는데, 그는 방어에 몰두하는 게 아니라 줄곧 조목조목 분석하고 냉정하게 자신의 주장을 펼쳤지. 분명 그게 재판관의 생각을 바꾼 게 아닐까 하오."

벨페골은 숨을 내쉬었다.

"결국, 그자와 다시 싸울 때가 올 걸세."

"아무렴, 그리고 또 고전하겠지."

즐거운 듯이 대답하며 라스무스는 적포도주를 단숨에 다 비웠다.

4

안셀 주 주장관 별궁엔 미끄럼틀이 같은 게 딸린 온천이 있다. 완만한 폭포 일부를 깎아 통로로 만들고 마지막에 폭포 웅덩이에 뛰어들게 해놓았다. 히로토 일행의 세계에서 말하는 워터 슬라이드 감각이다.

소이치로가 큐레레와 함께 활강 출발점에 섰다.

"높아 높~아 ♪"

큐레레는 신이 나 있다. 오히려 겁은 소이치로가 먹고 있었다.

보드 위에 큐레레와 소이치로가 탔다. 뒤에서 하인이 보드를 밀었고 소이치로와 큐레레는 단숨에 하강했다. 놀랍게도 큐레레는 양손을 떼고 환희의 소리를 질렀다. 코스가 오른쪽으로 왼쪽으로 완만하게 커브를 돌았지만, 양손을 떼도 큐레레는 균형을 잃지 않았다.

"우아아아악!"

소이치로가 소리를 질렀다.

"가자 가자 가자~♪"

큐레레는 줄곧 즐거워 보인다. 보드는 가속하다 마침내 마지막 코스인 풀장을 향해 점프했다. 멋지게 보드 뒤에서 성공적으로 물에 빠졌다.

"역시 내 동생."

발큐리아가 으스댔다. 초고속으로 하늘을 나는 큐레레에겐 워터 슬라이드 따위, 아무것도 아닌 것이다.

히로토는 활주 출발점에 섰다. 바로 뒤엔 비키니 차림의 발큐리아와 에크세리스, 미미아, 솔세르, 그리고 라켈 공주가 서 있다. 히로토가 사라브리아로 돌아온 후 바로 라켈 공주가 놀러 왔다.

발큐리아와 에크세리스는 가슴 아래쪽 반만 가린 튜브 탑이었다. 터져 나올 듯한 풍만한 가슴의 중심, 즉 유륜이 지금이라도 보일 듯하다. 미미아는 홀더 넥 비키니, 솔세르는 삼각 비키니였다. 하지만 솔세르의 비키니는 상당히 면적이 작았다. 아슬아슬하게 유륜을 가린 정도였다. 라켈 공주는 하이레그의 하얀 수영복을 입고 있었다. V자 모양으로 길게 쫙 파여 있었다 어깨에서 늘어뜨린 듯한 형태를 하고 있다. 너무도 가슴이 입체적이고 볼륨이 있어 수영복이 붕 떠 있다. 뒤에서 손을 스르르 밀어 넣고 싶어지는 야한 수영복이었다.

"히로토, 가자♪."

히로토가 스타트 지점에 앉자 발큐리아가 뒤에서 가슴을 밀착시켜왔다. 뭉실뭉실한 로켓 가슴이 한껏 닿는 면적을 넓히면서 히로토 등에 착 달라붙는다. 젊디젊은 날것의 탄력이 흉악한 기세로 히로토의 등을 마구 자극한다.

(기분 너무 좋다……!)

그곳이 건강해지려던 참에,

"출발~~♪"

히로토와 발큐리아는 날기 시작했다. 온천물과 함께 슬라이드를 미끄러져 내려간다. 물보라를 튕기며 우로 좌로 회전했다.

(스피드가……!)

시속 몇 킬로일까?

갑자기 히로토는 공중으로 내던져졌다. 저 너머로 테르미나스 강이 보였다. 그리고 히로토와 발큐리아는 온천에 입수했다. 요란하게 온천 안으로 잠긴다.

수면으로 나왔다.

"아하하하하! 기분 좋아~~!"

발큐리아는 신명이 났다.

"히로토~~! 같이 타자~~!"

에크세리스가 불렀다. 히로토는 다시 샛길로 폭포에 올라 정상에 도착했다. 보드에 앉자 에크세리스가 등에 가슴을 밀어붙여왔다. 발큐리아보다 부드러운 성숙한 가슴이다.

"기분 좋아?"

에크세리스가 속삭였다.

"뭐, 그렇지."

"짓궂어."

에크세리스가 한층 더 가슴을 밀어붙였다. 강렬한 쾌감 덩어리가 등을 압박한다. 보드가 미끄러져 내리고 히로토는 슬로프를 단숨에 미끄러져 내려왔다. 다시 요란하게 점프했다.

두 사람은 온천 안으로 다이빙했다. 에크세리스가 떠올랐다. 수영복이 밀려 유륜이 보였다.

"어머나."

에크세리스가 수영복을 끌어올렸다.

(흘러내렸으면 전부 보였을 텐데……!)

히로토는 속으로 약간 아쉬워했다.

"히로토 님~!"

솔세르가 불렀다. 히로토는 다시 폭포를 뛰어 올라갔다. 스타트 지점으로 돌아온다. 히로토가 앉자 솔세르가 뒤에서 안겨왔다. 뾰족하게 솟은 가슴이 등을 찌른다. 존재감 발

군의 젖가슴이다. 돌아서서 두 손으로 조물조물 마구 만지
고 싶다.

(건강해진다~!)

히로토는 솔세르와 함께 미끄러져 내렸다. 다시 단숨에
폭포로 점프한다. 뜨거운 물 안에 잠겼다 떠오르자, 솔세르
의 극히 작은 비키니가 밀려 가슴이 그대로 드러났다.

가슴팍에서 휘듯이 경사를 그리다 가슴 끝에서 보기 좋게
높이 쑥 솟아 있다. 3단 로켓처럼 유륜이 불룩 튀어나오고
거기다 그 위로 불쑥 나온 유두가 있다. 멋지고 야한 가슴
이다.

"으악!"

솔세르는 히로토에게 안겨왔다. 가슴팍에 유륜이 유두가
비벼진다.

(폭발한다~아!)

"히로토 님~!"

미미아가 손을 흔들었다. 히로토는 다시 폭포 옆 계단을
올랐다. 히로토가 앉자 미미아는 정면에서 안겨왔다.

(아니? 그런 모습으로 탈 수 있어?)

하강이 시작됐다. 미미아가 히로토에게 가슴을 밀어붙인
다. 히로토 얼굴이 가슴에 파묻힌다.

(우웅웅)

기분 좋다. 기분 좋지만 앞이 안 보여 무섭다. 몸이 오른
쪽으로 왼쪽으로 흔들린다. 그럴 때마다 가슴이 얼굴에 깊

이 박힌다.

(미미아 가슴 기분 좋다……!)

돌연 몸이 공중으로 내던져졌다. 가슴에 얼굴이 밀착된 채 입수한다. 뜨거운 물 안에서 한순간 가슴에서 떨어진다. 수면으로 나오면서 다시 히로토는 가슴에 얼굴을 밀어붙였다.

비키니 감촉이 없었다. 뭉실뭉실하고 생생한 맨살의 감촉. 끝이 탄탄했다.

(이거, 유두?)

"앙, 히로토 님♪"

미미아가 달콤한 소리를 질렀다. 히로토는 미미아 등을 당겨 안았다. 맨가슴에 얼굴이 밀착된다. 행복한, 뭉실한 질감과 질식감이 퍼져나간다.

(워터 슬라이드 최고……!)

미미아의 가슴에서 얼굴을 떼자 위에서 라켈 공주가 손을 흔들었다.

(아니? 공주와 함께 내려오는 거야?)

히로토는 다시 폭포 옆 계단을 올랐다. 그것만으로 훌륭한 트레이닝이다. 정상에 당도하자 히로토는 다시 보드에 올라탔다.

"이거, 어떻게……."

"대개 등에 착 붙어서."

라켈 공주는 일단 돌아섰다.

"무서워."

하며 히로토에게 안겼다.

(흐~~~흑!)

정면에서 하얀 하이레그 수영복 너머로 가슴을 밀착시킨다. 미미아보다 엄청난, 반발력과 볼륨이었다.

(잠, 잠시만! 공주가 그런 자세하면 위험하잖아요!)

"공, 공주님!"

"이 이쪽이 진정돼서……."

(아니 난 진정이 안 돼! 기분 좋지만, 진정이 안 돼! 아니, 그보다 기분이 너무 좋아 진정이 안 돼!)

하인이 보드를 밀었다.

(기다려! 이대론──.)

보드가 기세 좋게 미끄러져 나갔다.

"으악~~악."

라켈 공주가 히로토에게 매달린다. 하이레그 수영복 너머로 갈색의 폭발할 듯한 가슴이 뭉실한 촉감과 함께 찌부러져 축 처졌다. 히로토의 얼굴은 라켈 공주의 가슴에 박혔다.

(꼬옥♡)

오른쪽 커브가 나타났다. 라켈 공주의 몸이 흔들린다. 히로토는 라켈 공주를 꽉 껴안았다. 한층 더 히로토의 얼굴이 가슴에 파묻혔다. 갈색의 살갗이 얼굴에 착 달라붙어 기분이 좋았다. 정말로 부드러운 피부다.

(공주님의 피부, 기분 좋다~아.)

이번엔 왼쪽 커브가 나타났다. 한순간 수영복이 당겨졌

다. 유륜이 슬쩍 들여다보였다.

(보일 것 같아……!)

마지막으로 점프가 다가왔다.

"으악~악! 으악~~악!"

라켈 공주가 한층 더 매달렸다. 히로토의 얼굴은 완전히 두 개의 구체 사이에 끼여 푹 잠겼다.

숨을 쉴 수 없다.

하지만 기분이 너무 좋다. 몹시 통통 튀는 가슴이다. 뭉실하면서 그런데도 생기 넘치는 부드러움도 있다.

(선다아……!)

히로토는 힘껏 건강해지면서 라켈 공주와 둘이서 물속으로 뛰어들었다.

후기

교정을 끝내고 나서 줄곧 에마누엘 레비나스라는 철학자의 《전체성과 무한》을 다시 읽고 있습니다. 고쿠문샤에서 나온 고다 마사토 선생님의 번역본입니다.

레비우스는 유대계 프랑스 철학자입니다. 제2차 세계대전 중, 고향 친족을 홀로코스트로 잃는 비극이 찾아오지만, 레비우스는 타자(他者)로부터 철학을 생각한 선구자가 됩니다.

서양철학이라는 건 기본적으로 〈나〉 단독의 세계이지요. 우선 타자는 잘라내 버리고 〈나〉만 단독으로 생각합니다. 실생활에선 인간은 타자에 둘러싸여 있지만, 철학의 세계에선 일단 타인은 존재하지 않는 것으로 여기며 고려의 대상에서 제외한 뒤, 〈나〉 단독이라는 조건으로 생각하지요. 데카르트의 유명한 〈나는 생각한다, 고로 존재한다〉에서도 〈나(我)〉=〈나〉입니다. 나 혼자밖에 없습니다.

실생활에 녹아있는 〈우리〉라는 말에서 생각해보면 이상한 느낌이 듭니다. 왜 타인을 생각하지 않는 걸까? 하고. 특히 저는 가슴을 정말 좋아하기에 가슴 큰 타인, 즉 거대 가슴녀를 생각해버립니다(ㅎ).

제가 알고 있는 한 타인의 문제를 본격적으로 생각하기 시작한 건, 오스트리아의 철학자 에드문트 후설입니다. 후설은 현상학을 개척한 철학계의 슈퍼스타입니다만, 〈나〉=단독을 생각한 후에 타인을 생각했습니다. 다음에 뢰비트라는 유대계 독일 철학자가 〈나와 타인〉이 있는 세계로 인식했습니다. 그리고 레비나스가 〈나〉=단독이 아니라 최초로 〈타인〉과 〈나〉를 생각해냈습니다. 〈나〉와 〈타인〉이 아니라 〈타인〉과 〈나〉입니다. 20세기에 들어와 겨우 철학은 〈나=단독〉에서 〈타인=타자〉가 섞인 세계로 넓어졌습니다.

그런데.

《성주》의 세계는 과감하게 〈타인=타자〉을 다루고 있습니다. 인간의 눈으로 보면 이종족이 타자이고, 히브리드의 눈으로 보면 뱀파이어족이 타자이며, 히로토의 눈으로 보면 히로토 앞에 나타난 적이 타자입니다. 타자와 어떻게 마주보는가에 따라 이야기가 흐르고 있습니다. 그래서 《전체성과 무한》을 다시 읽자는 기분이 든 게 아닌가 하고.

얼마 전엔 런던 세계 육상대회에 정신없이 빠져 있었지만.

전 올림픽과 세계 육상대회는 지상파 방송은 전부 봅니다. 녹화해뒀다 불필요한 부분은 휙 넘깁니다!

시청 그랜드 슬램을 하게 된 계기는 1998년 하계 올림픽입니다. 지인은 나가노까지 가서 점프 단체전을 관전했지만, 전 일을 하느라 실시간 중계로 금메달 따는 걸 보지 못했거든요. 그게 어쨌든 분했습니다. 그래서 불이 붙었지요. 전부(TV로) 봐줄 테다……하고.

——결핍과 실패는 분발의 씨앗이 됩니다.

이번 세계육상대회, 최고 경기는 남자 400m 릴레이입니다. 설마 미국의 7연패 꿈이 깨질 줄은……. 설마 바하마가 역전 우승할 줄은…….

그건 그렇고, 제12권입니다.

드디어 왕도입니다. 실은 5권 즈음부터 히로토를 왕도에 보낼 작정이었습니다. 편집 담당자와 회의할 때도 〈다음은 왕도에〉라고 몇 번이고 말했습니다만, 매회 수포로 돌아가고 말았습니다. 쉽사리 왕도에 못 가는군요. 〈왕도 이번엔 간다, 사기(詐欺)〉 상태가 됐지만 어쨌든 드디어 왕도에 갔습니다.

이번에도 예의 그것에 의해 예의 그것처럼 괴로웠습니다. 아직 중반에 접어들지 않는데 점점 페이지 수가 늘어나는 것 말이죠.

벌써 150페이지에 달했거든. 위험해. 이 부근에서 중반이 되지 않으면 페이지 수가 초과되잖아? 허걱. 200페이지까지 중반이야. 이러면 초고의 플롯을 소화할 수가 없잖아. 어쩔수 없이 바꿔야 하나. 어떻게든 그럭저럭 페이지 수 아슬아슬하게 맞췄네.

…….

재미없어~어!!

아니, 너무 재미없어서 절망했습니다. 전에도 초고를 완성한 후에 재미없다고 생각한 적은 있었지만, 이번은 그중에서도 가장 재미없었어요.

원인은 두 가지 있습니다.

하나는 피나스.

하나는 후반 플롯 변경.

초고 플롯에선 적의 중심은 피나스 재무장관으로 돼 있었습니다. 원고를 쓰고 있을 때도 실제로 그런 형태로 적었는데, 막상 완성하고 보니 재미가 없었습니다.

맨 처음엔 피나스와 대귀족 넷을 멤버로 생각했고, 적의 중심은 피나스였습니다. 그런데 피나스는 중심에 세우기 어렵더군요. 너무 피라미였어요(ㅎ). 그래서 급히 대귀족 네 명 중 하나를 중심인물로 변경한 겁니다.

그게 벨페골 후작이지요. 벨페골 후작을 적의 중심에 앉혀 놓고 나선 이야기가 확 쫀쫀해졌습니다. 적에 어울리는 관록과 강함을 가지고 있지 않으면 얘기가 재미가 없으니까요.

해서 첫 번째 원인은 제거했습니다만 아직 두 번째 원인이 남아 있지요. 두 번째 원인은 후반부의 플롯 변경이었습니다. 변경하질 말았어야 했습니다. 근데 그러지 않을 수도 없는게, 그대로 나갔으면 500페이지를 넘었을 겁니다. 어쩔까 고민을 해야했죠.

앞쪽을 줄이자!

그런 연유로 히로토가 루키티우스와 만나는 대목이나 귀족주와 엘프의 싸움 같은 걸 압축했습니다. 덕분에 수정 없이 후반을 진행할 수 있었지요. 30페이지 압축은 컸습니다……!

두 번째 탈고를 하고 나서 가장 많이 수정한 곳은 제27장입니다. 11절에서 18절 끝까지 거의 전부 다시 썼죠. 다시 쓰고 프린트 하고 다시 쓰고 프린트 하고……합계 30번 정도 다시 썼네요.

그건 그렇고 정례행사인 네이밍 소재 공개.

· 오르피나……가련함을 원했던 것과 '오'로 시작하는 히로인이 아직 등장하지 않았기에.

· 벨페골……악마의 군주 벨제바브를 변형.

· 르메르……프랑스 남자 백 미터 선수 르메르에서.

· 라스무스……《치우신예찬(癡愚神禮讚)》으로 유명한 16세기 네덜란드 출신의 인문주의자 에라스무스에서.

· 비르니우스……라틴어의 덕(비르투스 virtus)에서.

· 그륀델……독일어 〈초록(그륀)〉에서.

· 크리엔티아 주……당초엔 크리스타리아 주였지만 세계관에 맞지 않아 고대 로마의 비호자(크리엔테스)에서 네이밍.

후기를 쓰는 현재, 《거유 판타지3if》의 시나리오로 낑낑대고 있지만 《성주 12》가 서점에 늘어설 무렵엔 자유의 몸이 돼 있겠지요.

그럼, 감사 인사를. 고반 선생님, 늘 멋진 일러스트 감사합니다! 편집 담당 H씨, 이번에도 역시 감사해요!

그럼, 마지막으로 엔딩 멘트를!

슴~~~~~~~~~~~~~~~~~가! 보잉!

https://twiter.com/boin_master

카가미 히로유키.

KOU 1 DESU GA ISEKAI DE JOUSHU HAJIMEMASHITA 12
©Hiroyuki Kagami
Originally published in Japan in 2017 by HOBBY JAPAN CO., Ltd.
Korean translation rights ©2019 by Somy Media, Inc.

고1이지만 이세계 성주로 부임했습니다 12

2019년 10월 8일 1판 1쇄 인쇄
2019년 10월 15일 1판 1쇄 발행

저　　자 카가미 히로유키
일 러 스 트 고반
옮 긴 이 정우
발 행 인 유재옥
본 부 장 조병권
담당편집자 조찬희
편 집 1팀 정영길 김민지 이성호 조찬희
편 집 2팀 김다솜 이본느
편 집 3팀 박상섭 임미나 김효연
라이츠담당 박선희 오유진
디 지 털 최민성 박지혜
인쇄제작처 코리아피앤피
발 행 처 ㈜소미미디어
등　　록 제2015-000008호
주　　소 서울시 마포구 토정로222, 403호 (신수동, 한국출판콘텐츠센터)
판　　매 ㈜소미미디어
마 케 팅 한민지 한주원
전　　화 편집부 (070)4164-3962, 3963 기획실 (02)567-3388
　　　　 판매 및 마케팅 (070)4165-6888, Fax (02)322-7665

ISBN 979-11-6389-992-1 04830
ISBN 979-11-85217-72-7 (세트)